상처받은 사람들

상처받은 사람들 상
Униженные и оскорбленные

표도르 도스또예프스끼 장편소설
윤우섭 옮김

UNIZHENNYE I OSKORBLIONNYE
by FEDOR DOSTOEVSKII (1861)

일러두기

1. 번역 대본은 F. M. Dostoevskii, *Sobranie sochinenii v dvenadtsati tomakh* (Moskva: Pravda, 1982)와 F. M. Dostoevskii, *Polnoe sobranie sochinenii v tridtsati tomakh*(Leningrad: Nauka, 1972~1990)를 주로 사용하였습니다. 다만 판본에 차이가 없는 한 옮긴이가 번역 대본을 임의로 선택하였습니다.
2. 러시아어의 로마자 표기와 우리말 표기는 〈열린책들〉에서 정한 표기안을 따르되, 관행적으로 굳어진 일부 용어만 예외로 하였습니다.

이 책은 실로 꿰매어 제본하는 정통적인 사철 방식으로 만들어졌습니다.
사철 방식으로 제본된 책은 오랫동안 보관해도 손상되지 않습니다.

제1부

9

제2부

153

『상처받은 사람들』 등장 인물

바냐(이반 뻬뜨로비치) 소설가. 1인칭 화자.

발꼬프스끼 공작(뾰뜨르 알렉산드로비치) 홀아비 공작.
알료샤(알렉세이 뻬뜨로비치) 그의 아들.
넬리(엘레나, 레노치까, 넬리치까) 그의 딸.
예레미야 스미트 넬리의 외할아버지.

이흐메네프(니꼴라이 세르게예비치/세르게이치) 공작의 전(前) 영지 관리인.
안나 안드레예브나(안누쉬까) 그의 아내.
나따샤(나딸리야 니꼴라예브나, 나따셴까) 그의 딸.

까쨔(까쩨리나 표도로브나 필리모노바) 알료샤의 연인.
지나이다 표도로브나 백작부인 그녀의 의붓 어머니.

마슬로보예프(필립 필리쁘비치) 바냐의 학교 동창. 정보원.
알렉산드라 세묘노브나(사셴까) 그의 동거녀.

안나 뜨리포노브나 부브노바 뚜쟁이.

K공작 부인 알료샤의 대모.
마뜨료나 이흐메네프 가족의 하녀.
마브라 나따샤의 하녀.

1
제1부

1

 지난해 3월 22일 저녁, 나에게 이상한 일이 일어났다. 그 날 나는 셋방을 구하려고 온종일 시내를 돌아다녔다. 먼젓번 방은 몹시 습기가 찼고, 그 무렵 나는 이미 악성 기침을 하고 있었다. 벌써 가을부터 이사하려 했지만 봄까지 끌게 되었다. 종일토록 나는 번듯한 방을 하나도 찾아내지 못했다. 우선, 독방이면서도 이미 세 사는 사람으로부터 다시 빌리는 것이 아닌 그런 방을 얻고 싶었고, 그 다음으로는 단칸이라도 널찍한 방을 원했고, 동시에 가능한 한 싼 방을 찾았다. 좁은 방에선 생각조차 답답해진다는 것을 깨달았던 것이다.[1] 나는 다음 작품을 구상할 때면 언제나 방 안을 이리저리 걸어 다니길 좋아했다.[2] 말하자면 내겐 작품을 직접 쓸 때보다 그것을 구상하고 어떻게 그 구상을 글로 옮길까를 상상할 때

---

1 도스또예프스끼의 아내인 안나 그리고리예브나가 1906년 뻬쩨르부르 그에서 네 권으로 나온 그의 작품집 제7판의 한 책에 달아 놓은 주석에는 〈표도르는《좁은 집에선 생각까지 좁아진다》고 확신했고, 그는 널찍한 방이 적어도 두 개는 딸린 아파트를 얻기 위해서라면 모든 것을 버릴 태세가 되어 있었다〉라고 씌어 있다.
2 그것은 작품을 구상할 때 도스또예프스끼의 습관이었다 — 안나 그리고리예브나의 노트.

가 언제나 더 즐거웠던 것이다. 사실 이것은 게으름 탓이 아니다. 하지만 왜 그런 걸까?[3]

벌써 아침부터 나는 몸이 좋지 않았는데, 해 질 무렵에는 상태가 아주 안 좋아졌다. 열병 같은 것이 나기 시작했다. 더욱이 나는 하루 종일 걸어 다녀 몹시 피곤했다. 저녁 무렵, 땅거미가 질 때쯤, 나는 보즈네센스끼 광장을 통과했다. 나는 뻬쩨르부르그의 3월의 태양, 특히 석양을, 물론 맑게 갠 혹독히 추운 저녁때의 그것을 사랑한다. 거리는 온통 밝은 빛으로 가득 차 환해진다. 모든 건물이 갑자기 빛나기 시작한다. 그들의 회색, 노란색, 더러운 녹색이 한순간 모든 칙칙함을 떨어낸다. 그것은 마치 영혼이 밝아지는 것 같기도 했고, 사람이 깜짝 놀라는 것 같기도 했고, 또는 누군가가 팔꿈치로 툭 치는 것 같았다. 새로운 시선, 새로운 생각들…… 한 줄기 햇빛이 인간의 영혼에 일으키는 조화가 놀랍기만 하다!

그러나 햇빛이 사라지면 추위는 혹독해져 코를 쥐어뜯기 시작한다. 어둠은 짙어졌고, 진열장들과 상점들에 가스등이 켜졌다. 뮐러 제과점에 이르렀을 때, 갑자기 나는 붙박이듯 그 자리에 멈춰 섰고, 마치 내게 금방이라도 무엇인가 범상치 않은 일이 일어나리란 것을 예감하면서 길 건너편을 바라보았다. 그리고 바로 이때 나는 노인과 그의 개를 보았다. 나

---

3 도스또예프스끼의 친구이자 전기 작가인 스뜨라호프는 도스또예프스끼가 글을 쓰기 전에 마음속으로 생각들을 싹 틔우고 움직임을 부여하기까지 상당한 게으름을 피우는 것을 보고 이렇게 말한다. 〈그는 항상 그 일에서 떨어져 나와 집필하는 것을 어려워했다……. 겉으로 보기에는 빈둥거리는 것 같지만 사실 그는 지칠 줄 모르고 일하고 있었다……. 그는 머릿속에 들어 있는 생각과 감정이 무궁무진해서 한가해도 괴로워하지 않았고 그것을 소중히 여겼다.〉

의 심장은 그 어떤 불쾌한 느낌으로 인해 오그라들었는데, 나는 이 느낌이 어떤 것인지 밝히지 못했음을 아주 잘 기억한다.

나는 신비주의자가 아니다. 해서 나는 예감이나 점을 거의 믿지 않는다. 그러나 살아오는 동안 다른 사람들과 마찬가지로 나에게도 몇 차례 설명할 수 없는 일들이 일어났다. 바로 이 노인의 경우가 그 예이다. 왜, 그때 그와 만났을 때, 나는 바로 그날 저녁 나에게 무엇인가 범상치 않은 일이 일어날 것이라는 걸 느꼈을까? 하기야 나는 병중이었다. 앓고 있을 때의 느낌은 언제나 대부분 믿을 수 없는 것이다.

그 노인은 느릿느릿 피곤한 걸음으로 제과점 쪽으로 다가오고 있었다. 그의 몸은 구부정했는데, 그는 단장으로 가볍게 보도 블록을 때리며 자신의 다리를, 마치 지팡이인 양 그것을 굽힐 수도 없다는 듯, 교대로 천천히 내디뎠다. 살아오는 동안 나는 그렇게 기이하고 별스러운 모습을 본 적이 없었다. 전에도, 이렇게 만나기 전에도, 우리가 뮐러 제과점에서 마주칠 때마다 그는 언제나 나에게 아픔을 불러일으켰다. 그의 큰 키, 구부정한 등, 생기 없는 여든 살의 얼굴, 솔기가 터진 낡은 외투, 목덜미에만 남아 있는 이미 회색도 아닌 누런 머리털 다발, 벗겨진 머리를 덮고 있는 20년은 된 찌그러진 모자, 그리고 그의 무의식적이고 태엽 감긴 기계 같은 행동거지, 이 모든 것이 그를 처음 본 모든 이에게 부지중에 강한 인상을 심어 주었다. 완전히 기력을 잃은, 동행자도 없는 노인은 어딘가 매우 이상하게 보였다. 더욱이 그는 감시자를 피해 도망친 미친 사람 같았다. 그의 희한하게 깡마른 몸도 나를 놀라게 했다. 살이라곤 거의 없어서 뼈 위에 오로지 살

갖만을 붙여 놓은 것 같았다. 어떤 푸른 동그라미 안에 놓여 있는 듯한 그의 커다랗고 흐릿한 눈은 언제나 앞만을 똑바로 바라볼 뿐, 옆은 쳐다보지도 않았다. 그런데 나는 그가 정말로 아무것도 보지 않았다고 확신한다. 그는 어떤 사람을 보면서도 똑바로 그를 향해 걸어갔다. 마치 자기 앞에 텅 빈 공간만 있다는 듯. 나는 이것을 여러 차례 느낄 수 있었다. 그는 밀러 제과점에는 얼마 전부터 다니기 시작했는데, 언제나 개를 데리고 있었다. 그가 어디에서 왔는지는 아무도 몰랐다. 제과점 손님 중 누구도 그에게 말을 걸려 하지 않았고, 그 자신도 아무하고도 대화를 나누려 하지 않았다.

〈왜 그는 밀러 제과점으로 몸을 끌고 오는 것이며, 거기서 무엇을 하려는 것일까?〉 나는 거리 반대편에 서서 그의 모습에서 눈을 떼지 않은 채 생각했다. 나의 병과 피곤 때문인지 노여움 같은 감정이 치솟았다. 나는 혼잣말을 계속했다. 〈그는 무슨 생각을 할까? 그의 머릿속엔 무엇이 들어 있을까? 그래, 도대체 그는 아직도 무엇인가 생각하기는 하는 걸까? 그의 얼굴은 마치 죽은 사람처럼 아무런 표정도 담고 있지 않잖아. 그리고 저 더러운 개는 어디서 구했을까? 옆에서 떨어지지 않는 모양이 그와는 불가분의 한 덩어리를 이룬 듯하고 그와 너무도 닮아 있군.〉

이 불행한 개 또한 아마도 여든 살쯤은 됐을 것이다. 그래 틀림없이 그럴 것이다. 우선 겉으로 보아 그 개는 보통 개들의 수명을 훨씬 넘긴 늙은 모습이었다. 둘째 어딘가 모르게 처음 본 순간부터 내 머릿속에 이 개는 여느 개들과는 다르다는 생각이 들었다. 그 개는 어쩐지 보통 개가 아니며, 그 개에게는 환상적이고 마력적인 무엇인가가 있고, 그 개는 아마도 개의 모습으로 나타난 메피스토펠레스이며, 그의 운명은 그 어떤 보이지 않는 비밀스러운 고리에 의해 주인의 운명과 결합되어 있다는 생각이 들었던 것이다. 당신이 그 개를 본다면, 그가 마지막으로 음식을 먹어 본 지가 아마도 벌써 20년은 흘렀다는 의견에 이내 동의할 것이다. 개는 해골처럼 또는(무엇이 더 낫다고 말할 수 있겠는가?) 자기 주인처럼 말랐다. 털은 거의 모두 빠졌는데, 지팡이처럼 아래로 처져 있고 언제나 다리 사이로 단단하게 말려 있는 꼬리 또한 마찬가지였다. 긴 귀가 달린 머리는 무뚝뚝하게 밑으로 늘어져 있었다. 나는 평생토록 그렇게 혐오스러운 개를 만나지 못했다. 그들 둘이 거리를 따라 걸을 때 ─ 주인은 앞에, 개는 뒤에 ─ 마치 옷에 붙어 있기라도 하듯, 개의 코끝이 주인의 외투 자락에 닿아 있었다. 그들의 걸음 그리고 그들의 전체 모습은 걸음을 옮길 때마다 〈우리는 늙었어, 늙었어, 맙소사, 우리는 정말로 늙었어!〉라고 말하는 듯했다.

어느 날, 나는 그 노인과 개가 가바르니[4]의 삽회기 들어 있는 호프만[5]의 책 어느 페이지에서 노인과 개가 어찌어찌하여 재빨리 빠져나와서는, 그 책의 살아 있는 광고가 되어 세상을 돌아다닌다는 생각이 떠올랐던 적이 있었다. 나는 길을 건너 노인의 뒤를 따라 제과점으로 들어갔다.

제과점에서 노인은 매우 기이한 태도를 취했으며, 판매대 뒤에 서 있던 뮐러 씨는 이미 요즘에 들어 이 불청객이 들어서기만 하면 불만스러운 표정을 짓기 시작했다. 우선 이 이상한 손님은 그 어떤 것도 주문하지 않았다. 매번 그는 난로

---

4 폴 가바르니(1804~1866). 프랑스의 화가.
5 E. T. A. 호프만(1776~1822). 독일의 낭만주의 소설가.

가 설치된 구석으로 바로 가서 그곳에 놓여 있는 의자에 앉았다. 만일 난로 옆 자리가 비어 있지 않으면, 그는 자기 자리를 차지해 버린 신사 앞에 잠시 망설이며 멍청하게 서 있다가 마치 당황한 듯 다른 구석 창가로 갔다. 거기서 아무 의자나 골라 그 위에 천천히 앉으면서, 모자를 벗어 자기 옆에 놓고 모자 옆에 단장을 놓은 다음, 의자의 등받이에 깊이 파묻혀 세 시간이고 네 시간이고 꼼짝도 하지 않은 채 버티고 앉아 있곤 했다. 그는 신문 한 장 집어 드는 적이 없고 한 마디 말도, 어떤 소리도 내본 적이 없었다. 그는 그저 앉아서 눈을 크게 뜨고 앞만 바라보았다. 그러나 그 시선은 너무나 흐릿하고 생기가 없어서 자기 주변의 어떤 것도 보지 않고 아무 소리도 듣지 않는다고 말할 수 있을 정도였다. 개에 대해 말하자면, 그 개 역시 한자리에서 두세 차례 맴을 돌고 그의 발 옆에 음울하게 웅크린 다음, 그의 신발 사이에 코를 박고 깊은 한숨을 토하고 나서 자신의 몸길이만큼이나 바닥에 쭉 엎드리고는, 저녁 내내, 마치 이 시간 동안만큼은 죽은 듯 꼼짝하지 않았다. 이 두 존재는 종일토록 어디선가 죽은 듯 누워 있다가, 해가 지자마자 오직 뮐러 제과점에 가기 위해서 그리고 그를 통해 다른 사람들이 모르는 어떤 비밀스러운 의무를 수행하기 위해서 갑자기 살아나는 것 같았다. 노인은 서너 시간을 앉아 있다가 마침내 일어서서 모자를 집어 들고는 어딘가에 있는 자신의 집으로 향한다. 개도 기계적으로 몸을 일으키고 다시 꼬리를 말아 넣은 다음, 머리를 숙이고 이전의 느릿한 걸음걸이로 주인의 뒤를 따른다. 마침내 제과점의 손님들은 갖가지 방법으로 노인을 피하고, 심지어 마치 그가 그들을 불쾌하게라도 하는 듯이 그와 가까이 앉지도 않았다.

그러나 그는 이런 것을 전혀 깨닫지도 못했다.

이 제과점의 손님들은 대부분 독일인이었다. 그들은 보즈네셴스끼 대로(大路)[6]의 모든 거리에서 이곳으로 모여들었다. 모두들 다양한 점포의 주인이었다. 철물공, 제빵공, 미용사, 모자 제조공, 안장 제조공 등 모두 독일적 의미의 순박함을 지닌 사람들이었다. 뮐러 제과점에는 순박함이 넘쳐 흘렀다. 주인은 종종 알고 지내는 손님들에게 와서 그들 옆에 앉곤 했는데, 그럴 때면 그는 많은 양의 펀치를 마셨다. 개들과 주인의 어린아이들 또한 가끔씩 손님들에게 찾아가고, 손님들도 아이들과 개들을 귀여워해 주었다. 모두들 서로 아는 사이였고 서로 존중해 주었다. 그리고 손님들이 독일 신문을 읽는 데 열중해 있을 때면, 문 뒤 내실에서는 흡사 흰쥐를 닮은 금발 고수머리를 한 주인의 큰딸이 삐걱삐걱 소리가 나는 피아노로 연주하는 아우구스틴[7] 가락이 울려 퍼졌다. 손님들은 즐거운 마음으로 이 왈츠를 들었다. 나는 매월 첫날 러시아 잡지를 읽기 위해서 뮐러 제과점에 들르곤 했다.

제과점에 들어서면서 나는, 이미 창가에 앉아 있는 노인과 전처럼 그의 발 옆에 몸을 쭉 뻗고 엎드려 있는 개를 발견했다. 나는 조용히 구석에 앉아서 생각에 잠긴 채 스스로에게 질문을 던졌다. 〈여기에 정말 아무 볼일도 없는 데다 아프기까지 해서, 가능한 한 빨리 집으로 가서 차를 마신 다음 침대에 눕는 것이 더 나을 텐데 왜 내가 이곳에 들어온 걸까? 내가 단지 이 노인을 정말로 살펴보려고 여기에 왔단 말인가?〉

---

6 보즈네셴스끼 대로는 네프스끼 대로와 함께 상뜨 뻬쩨르부르그의 해군성에서 뻗어 나온 주요 도로들 중 하나이다.
7 「오, 내 사랑 아우구스틴Ach, du lieber Augustin」이라는 독일 노래.

나는 울화가 치밀었다. 나는 〈그가 나와 무슨 상관이야?〉라는 생각을 하며, 거리에서 그를 보았을 때 가졌던 기이하고 병적인 느낌을 떠올렸다. 〈그리고 이 따분한 독일인들이 나랑 무슨 상관이람? 또 이 기괴한 기분은 뭐야? 내가 올바르게 사는 것을 저해하고 삶을 직시하는 것을 방해하는, 그리고 이미 어떤 날카로운 비평가가 내 최신작을 비난 섞어 분석하면서 지적한 것처럼, 최근에 느끼는 이 사소한 일에 대한 값싼 흥분은 무엇이란 말인가?〉 그러나 자책 섞인 이런 생각을 하면서도 나는 자리에 앉아 있었다. 그러는 가운데 병은 더욱더 심해져, 마침내 나는 따뜻한 방을 떠난 것이 유감스러워졌다. 나는 프랑크푸르트 신문[8]을 집어서 두 줄을 읽고는 잠이 들었다. 독일인들은 나를 방해하지 않았다. 그들은 신문을 읽고 담배를 피우고, 단지 이따금, 30분에 한 번씩, 짧고 낮은 목소리로 신문에 난 어떤 소식이나 유명한 독일인 해학가 자피르[9]의 재담과 예지에 대한 의견을 주고받았다. 그러고 나선 두 배로 커진 민족적 자긍심을 가지고 다시금 신문 읽기에 빠져 들었다.

나는 약 반 시간을 잤을 때, 강한 한기를 느껴 깨어났다. 당연히 집으로 가야 했다. 그러나 이 순간 방에서 벌어진 침묵의 장면이 나를 다시 붙들었다. 나는 이미 노인이 자리에 앉자마자 이내 어디론가 시선을 고정시키고 저녁 내내 다른 대상에는 시선을 돌리지 않는다고 말한 바 있다. 나도 이 시

---

[8] 독일 프랑크푸르트 암 마인에서 발간되는 「프랑크푸르트 경제 소식 Frankfurt am Main」을 말한다.
[9] 모리츠 고틀리프 자피르(1795~1858). 독일의 시인이자 풍자 작가. 1845년에 뻬쩨르부르그에서 『유명한 풍자 작가 자피르의 경구와 일화』가 러시아 어로 출판되었다.

선, 의미없고 끈질기며 아무것도 분별하지 못하는 시선의 표적이 된 적이 있었다. 그 느낌은 아주 불쾌해서 심지어 견딜 수 없게 만들었다. 그래서 나는 가능한 한 빨리 자리를 바꾸었다. 지금 노인의 제물이 된 사람은 키가 작고 포동포동하며 아주 말쑥한 독일인으로, 빳빳이 풀먹여 세운 칼라 위에 받쳐진 그의 얼굴은 보통 이상으로 붉었다. 그는 타지에서 온 손님으로, 내가 나중에 알게 된 바에 따르면 리가에서 온 상인인데, 이름은 아담 이바니치 슐츠라는 사람이었다. 그는 뮐러의 가까운 친구로, 아직 노인을 비롯한 손님 중 대부분은 이 사람을 모르고 있었다. 그는 즐겁게 『마을의 이발사 *Dorfbarbier*』[10]를 읽으며 펀치를 마시다가, 갑자기 머리를 들었을 때 자신을 향해 있는 노인의 시선을 의식했다. 그는 당황했다. 아담 이바니치는 모든 좋은 가문 출신의 독일인들이 그러하듯, 매우 예민하고 성마른 사람이었다. 그는 누군가 자신을 그렇게 뚫어지게, 무례하게 주시하는 것을 기이하고 모욕적인 일로 여겼다. 그러나 그는 불쾌함을 억누른 채 자신의 눈을 그 무례한 손님으로부터 떼어 내며, 무엇인가 중얼거리고는 입을 다문 뒤 자기 얼굴을 신문으로 가렸다. 그러나 몇 분 후 참지 못하고 다시 신문 뒤에서 미심쩍게 내다보았다. 집요한 시선과 무의미한 응시는 여전했다. 아담 이바니치는 이번에도 침묵했다. 그러나 똑같은 상황이 세 번째 반복되자 그는 흥분했다. 그는 자신의 위신을 지키고, 품위 있는 관객 앞에서 아름다운 도시 리가의 명예를 실추시키지 않는 것이 자신의 의무라고 생각했다. 아마도 그는 자신

---

10 1844년부터 라이프치히에서 페르디난드 슈톨레에 의해 간행된 독일의 유머 잡지.

을 그 도시의 대표로 생각하는 것 같았다. 그는 신문이 철해진 막대를 힘껏 두드리더니 성급한 몸짓으로 그것을 탁자 위에 내던졌다. 그는 자존심으로 고무되어진 데다 펀치가 흥분한 마음에 불을 붙여 얼굴이 온통 벌겋게 되자, 이제는 자기 쪽에서 작고 빛나는 눈을 기분 나쁜 노인에게 맞추었다. 그들 둘, 즉 독일인과 그의 적은 서로 자력과 같은 시선으로 상대방을 압도하려 했고, 누가 먼저 당황해서 눈을 피하는지 기다리는 것만 같았다. 막대소리와 아담 이바니치의 기묘한 자세가 모든 손님의 주의를 끌었다. 모두들 하던 일을 멈추고 진지하고 조용한 호기심을 간직한 채 두 사람의 적을 주시했다. 장면은 매우 우습게 전개되었다. 얼굴이 벌게진 아담 이바니치의 도전적 시선은 전혀 효력을 발휘하지 못했던 것이다. 노인은 그 무엇에도 신경을 쓰지 않고 계속해서 화가 난 슐츠를 똑바로 바라보았으며, 자신이 모든 이의 호기심의 대상이 되었다는 것을 전혀 깨닫지 못했다. 그는 마치 지구가 아니라, 달에라도 와 있는 것 같았다. 결국 슐츠는 참지 못하고 분통을 터뜨렸다.

「왜 당신은 나를 그렇게 뚫어지게 바라보시오?」 그는 날카롭고 강렬한 음성으로, 그리고 위협적인 표정을 지으며 독일어로 소리쳤다.

그러나 그의 적은, 마치 물음을 이해하지 못했다는 듯, 심지어 듣지도 못했다는 듯이 계속 침묵했다. 아담 이바니치는 러시아 어로 말하기로 결심했다.

「나는 당신에게 왜 나를 그렇게 끈질기게 응시하는지 물었소?」 그는 훨씬 더 화가 나서 소리쳤다. 「나는 황궁 내에도 알려져 있소만, 당신은 그렇지 못할 것이오!」 그는 벌떡 일어서며 덧붙였다.

그러나 노인은 미동도 하지 않았다. 독일인들 사이에 불쾌한 중얼거림이 일어났다. 소란에 이끌려 뮐러가 홀로 들어섰다. 무슨 일인가 듣고 있던 그는 노인이 귀머거리일 거라는 생각에 그의 귀 가까이 몸을 숙였다.

「슐츠 씨가 당신께 자기를 쳐다보지 말아 달라고 부탁했습니다.」 그는 이 이해할 수 없는 손님을 주의 깊게 바라보면서 가능한 한 크게 소리 질렀다.

노인은 기계적으로 뮐러를 보았고, 이제껏 움직임이 없었던 그의 얼굴에 갑자기 어떤 불안의 징후가, 어떤 걱정스러운 흥분의 징후가 나타났다. 그는 황망해 하더니 헛기침을 하고는, 모자 쪽으로 몸을 숙여 단장 옆에 있던 모자를 집어 들고 의자에서 일어나, 잘못 앉았던 자리에서 쫓겨나는 가련한 사람의 굴욕적이고 초라한 미소를 지으며 방을 나가려 했다. 이 가난하고 노쇠한 노인의 겸손함과 고분고분한 서두름 속에는, 아담 이바니치를 비롯한 모든 손님이 이 일에 대한 그들의 입장을 바꿀 만큼, 그렇게 연민을 불러일으키고 마음을 사로잡는 그 무엇인가가 있었다. 노인은 그 누구도 모욕할 생각이 없었을 뿐만 아니라, 사람들이 그를 거지처럼 어디서든 쫓아낼 수 있다는 것을 매순간 이해하고 있었음이 분명했다.

뮐러 씨는 선량하고 동정심 많은 사람이었다.

「아니에요, 그런 뜻이 아니에요.」 이렇게 말하면서 그는 힘을 북돋우듯 노인의 어깨를 가볍게 두드렸다. 「앉으세요! 하지만 슐츠 씨께서는 당신께 끈질기게 쳐다보지 말아 달라고 간곡히 부탁했어요. 그는 황궁에도 알려진 사람입니다.」

그러나 노인은 이것도 이해하지 못했다. 그는 전보다 더 당황해 했고, 모자에서 떨어진 자신의 낡고 구멍 뚫린 파란 손수건을 집어 들려고 몸을 굽혔다. 그리고 그는 바닥에 미동도 않고 엎드려 코를 두 다리 사이에 파묻은 채 깊이 잠든 것처럼 보이는 개를 불렀다.

「아조르까, 아조르까!」 그는 떨리는 노쇠한 목소리로 불렀다. 「아조르까!」

아조르까는 꿈쩍도 하지 않았다.

「아조르까, 아조르까!」 노인은 다시 한번 슬프게 개를 불렀고 단장으로 개를 건드렸지만, 개는 여전히 미동도 하지 않았다.

그의 손에서 단장이 떨어졌다. 그는 몸을 굽혀 무릎을 꿇고는 양손으로 아조르까의 머리를 들어올렸다. 가엾은 아조르까! 그는 죽어 있었다. 그는 주인의 발 옆에서 아마도 늙어서, 아니면 허기져서 소리 없이 죽은 것이다. 노인은 충격을 받은 사람처럼, 마치 아조르까가 이미 죽은 것을 이해하지 못한 듯 개를 잠시 바라보았다. 그러고는 조용히 몸을 굽혀 여태껏 자신의 하인이자 친구였던 개의 죽은 낯에 자신의 창백한 얼굴을 갖다 댔다. 침묵의 1분이 흘렀다. 우리 모두는 감동했다....... 드디어 이 가엾은 사람이 몸을 일으켰다. 그의 얼굴은 몹시 창백했으며, 심한 오한이라도 나는 듯 몸을 떨었다.

「박제를 만들 수 있어요.」 어떻게든 노인을 위로하기 위해 동정심 많은 뮐러가 말을 꺼냈다. 「박제를 잘할 수 있죠. 표도르 까를로비치 크뤼거 씨가 박제의 대가지요.」 뮐러는 바닥에서 단장을 집어 노인에게 건네주며 반복해서 말했다.

「그래, 내가 박제를 훌륭히 만들지.」 크뤼거가 앞으로 나서며 겸손하게 말을 이어받았다. 그는 붉고 너저분한 머리카락을 가졌으며 매부리코에 안경을 걸친, 키가 크고 마른 후덕한 독일인이었다.

「표도르 까를로비치 크뤼거 씨는 아주 멋있게 박제를 만드는 뛰어난 재주를 가졌지요.」 뮐러는 자신의 착상에 희열을 느끼기 시작하면서 다시 덧붙였다.

「맞아요, 나는 아주 훌륭하게 박제를 만들 수 있는 뛰어난 재주를 가졌어요.」 크뤼거가 다시금 확인해 주었다. 「그리고 당신께 당신 개의 박제를 무료로 해드리겠습니다.」 그는 관대한 자기 희생에 도취해 이렇게 덧붙였다.

「아니오, 내가 당신이 박제하는 대가를 지불하겠소!」 아담 이바니치 슐츠가 완강히 소리쳤을 때, 그의 얼굴은 두 배나 더 빨개져 있었다. 그도 자신의 관대함에 사로잡혔고, 순진하게도 자신이 모든 불행의 원인 제공자라고 생각했다.

노인은 이 모든 것을 들었지만 분명히 아무것도 이해하지 못한 것이 분명했으며 전처럼 온몸을 떨었다.

「기다리세요! 좋은 코냑 한 잔 드십시오!」 뮐러가 수수께끼의 손님이 나가려는 것을 보고 소리쳤다.

코냑이 제공되었다. 노인은 기계적으로 잔을 받았지만, 손이 떨려서 잔을 입술에 대기도 전에 반을 엎지르고는, 한 모금도 마시지 않은 채 잔을 다시 받침 위에 내려놓았다. 그 다음에 그는 전혀 상황과 어울리지 않는 기묘한 미소를 짓고는, 아조르까를 그 자리에 남겨 둔 채 빠르고 고르지 못한 걸음으로 제과점을 떠났다. 모두들 놀란 채 서 있었다. 놀라워하는 소리가 들렸다.

「아니 이런Schwerenot! 이 무슨 일이람Was für eine Geschichte!」 독일인들은 눈을 둥그렇게 뜨고 서로를 바라보며 말했다.

그러나 나는 서둘러 그 노인을 따라갔다. 제과점에서 오른쪽으로 돌아 몇 걸음 떨어진 곳에, 거대한 건물들로 에워싸인 좁고 어두운 골목이 있었다. 나는 노인이 틀림없이 이 길을 끼고 돌았다는 일종의 예감이 스쳤다. 오른쪽으로 두 번째 집이 건축 중이어서 전체에 비계가 세워져 있었다. 건설용 울타리는 거의 골목의 중간까지 나와 있었고, 울타리를 따라 보행자를 위해 판자로 만들어진 인도가 설치되어 있었다. 나는 울타리와 집 아래 만들어진 그늘진 구석에서 노인을 발견했다. 그는 나무 보도 위에 앉아 팔꿈치를 무릎 위에 세워, 두 팔로 머리를 받치고 있었다. 나는 그의 옆에 앉았다.

「들어 보세요.」 나는 어떻게 이야기를 시작해야 좋을지 모른 채 말을 시작했다. 「아조르까 일로 상심하지 마세요. 가시죠, 제가 댁까지 모셔다 드리겠습니다. 걱정 마세요! 곧 마차를 불러오겠습니다. 어디 사십니까?」

노인은 대답이 없었다. 나는 어떻게 해야 할지 몰랐다. 통행자들은 없었다. 갑자기 그가 내 손을 잡았다.

「숨이 막히오!」 그는 들릴 듯 말 듯한 목 쉰 소리로 말했다. 「숨이 막히오!」

「댁으로 가시지요!」 나는 몸을 일으키면서 말했고 억지로 그도 일으켜 세웠다. 「차를 드시고 침대에 누우세요……. 제가 곧 마차를 불러오겠습니다. 의사를 부르겠습니다……. 아는 의사가 한 사람 있어요…….」

나는 그에게 또 무엇을 말했는지 기억이 나지 않는다. 그는 일어나려고 약간 몸을 일으키다가 다시 바닥에 주저앉고는 여전히 목 쉬고 숨가쁜 목소리로 다시 무엇인가 중얼거리기 시작했다. 나는 그에게 더 가까이 몸을 굽히고 그가 하는 말을 들었다.

「바실리예프스끼 섬[11]에,」 노인이 목쉰 소리로 말했다. 「6번가…… 유욱 번 가아에…….」 그는 입을 다물었다.

「바실리예프스끼 섬에 사세요? 그렇다면 이쪽으로 가시면 안 됩니다. 왼쪽으로 가셔야 합니다, 오른쪽이 아니고. 제가 곧 모시겠습니다…….」

노인은 움직이지 않았다. 나는 그의 팔을 잡았으나 팔은 마치 죽은 사람의 그것처럼 축 쳐졌다. 나는 그의 얼굴을 바라보며 슬쩍 건드려 보았다. 이미 숨이 끊어져 있었다. 나에게는 이 모든 일이 꿈속에서 일어난 일처럼 여겨졌다.

이 사건은 나에게 많은 번거로움을 안겨 주었고 그러는 동안에 나의 열병은 저절로 나았다. 나는 노인의 집을 찾아냈다. 그러나 그는 바실리예프스끼 섬에 산 것이 아니고, 그가 죽은 곳에서 몇 걸음 떨어진 끌루겐의 집[12] 지붕 바로 아래 5층 다락방에, 작은 현관문과 창문이랍시고 좁은 구멍 세 개를 내놓은, 천장은 매우 낮지만 커다란 하나의 방으로 이루어진 독립된 아파트에서 살았다. 그는 극도로 가난하게 살았다. 가구라곤 책상, 두 개의 의자, 그리고 푹신하라고 넣은 속들이 여기저기 튀어나와 돌처럼 딱딱하게 뭉친 낡디낡은 소파가 전부였

---

11 바실리예프스끼 섬은 상뜨 뻬쩨르부르그의 대학 지구로서 네바 강 지류에 위치해 있다.
12 뻬쩨르부르그의 집들에는 집주인의 이름이 붙어 있었다. 5층 집들은 그 당시 매우 드물었다.

는데, 그것 마저도 집주인의 것으로 밝혀졌다. 난로는 벌써 오랫동안 때지 않은 것처럼 보였으며, 초도 찾을 수 없었다. 지금 나는 노인이 오지 밝은 곳에 앉아서 몸을 덥히려는 생각으로 뮐러 씨네 제과점에 간 것이었다고 확신한다. 책상 위에는 흙으로 빚은 잔이 놓여 있었고, 딱딱한 빵 껍질이 구르고 있었다. 돈은 1꼬뻬이까도 찾을 수 없었다. 장례를 위해 갈아입힐 여벌의 내복도 없었다. 누군가 그를 위해 자신의 셔츠를 내주었다. 이런 식으로는 완전히 홀로 살 수 없었으며, 분명히 누군가가 그를, 비록 가끔이라도, 방문했다는 것이 분명했다. 책상 서랍에서 그의 증명서가 발견되었다. 고인은 외국인이었으나 러시아 국민이었고, 이름은 예레미야 스미트, 직업은 기계 기사, 나이는 78세였다. 책상 위에 두 권의 책이 놓여 있었는데, 한 권은 짧은 지리서이며, 다른 한 권은 러시아 어로 번역된 신약 성서였는데, 가장자리에 연필로 메모가 되어 있거나 손톱 자국으로 표시가 되어 있었다. 이 책들은 내가 챙겼다. 다른 세입자들과 주인에게 궁금한 점들을 물어보았으나 그에 대해서 조금이라도 아는 사람은 없었다. 이 집에는 세입자가 많았는데, 거의 모두가 장인(匠人)들과, 식사와 하인을 묶어서 방을 세놓는 독일 여인들이었다. 집의 관리인은 귀족 출신인데, 그 또한 아파트 월세가 한 달에 6루블이며, 고인이 4개월 동안 살았으나 지난 두 달은 한 푼도 세를 내지 못해 원래는 이미 쫓겨나야 했다는 사실을 제외하고는, 다른 사람들과 마찬가지로 고인이 된 세입자에 대해서 아주 조금밖에는 몰랐다. 나는 아무라도 이따금 그를 찾아온 사람은 없었는지 사람들에게 물었다. 그러나 아무도 이 물음에 만족할 만한 답을 주지 못했다. 집은 크고, 적지 않은 사람들이 노아의 방주에 살 듯 드나드는데, 어떻게 그들을 모두 기억할 수 있겠는가라는 것이 대답이었다. 이 집에서 5년을 근무했고, 아무리 사소한 것이라도 무엇인가를 말해 줄 수 있으리라 짐작되는 문지기는 이 일이 있기 2주 전에 휴가 차 고향으로 떠났으며, 그 대신 아직 세입자의 얼굴을 반도 익히지 못한 젊은 총각인 그의 조카가 그 자리를 대신하고 있었다. 나는 당시의 이 탐문이 어떻게 결말이 났는지 자세히 기억하지 못한다. 그러나 결국 그 노인은 묻혔다. 요사이 다른 분주함 속에서도 나는 바실리예프스끼 섬 6번가를 다녀왔는데, 그곳에 이르렀을때 나는 나 자신에 대해 웃고 말았다. 내가 6번가에서 줄지어 들어선 보통 집들 말고 무엇을 볼 수 있었겠는가?

〈그러나 왜,〉 나는 생각했다. 〈노인이 죽으면서 6번가와 바실리예프스끼 섬을 말했을까? 그가 헛소리를 한 것일까?〉

나는 스미트의 빈 아파트를 바라보았다. 꽤 마음에 들었다. 나는 그 아파트를 세내었다. 중요한 것은, 비록 천장이 낮기는 했지만 큰 방이라는 점이었다. 처음에는 내 머리가 창시 천장을 스칠 것 같았다. 그러나 나는 곧 익숙해졌다. 월 6루블로는 더 좋은 것을 구할 수 없었다. 또 이 아파트가 나를 사로잡은 점은 내가 주인으로부터 직접 아파트를 세냈으므로 하인만 구하면 된다는 점이었다. 나는 하인 없이는 하루도 살지 못했다. 문지기는 처음에는 적어도 하루에 한 번 내게 와서 가장 필요한 것을 해주겠노라고 약속했다. 문득 〈누가 알아? 혹 누군가 노인에 대해 물어볼지!〉라는 생각이 들었다. 그러나 그가 죽은 지 이미 닷새가 지났지만, 아직 아무도 오지 않았다.

2

그 당시, 즉 1년 전, 나는 아직 몇몇 잡지에 글을 쓰고 있었고, 그 잡지들을 위해 짧은 기사들을 썼는데, 언젠가는 무엇이든지 대단하고 훌륭한 것을 써낼 수 있으리라고 굳게 믿고 있었다. 그때 나는 규모가 방대한 소설을 쓰고 있었다. 그러나 그 일은, 내가 지금 오랫동안 병원에 입원해 있고 아마도 곧 죽을 것이란 이유 때문에 끝나고 말았다. 만일 내가 곧 죽는다면, 이 회상기를 쓰는 것이 무슨 의미가 있겠느냐고 사람들은 말할 수도 있겠지?

내 일생에 있어 매우 어려웠던 지난해가 나도 모르게 끊임없이 생각난다. 지금 나는 이 모든 것을 쓰고 싶고, 만일 내가 이 일거리를 가지고 있지 않았다면, 나는 아마 따분해서 죽었을지도 모른다. 그 모든 지나간 감정들이 이따금 나를 아프고 괴롭도록 흔들어 놓는다. 붓 아래서 그것들은 더 조용하고, 더 조화된 성격을 가질 것이며, 그럴수록 잠꼬대나 불안한 꿈 같은 느낌은 덜해질 것이다. 나는 적어도 그렇게 여긴다. 글쓰기의 기계적인 활동이 이미 바람직한 영향을 미치는 것이다. 그것은 사람을 진정시키고, 냉정해지도록 만들며, 나의 내부에서 과거의 작가적 습관을 일깨우고, 나의 회상과 병적인 몽환을 일, 즉 작업으로 변환시켜 놓는다……. 맞아, 내가 잘 생각해 냈다. 게다가 의무병에게 남겨 줄 것도 생겨난다. 겨울을 맞아 이중 창틀을 끼울 때, 그는 하다못해 창 둘레에 나의 회상기를 붙일 수도 있는 것이다.

그러나 어쨌든 나는 나의 이야기를 나도 모르게 중간에서 시작했다. 모든 것을 이제 다 쓰려고 한다면, 처음부터 시작해야만 하리라. 자 처음으로 돌아가자. 그렇게 해도 내 자서전이 길지는 않을 것이다.

나는 이곳에서 태어난 것이 아니라, 여기로부터 멀리 떨어진 한 현(縣)[13]에서 태어났다. 추측컨대 나의 부모는 좋은 분들이셨던 것 같다. 하지만 그들은 내가 아직 어릴 때 나를 외로운 고아로 남겨 두셨고, 그 후 나는 나를 가엾다고 거두어 주신 소지주 니꼴라이 세르게이치 이흐메네프 씨 댁에서 자랐다. 그에게 아이라고는 나보다 세 살 어린 외동딸 나따샤뿐이었다. 우리는 남매처럼 자랐다. 오, 아름다운 나의 어린 시절이여! 스물다섯 살의 나이에 죽음을 눈앞에 두고 너를 그리워하고 기쁨과 고마움에 몸부림치며 오직 너 하나만을 생각한다는 것이 얼마나 바보 같은 짓인가! 그때 하늘에는 그렇게 밝은, 뻬쩨르부르그의 그것과는 다른 태양이 떠 있었고, 우리의 작은 심장은 강렬하고도 유쾌하게 약동했다. 그때 우리를 감싸고 있던 것은 숲과 들뿐이었지, 요즘 같은 죽은 돌 더미는 아니었다. 니꼴라이 세르게이치기 괸리하던 바실리예프스끼의 정원과 공원들은 얼마나 아름다웠던가. 나와 나따샤는 이 정원으로 산책하러 다녔으며, 정원 뒤로는 커다랗고 습한 숲이 있었는데 우리 둘은 거기서 길을 잃기도 했다……. 황금 같은 아름다운 시절이여! 삶은 최초로 우리들 앞에 비밀스럽고 유혹적인 모습으로 나타났으며, 그것에 가까워지는 것은 아주 달콤했다. 그때는 나무 하나하나, 덤불 하나하나마다 그 뒤에 비밀스럽고 알 수 없는 누군가가

---

13 제정 러시아 시대의 행정 단위는 우리 나라의 도(道)에 해당하는 1백여 개의 현(縣, guberniia)이 있었고, 그 밑에 군(郡, uezd), 향(鄕, volost'), 촌(村, selo)이 있었다.

살고 있는 것처럼 여겨졌다. 동화의 세계와 현실의 세계가 하나였던 것이다. 그리고 가끔 깊은 골짜기 속에서 짙어진 저녁 안개가 회색빛 띠를 이루며 관목에 달라붙고 우리 계곡의 돌출성이 사면에까지 밀려들 때, 나와 나따샤는 손을 잡고 벼랑 끝에 서서 두려운 호기심을 안고 저 아래 깊은 데를 바라보면서, 누군가가 우리에게 올라오거나 안개 속 계곡 밑으로부터 우리를 부르기를, 그리고 유모의 동화가 진실하고 옳은 진리였음이 밝혀지기를 기다렸다. 한번은, 그로부터 꽤 오랜 시간이 흐르고 난뒤 나는 우연히 나딸리야[14]에게, 그 당시 우리가 어떻게 『동화집』[15]을 손에 넣었고, 그리고 어떻게 우리가 곧바로 정원으로, 잎이 우거진 단풍나무 고목 아래 우리가 좋아하는 녹색 벤치가 놓여 있던 연못가로 달려가서, 그곳에 앉아 매혹적인 동화 『알폰스와 달린다』[16]를 읽기 시작했던가를 상기시켰다. 오늘날까지도 나는 이 동화를 생각할 때면 어떤 이상한 가슴 떨림을 느낀다. 그리고 내가 1년 전에 나따샤에게 그것의 처음 두 줄, 〈알폰스, 나의 동화의 주인공은 포르투갈에서 태어났으며, 그의 아버지는 라미르 씨이다〉 등을 회상시켰을 때, 나는 하마터면 울 뻔했다. 그것은 틀림없이 멍청하게 보였을 것이며, 아마 그래서 그때 나따샤가

---

14 러시아 이름은 세 부분(이름, 부칭, 성)으로 구성된다. 예를 들어 표도르 미하일로비치 도스또예프스끼에서 표도르는 이름, 미하일로비치는 아버지의 이름 미하일을 변형시킨 것이고, 도스또예프스끼는 성에 해당한다. 가까운 사이에서는 이름을 종종 애칭으로 부르는데 여기서는 나딸리야가 원래 이름이고 나따샤가 애칭이다. 그래서 이 소설의 주인공 이반도 바냐라고 불린다.

15 예까쩨리나 2세 때 노비꼬프가 발행한 러시아 최초의 교육적 성향을 띤 어린이 잡지.

16 1787년 N. M. 까람진에 의해 번역되어 『동화집』에 발표된 적이 있다.

나의 격정에 아주 이상하게 미소 지었던 것 같다. 어쨌든 그녀는 이내 감정을 억누르고(나는 이것을 기억한다), 나를 기쁘게 해주기 위해 스스로 옛일을 회상하기 시작했다. 그녀는 한 마디 한 마디 회상해 가면서 스스로 감상에 잠겼다. 그날 밤은 유쾌했다. 우리는 모든 것을 하나하나 회상했다. 내가 기숙 학교에 다니기 위해 현청 소재지로 가던 날도 — 신이여, 그녀가 그때 얼마나 울었던가! — 내가 바실리예프스꼬예를 영원히 떠나면서 우리가 마지막으로 헤어지던 것도. 나는 그때 이미 기숙 학교를 졸업하고 대학 입학을 준비하기 위해 뻬쩨르부르그로 갔던 것이다. 나는 그때 열일곱 살이었고, 그녀는 열다섯 살이었다.[17] 나따샤는 그때 내가 볼썽사납게 삐삐 마른 데다 키가 커서 웃음 없이는 볼 수 없었다고 말했다. 이별하는 순간에 나는 그녀에게 아주 중요한 말을 하기 위해 그녀를 한쪽으로 이끌었다. 하지만 갑자기 혀가 굳어지더니 꼼짝도 하지 않았다. 그녀는 내가 지나치게 흥분했다고 회상했다. 물론 우리의 내화는 이루어지지 않았다. 나는 무엇을 말해야 할지 몰랐고, 그녀는 아마 내 말을 전혀 이해하지 못했을 것이다. 나는 그저 슬피 울었고, 아무 말도 하지 못한 채 떠났다. 우리는 오랜 시간이 흐른 후 뻬쩨르부르그에서 다시 만났다. 그것이 2년 전의 일이다. 이흐메네프 씨가 소송건으로 이곳에 왔고, 나는 막 소설가로 데뷔했을 때였다.

---

17 앞에서 나따샤와 화자인 나는 나이 차이가 세 살이라고 했는데 외국에선 생일을 맞아야 한 살이 올라가므로 화자 〈나〉가 나따샤보다 생일이 늦은 것일 수도 있고 저자 자신의 오류일 수도 있다.

3

 니꼴라이 세르게이치 이흐메네프는 훌륭했지만 벌써 오래전에 몰락한 가문의 출신이었다. 그렇긴 해도 그의 부모는 농노 1백50명[18]이 딸린 조촐한 영지를 물려주었다. 스무 살이 되자 그는 후사르[19]에 입대했다. 모든 것이 순조로웠는데, 6년째 되던 어느 불운한 밤에 노름판에서 전재산을 잃는 일이 벌어졌다. 그는 밤새 잠을 이루지 못했다. 다음날 저녁 그는 다시 노름판에 가서 자기에게 남은 마지막의 것, 즉 말[馬]을 한 카드에 걸었다. 승리할 패였다. 그 다음 것도, 또 그 다음 것도. 그렇게 반 시간이 지났을 즈음, 그는 그의 소유지 가운데 지난 인구 조사 당시 50명의 농노가 있는 것으로 신고된 이흐메네프까 마을을 되찾았다. 그는 노름을 그만두고 다음날로 전역을 신청했다. 1백 명의 농노를 돌이킬 수 없이 잃고 말았던 것이다. 두 달 뒤 그는 중위로 예편하여 자신의 마을로 돌아왔다. 그 뒤 일생 동안 그는 자신이 노름에서 진 사실에 대해 말하지 않았다. 그의 관대함은 정평이 나 있었지만, 감히 그가 노름에 진 사실에 대해 말하는 사람이 있었다면 틀림없이 그 사람을 적대했을 것이다. 마을에서 그는 열심히 자신의 경제를 돌보았고, 서른다섯 살에 가난한 귀족의 딸 안나 안드레예브나 슈밀로바와 결혼을 했다. 그녀는 아무런 지참금을 가져오지 못했지만 현청 소재지의 귀족 기숙 학교에서 이민자인 몽 레베쉬의 교육을 받았다. 아무도 그 교육의 내용이 무엇

---

18 1861년 2월 19일 농노 해방 이전의 부동산 가치는 농노들, 즉 그 땅에 매인 남자 농부들의 숫자로 평가되었다.

19 경기병.

인지 결코 추측할 수 없었지만, 그녀는 평생 그 교육에 자부심을 느끼고 있었다. 니꼴라이 세르게이치는 훌륭한 농부가 되었다. 이웃의 지주들이 그에게서 경영을 배웠다. 그렇게 여러 해가 흘렀다. 어느 날 9백 명의 농노가 살고 있는 이웃 영지 바실리예프스꼬예를 소유하고 있는 뾰뜨르 알렉산드로비치 발꼬프스끼 공작이 갑자기 뻬쩨르부르그에서 그를 찾아왔다. 그의 도착은 주변 지역에 꽤나 강한 관심을 불러일으켰다. 공작은 이미 청년기를 지나기는 했으나 아직 젊은 사람이었고, 높은 관등과 좋은 연줄을 소유하고 있었으며, 더군다나 잘생긴 재산가였다. 그리고 끝으로, 특히 마을 전체의 부인들과 처녀들에게 매력을 끈 이유는 그가 홀아비라는 사실이었다. 사람들은 그의 먼 친척인 현 지사가 현청 소재지에서 그를 위해 베푼 화려한 환영연에 대해 이야기하고, 모든 현의 부인들이 그의 상냥함에 매료되었다는 것 등등에 대해 이야기했다. 한마디로 그는 지방에 이따금 나타났는데, 나타났다 하면 특별한 인상을 불러일으키는, 뻬쩨르부르그 상류 사회의 가장 뛰어난 대표자 중 한 사람이라는 것이었다. 그러나 공작은 결코 친절한 사람이 아니었는데, 특히 그가 필요로 하는 사람이 아니거나 그보다 신분이 약간이라도 낮다고 여겨지는 사람에 대해서는 더욱 그랬다. 그는 이웃 지주들과의 통성명에도 응하지 않았기 때문에 일시에 많은 적을 만들었다. 그런 이유 때문에 그가 갑자기 니꼴라이 세르게이치를 방문하고 싶다고 했을 때 모두들 굉장히 놀랐다. 물론 니꼴라이 세르게이치는 그의 가장 가까운 이웃 중의 하나였다. 이흐메네프 네에게 공작은 아주 강한 인상을 남겼다. 그리고 그는 이들 부부를 매료시켰다. 특히 안나 안드레예브나가 황홀해 했다. 그 후 그는 그들과 아주 허물없는 사이가 되어 매일 그들을 방문하고, 그들을 집으로 초대하기도 했으며, 농담을 나누고 일화도 들려주었다. 그들의 소박한 피아노를 연주하며 노래도 했다. 이흐메네프 부부는 놀라지 않을 수 없었다. 어떻게 이렇게 착하고 사랑스럽기만 한 사람에 대해 거만하고, 건방지고, 메마른 이기주의자라고 말할 수 있는지, 어떻게 이웃들 모두가 한 목소리로 그렇게 외칠 수 있는지? 사람들은 소박하고, 솔직하고, 사심 없고, 점잖은 니꼴라이 세르게이치가 실제로 공작의 마음에 들었다고 믿어야만 했다. 그러나 이내 모든 것이 밝혀졌다. 공작이 바실리예프스꼬예에 온 목적은, 그의 비도덕적인 독일 관리인을 쫓아내려는 것이었다. 그 독일인은 자존심 강한 농학자였는데, 존경심을 불러일으키는 은발 머리에 안경을 쓰고 매부리코를 가진 사람이었지만, 이 모든 장점에도 불구하고 파렴치하고 절제 없이 훔치기를 일삼았으며, 심지어 여러 농노들을 들볶기까지 했다. 이반 까를로비치는 드디어 현장에서 꼬리를 잡혔는데, 그는 매우 화를 내며 독일인의 정직에 대해 열심히 이야기했지만 결국 엄청난 망신을 당하고는 쫓겨나고 말았다. 공작은 다른 관리인이 필요했는데, 그의 선택은 뛰어난 경영인이며 솔직한 사람임에 추호의 의심도 없는 니꼴라이 세르게이치에게 떨어졌다. 공작은 니꼴라이 세르게이치가 은근히 자청하기를 원했지만 그렇게 되지 않자, 그 스스로 어느 좋은 아침에 가장 친밀하고 정중한 형식을 갖춰 제의했다. 이흐메네프는 처음에는 거절했으나, 많은 봉급이 안나 안드레예브나를 유혹하였고, 또 청탁자가 두 배로 상냥하게 부탁하자 나머지 모든 망설임이 사라져 버렸다. 공작은 자신의 목적을 달성했다. 그가 사람들을 대단히 잘 본다는 건 인정해야겠다.

이흐메네프 부부와 교제한 짧은 시간에, 그는 자신이 어떤 사람과 마주하고 있는지 완벽하게 파악했고, 이흐메네프를 우정 어리고 진심 어린 행동으로 매료시켰으며, 그의 신뢰를 얻어야만 한다는 것과 이것 없이는 돈이 아무런 효력을 발휘하지 못하리란 것을 이해했다. 그는 바실리예프스꼬예에 다시 올 필요가 없을 만큼 절대적으로 영원히 믿을 수 있는 관리인이 필요했던 것이다. 그가 실제로 의도한 것은 바로 이것이었다. 그가 이흐메네프에게 불어넣은 주술은 너무나 강해 이흐메네프는 그의 우정을 진심으로 믿었다. 니꼴라이 세르게이치는 훌륭하고 우직한 낭만주의자들 가운데 한 사람이었다. 우리 러시아에는 그런 사람들이 많은데, 그들은 너무나 선량하며 남들이 뭐라 하든 한번 누군가에게 마음을 주면(종종 아무도 그 이유를 알지 못한다) 혼까지 빼주고 가끔 우스꽝스러울 정도로 집착한다.

여러 해가 흘렀고 공작의 영지는 계속 번창했다. 바실리예프스꼬예의 소유자와 관리자 사이의 관계는 어느 한 쪽에도 최소한의 불만이 없는 상태로 유지되었고, 다만 딱딱한 용무상의 서신만 오가는 데 국한되어 있었다. 공작은 니꼴라이 세르게이치의 일 처리에 전혀 개입하지 않았으나 때때로 그에게 전한 조언은 비상한 실용성과 실무적인 장점을 담고 있어 이흐메네프를 놀라게 했다. 그는 낭비할 줄 모를 뿐더러, 심지어 재산 증식의 방법도 알고 있었음이 분명했다. 그는 바실리예프스꼬예를 방문한 지 5년쯤 지나 같은 현 내에 있는 4백 명의 농노가 딸린 다른 훌륭한 장원을 매입할 때도 자신의 관리인 니꼴라이 세르게이치에게 전권을 위임했다. 니꼴라이 세르게이치는 공작의 성공들, 즉 그의 행복한 입신과 진급에 대한 소문을 마치 친형제의 일처럼 받아들이고 기뻐했다. 그리고 그의 기쁨은 공작이 어느 날 특별한 신뢰의 표시를 보여 주었을 때 최고조에 이르렀다. 그 일은 다음과 같이 이루어졌다……. 그러나 나는 여기서 내 소설의 가장 중요한 인물 가운데 한 사람인 이 발꼬쁘스끼 공작의 생활 중 몇몇 특별한 세부 사항에 대해 언급할 필요를 느낀다.

4

나는 이미 앞에서 그가 홀아비였음을 밝혔다. 그는 아주 젊었을 때 결혼을 했는데, 그 결혼은 돈을 보고 한 것이었다. 그는 모스끄바에서 완전히 망해 버린 부모로부터 거의 아무것도 상속받지 못했다. 바실리예프스꼬예를 저당 잡히고 다시 저당 잡혀서, 그는 엄청난 빚더미에 올라앉아 있었다. 그 당시 무일푼이었던 스물두 살의 공작은 모스끄바의 아무 사무실에서나 닥치는 대로 일을 해야만 했고, 그래서 그는 〈오랜 귀족 가문의 가난뱅이 후예〉[20]로 세상살이를 시작했다. 그런데 어느 독점 상인의 과년한 딸과의 결혼이 그를 구해 주었다. 물론 독점 상인은 그를 지참금으로 속인 것이었다. 어쨌든 공작은 아내의 돈으로 세습지에 얽힌 빚을 청산하고 자립할 수 있게 되었다. 그의 부인이 된 상인의 못생긴 딸은 거의 글쓰기를 할 줄도 몰랐고 두 낱말을 잇지도 못했지만, 오직 한 가지 중요한 덕성만은 가지고 있었다. 부인은 선량하

---

[20] N. A. 네끄라소프의 시 「공작 부인」을 인용한 것임.

고 온순했던 것이다. 공작은 이 덕성을 십분 이용했다. 결혼 첫해를 보낸 후, 그동안 그에게 아들을 안겨 준 부인을 모스끄바에 있는 장인의 손에 맡겨 놓고, 자신은 일자리가 있는 ***현으로 근무하기 위해 떠났다. 그곳에서 그는 간계를 쓰고, 뻬쩨르부르그의 지위 높은 친척의 비호를 얻어 상당한 자리에 오를 수 있었다. 그는 공훈, 지위의 상승, 출세에 목말라 있었기에, 자신의 부인과는 뻬쩨르부르그에서도 모스끄바에서도 살 수 없다는 것을 계산한 후, 보다 나은 장래에 대한 기대를 품고 지방에서 자신의 경력을 시작하기로 결심했다. 사람들은 이미 그가 부인과 함께 산 첫해부터 거친 태도로 부인을 괴롭혔다고 말했다. 이 소문은 니꼴라이 세르게이치를 언제나 흥분시켰는데, 그는 공작이 비열한 행동을 할 사람이 아니라고 맹세해 가며 열렬히 공작을 변호했다. 그러나 7년 후 마침내 공작 부인이 죽자 홀아비가 된 그의 남편은 지체 없이 뻬쩨르부르그로 이사했다. 뻬쩨르부르그에서 그는 몇 차례 주목을 받았다. 그는 아직 젊은 데다 인물도 좋고 재산도 있으며, 의심할 나위 없는 재치와 멋, 그리고 끝없는 유머 등 많은 뛰어난 장점을 타고났기에, 행운과 후견을 구하는 사람으로서가 아니라 상당히 독자적으로 등장했다. 사람들은 그가 실제로 무언가 매력적인 것, 승자적인 그 무엇, 강한 것을 소유하고 있다고 말했다. 그는 특히 여인들의 마음을 사로잡았고, 특히 상류 사회의 미인 중 어느 한 명과의 관계는 그에게 꺼림칙한 명성을 안겨 주기도 했다. 그는 인색하다고 할 정도의 천부적인 검소함에도 불구하고 아낌없이 돈을 뿌렸고, 필요한 사람에게는 카드를 져주었으며, 심지어 거액의 손실에도 미간조차 찌푸리지 않았다. 그러나 그는 쾌락을 즐기기 위해 뻬쩨르부르그에 온 것은 아니었고, 자신의 출세를 결정적으로 궤도에 올려놓고 공고히 할 필요가 있었기 때문이었다. 그는 이 목적을 달성했다. 그의 존귀한 친척 나인스끼 백작은 그가 평범한 청탁자였다면 주의를 기울이지 않았겠지만, 그의 사교계에서의 성공에 감동하여 그에게 자신의 주의를 기울이는 것이 가능하며 적절하다고 보고, 심지어 그의 일곱 살 난 아들을 양육하기 위해 자신의 집에 거둘 정도로 호의를 베풀었다. 이 시기에 공작의 바실리예프스꼬예로의 여행과 이흐메네프와의 친교가 이루어진 것이다. 드디어 그는 백작의 주선으로 가장 중요한 대사관 중 한 군데에 중요한 자리를 얻어 해외로 나갔다. 그 후 그에 대한 소문은 다분히 막연했다. 사람들은 해외에서 그에게 일어난 어떤 불쾌한 사건에 대해 말들을 했으나, 아무도 그것이 어떻게 된 것인지는 설명하지 못했다. 단지 그가, 내가 이미 언급한 바와 같이, 4백 명의 농노를 사서 보냈다는 것이 밝혀졌을 뿐이다. 그는 여러 해가 지나서야 높은 관등을 갖고 외국에서 돌아와, 곧바로 뻬쩨르부르그에서 아주 중요한 직위를 부여받았다. 이흐메네프까에서는 그가 재혼할 것이며, 어떤 고귀하고 부유하며 권세 있는 집안과 일족이 될 것이라는 소문이 자자했다. 〈그는 고관이 될 거야!〉 니꼴라이 세르게이치는 자기가 만족스러워서 손을 비비며 말했다. 나는 그때 뻬쩨르부르그에서 대학을 다니고 있었다. 이흐메네프가 나에게 매우 급하게 편지를 부쳐, 결혼에 대한 소문의 진위를 알아볼 것을 부탁했던 것이 생각난다. 그는 공작에게도 편지를 써서 나의 후견인이 되어 달라고 부탁했는데 공작은 답장을 하지 않았다. 나는 공작의 아들이 처음에는 백작의 집에서 자라다가 그 다음엔 리쩨이[21]에 입학했고, 그 당시 열아홉의 나이로 수료했다는 사실만을 알아냈다. 나는 이것을 곧 이흐메네프에게 알렸고, 더불어 공작은 자기 아들을 매우 사랑하여 그를 버릇없게 만들고 있으며, 지금 벌써 그의 장래에 대한 계획을 세우고 있다고 썼다. 나는 이 모든 것을 그 젊은 공작과 알고 지내는 학우들로부터 듣고 알았다. 그즈음 어느 좋은 날 아침에 니꼴라이 세르게이치는 공작으로부터 편지 한 통을 받고 더할 수 없이 놀라고 말았다.

내가 이미 언급했던 것처럼, 공작은 지금까지 니꼴라이 세르게이치와의 관계에서 메마르고 사무적인 통신만을 하고 있었는데, 이번 편지는 그에게 아주 자세하고 솔직하고 호의적인 태도로 자신의 가족 관계에 대해 썼다. 그는 아들에 대해 불만을 가지고 있으며, 아들의 불량한 처신이 자신의 화를 돋우는데, 물론 젊은 사람의 객기를 지나치게 심각하게 받아들일 필요는 없지만(그는 분명히 그를 용서하려 했다), 그에게 벌주고 겁을 주기 위해 당분간 그를 시골로, 이흐메네프의 감독 하로 보내려는 것을 결정했다는 것이었다. 그는 〈더할 수 없이 선량하고 고결한 니꼴라이 세르게이치와 특히 안나 안드레예브나를 전폭 신뢰한다〉고 쓰고, 그들이 그의 경박한 아들을 받아들여 멀리 떨어진 곳에서 분별력을 가르치고, 가능하다면 그를 사랑해 줄 것과, 그리고 무엇보다 그의 경박한 성격을 바로잡아 주고, 〈인간 생활에서 필수 불가결한 유익하고 엄한 규칙들을 가르쳐 줄 것〉을 부탁했다. 물론 늙은 이흐메네프는 이 일을 기쁘게 받아들였다. 젊은 공

---

21 1811년에 짜르스꼬예셀로에 세워진 귀족 학교.

작이 나타나자, 그들은 그를 친아들처럼 맞았다. 얼마 지나지 않아 니꼴라이 세르게이치는 그를, 그의 나따샤를 사랑하듯 열렬히 사랑했다. 심지어 그 후, 공작과 이흐메네프 기의 결정적인 결별 이후에도 노인은 유쾌한 마음으로 이따금 자신의 알료샤를 회상하곤 했다. 그는 알렉세이 뻬뜨로비치를 그렇게 부르는 데 익숙해 있었다. 사실 그는 매우 사랑스러운 젊은이였다. 그는 잘생겼고, 여자처럼 약하고 신경질적이지만, 그와 동시에 쾌활하고 순박하며, 너그러운 정신과 고결한 감각을 느낄 수 있는 정신의 소유자였고, 성실하고 감사할 줄 아는 마음을 가졌다. 그는 이흐메네프 댁의 우상이 되었다. 열아홉 살이란 나이에도 불구하고 그는 영락없는 어린애였다. 사람들이 말하듯, 그를 매우 사랑하는 아버지가 그를 왜 시골로 보냈는지 상상하기란 쉽지 않았다. 사람들은 젊은이가 뻬쩨르부르그에서 태만하고 경박한 생활을 영위했고, 현직에 나가기를 원하지 않았기 때문에 아버지를 노하게 했다고 말했다. 니꼴라이 세르게이치는 알료샤에게 아무것도 캐묻지 않았는데, 그것은 공작 뾰뜨르 알렉산드로비치가 필시 자신의 편지에서 아들을 보낸 진실한 이유에 대해 함구했기 때문이었으리라. 어쨌든 알료샤의 그 어떤 용서받지 못할 경박함에 대해, 어떤 부인과의 모종의 관계에 대해, 모종의 결투 건에 대해, 카드 놀이에서의 엄청난 손실에 대해 좋지 않은 소문이 돌았다. 더욱이 소문은 그가 남의 돈을 탕진했다는 데까지 이르렀다. 또한 공작이 무슨 잘못 때문이 아니라, 어떤 특별한 이기적인 계산 때문에 아들을 멀리 보내기로 결정했다는 소문도 돌았다. 이에 격분한 니꼴라이 세르게이치는 더욱이 알료샤가 유년과 소년 시절 동안 알지 못했던 자신의 아버지를 매우 사랑한다는 점을 바탕으로 이런 소문을 과감히 물리쳤다. 그가 아버지 이야기를 할 때면 황홀감에 젖은 채 감격에 사로잡혀 말했는데, 그것만으로도 그가 아버지를 따르고 있음이 분명하다는 것이었다. 이따금 알료샤는 자기와 아버지가 어떤 백작 부인을 함께 쫓아다녔는데, 자기가 이겼을때 아버지가 굉장히 화를 냈다는 이야기를 흘리곤 했다. 그는 언제나 이 사실을 황홀감에 젖어 어린이 같은 순진함을 가지고, 우렁차고 유쾌한 웃음을 곁들여 이야기했다. 그러나 니꼴라이 세르게이치는 이내 그를 제지하곤 했다. 알료샤는 그의 아버지가 다시 결혼하려 한다는 소문도 확인해 주었다.

그는 이미 거의 1년의 추방 생활을 견뎠고, 정해진 날마다 자기 아버지에게 예의 바르고 사려 깊은 편지를 썼는데, 바실리예프스꼬예에서의 생활에 매우 친숙해져서 마침내 여름에 공작이 영지에 왔을 때는(그 방문에 대해 그는 사전에 이호메네프에게 알렸다) 그 스스로 아버지에게 전원 생활이 자신에게 어울리는 직분임을 단언하며, 가능한 한 오래 바실리예프스꼬예에 살게 해달라고 요청할 정도였다. 알료샤의 모든 결정과 소원은 그의 지나칠 정도로 신경질적인 감수성, 그의 뜨거운 심장, 이따금 부딪치는 우매할 정도의 경솔함, 그리고 모든 외부로부터 전해지는 영향 아래 자신을 종속시키는 특별한 능력 및 의지의 완전한 결핍에 바탕하고 있었다. 그러나 공작은 이 청원을 듣고 어떤 의심을 품었다……. 니꼴라이 세르게이치조차 자신의 이 오래전 〈친구〉를 거의 알아보지 못할 정도였다. 뾰뜨르 알렉산드로비치 공작은 아주 많이 변해 있었던 것이다. 그는 갑자기 니꼴라이 세르게이치의 어떤 흠을 잡듯이 대했다. 그는 영지의 회계 상태를 살펴보면서 혐오스러울 정도의 탐욕스러움과 인색함, 이해할 수 없는 불신을 보였다. 그의 이 모든 행동은 선량한 이흐메네프를 대단히 슬프게 했다. 오랫동안 그는 자신을 믿지 않으려 했다. 14년 전 공작의 첫 번째 바실리예프스꼬예 방문과 비교하면 이번에는 모든 것이 거꾸로 돌아갔다. 공작은 모든 이웃과 친교를 맺었는데, 물론 가장 중요한 인물들만을 상대했다. 그는 니꼴라이 세르게이치는 전혀 가까이 하지 않았고, 그를 마치 아랫사람처럼 대했다. 갑자기 이해할 수 없는 사건이 벌어졌다. 아무런 특별한 이유도 없이 공작과 니꼴라이 세르게이치 사이에 냉혹한 절교가 있었던 것이다. 양측에서 격렬하고 모욕적인 표현이 터져 나왔다. 이흐메네프는 분노에 차서 바실리예프스꼬예를 떠났으나, 일은 이것으로 끝나지 않았다. 산지 사방에 혐오스럽기 짝이 없는 유언비어가 퍼져 나갔다. 내용인즉슨, 니꼴라이 세르게이치가 젊은 공작의 성격을 꿰뚫어 보고, 자신의 이익을 위해 그의 모든 약점을 이용하려 했다는 것이었다. 즉 그의 딸 나따샤가 (그때 이미 열일곱 살이었다) 스무 살의 젊은이를 자기에게 반하게 만들었다는 것이었고 아버지도 어머니도 아무것도 알아채지 못한 척하면서 이 사랑을 비호했다는 것, 그리고 교활하고 〈조신하지 못한〉 나따샤가 결국 젊은이를 완전히 홀렸기 때문에, 알료샤는 1년이 넘도록 그녀의 훼방으로 말미암아 이웃 지주들의 훌륭한 가정에 그토록 많은 진실하고 고결한 처녀들을 한 명도 보지 못하고 말았다는 것이었다. 마침내 사람들은 두 연인이 바실리예프스꼬예에서 15베르스따 떨어진 그리고리예보에서 결혼하기로 이미 약속을 했고,

나따샤의 부모들에게는 비밀로 했다지만 그들은 아주 작은 일들까지도 다 알고 있었으므로, 추악한 충고로 딸을 조종한 거라고 확신하기에 이르렀다. 한마디로 말해, 이 사건을 계기로 마을의 남녀 수다쟁이들이 지껄인 모든 것은 책 한 권에도 다 실을 수 없으리라. 그러나 무엇보다 놀라운 것은 공작이 이 모든 것을 완전히 믿었고 순전히 이 일로 바실리예프스꼬예에 왔다는 것인데, 그는 지방에서 뻬쩨르부르그로 날아온, 익명으로 작성된 밀고를 받았다는 것이다. 물론 조금이라도 니꼴라이 세르게이치를 아는 사람이라면 분명 그에게 가해진 비난을 한 마디도 믿을 수 없었을 테지만, 언제나 그렇듯이 모든 사람들은 공연히 분주했고, 떠들어댔으며, 무심히 말하고 머리를 저었으며, 유죄 선고를 내렸다. 이흐메네프는 수다쟁이들 앞에서 자신의 딸을 변호하기에는 지나칠 정도로 자존심이 강했고, 안나 안드레예브나에게도 그 어떤 것이라도 이웃에게 변명하는 것을 엄하게 금지시켰다. 그러니 정작 그렇게 비방을 당한 니따샤는 1년이 지니도록 이 수다와 요설에 대해 거의 아무것도 알지 못했다. 그녀에게 이 이야기는 조심스럽게 숨겨졌고, 따라서 그녀는 열두 살 소녀처럼 명랑하고 천진스러웠다.

그러는 사이에도 싸움은 계속되었다. 친절한 사람들은 절대로 잠자코 있지 않았다. 밀고자들과 증인들이 등장했고, 그들은 니꼴라이 세르게이치가 여러 해에 걸쳐 바실리예프스꼬예를 관리하는 동안 결코 모범과 정직함으로 공적을 세운 것은 아니라고 공작이 믿도록 하는데 마침내 이르렀다. 그뿐만이 아니었다. 3년 전 니꼴라이 세르게이치가 숲을 팔면서 은화 1만 2천 루블을 착복했는데, 그에 대한 분명하고 유효한 증거를 법정에 제출할 수 있다는 것이다. 더군다나 그가 숲의 판매를 위해 공작의 법적 위임을 받지 않은 채 스스로의 판단에 따라 행동했고, 추후 매도의 필요성에 대해 공작을 설득했을 뿐만 아니라 실제로 받은 금액보다 훨씬 적은 금액을 건넸다는 주장도 등장했다. 물론 이 모든 것은 훗날 중상모략으로 밝혀졌지만, 공작은 모든 것을 믿었고 사람들 앞에서 니꼴라이 세르게이치를 도둑이라고 불렀다. 이흐메네프는 참지 못하고 바로 똑같이 모욕적인 말로 대답했다. 매우 소름 끼치는 장면이 벌어졌다. 즉각 소송이 벌어졌다. 니꼴라이 세르게이치는 아무런 문서도 가지고 있지 않았고, 특히 후원자가 없었으며, 더군다나 이런 소송 관계에 경험이 없었다는 점 때문에 소송에서 지게 되었다. 그의 재산이 압류되었다. 격분한 노인은 모든 것을 내팽개치고 일을 직접 처리하기 위해 뻬쩨르부르그로 이사했고, 마을에는 경험 있는 대리인을 위촉해 두었다. 아마도 공작은 이내 근거 없이 이흐메네프를 모독했다는 것을 깨달은 것 같았다. 그러나 쌍방의 모욕이 너무 심해서 화해가 불가능해지자, 초조해진 공작은 소송이 자기에게 유리하게 돌아가도록, 말하자면 자신의 옛 관리인으로부터 마지막 한 닢까지 뺏으려고 모든 노력을 기울였다.

5

그렇게 해서 이흐메네프 가족은 뻬쩨르부르그로 이사했다. 나는 그렇게 오래 헤어져 있다가 나따샤와 해후한 데 대해서는 쓰지 않겠다. 그 4년 동안 나는 결코 그녀를 잊은 적이 없었다. 물론 나는 내가 그녀를 생각할 때 가졌던 감정을 전부 기억하지는 못한다. 그러나 우리가 다시 만났을 때, 나는 운명이 그녀를 나에게 정해 주었음을 깨달았다. 먼저, 도착한 첫날 나에게 나따샤는 그동안 조금밖에 성장하지 않아서 우리가 헤어지기 전과 거의 변함없이 그때 그 소녀로 남아 있는 것처럼 여겨졌다. 그러나 곧 나는 그녀에게서 매일 뭔가 새로운 면모를, 그때까지 내가 전혀 몰랐던, 마치 그녀가 일부러 나한테 감추고 숨긴 듯한 모습를 발견했다. 이 발견은 나에게 그 얼마나 즐거움을 가져다 주었던가! 뻬쩨르부르그로 이사한 초기에 노인은 매우 초조하고 신경질적이었다. 그의 일은 순조롭게 진행되지 않았다. 그는 분노에 사로잡혀 어쩔 줄을 몰라 했고, 서류에 매달려서는 우리를 돌아볼 겨를도 없었다. 안나 안드레예브나도 침착성을 잃은 사람처럼 행동했고, 처음에는 분명하게 사리를 판단하지 못했다. 그녀는 뻬쩨르부르그에 대해 겁을 먹었다. 그녀는 한숨을 쉬고, 두려워했으며, 이전이 삶과 이흐메네프까를 생각하며 울었고, 나따샤가 나이가 찼는데도 아무도 신경 써주는 사람이 없다는 것을 서러워했다. 그리고 이런 이야기를 털어놓을 다른 사람이 없었기 때문에 그녀는 나와 예외적으로 솔직하게 이야기를 나누었다.

바로 이 무렵, 그들의 도착 직후 나는 문학가로서 첫발을 내딛는 나의 첫 소설을 완성했다.[22] 그런데 신출내기답게 그것을 어디로 넘겨야 할지를 몰랐다. 이흐메네프 댁에서는 이것에 대해 아무 말도 하지 않았다. 그들은 내가 빈둥빈둥 사

---

22 도스또예프스끼는 그의 처녀작 『가난한 사람들』을 1845년 5월에 완성하고 1846년 1월 발표했다.

는 것 때문에, 즉 내가 공직에 나가지 않고 자리를 얻으려 공을 들이지도 않는 것 때문에 거의 나와 다투다시피 했다. 노인은 나를 진지하게, 심지어 신경질적으로 질책했다. 물론 그것은 내 생활에 대한 아버지와 같은 관심에서 나온 것이었다. 나는 정말 내가 무슨 일을 하는지 말하기가 부끄러웠다. 그리고 내가 어떻게 그들에게 관직을 갖고 싶지 않으며, 소설을 쓰고 싶다고 똑바로 말할 수 있었겠는가? 그래서 나는 그들을 잠시 속여, 내가 아직 자리를 받을 수 없으며, 모든 힘을 기울여 자리를 찾고 있다고 말해 주었다. 노인은 내 말의 진실성을 검증할 시간이 없었다. 나는 언젠가 나따샤가 우리의 대화를 듣고는, 나를 은밀히 구석으로 이끌고 가서는 눈물을 흘리며 내 앞날을 생각할 것을 부탁하고, 내가 정말로 무슨 일을 하는지 물었던 일이 생각난다. 그리고 내가 솔직히 털어놓지 않자, 그녀는 나로부터 게으름과 무위로 자신을 망치지 않겠다는 서약을 받았다. 나는 그녀에게 내가 무슨 일을 하는지 고백하지 않았지만, 나의 일과 첫 소설에 대해 그녀가 격려해 준 이후 비평가들과 애호가들이 나에게 보내 준 모든 찬사와 맞바꾸었을 것이다. 드디어 내 소설이 출판되었다. 이미 출판되기 오래전부터 내 소설은 문학계에서 주목을 끌었다. B[23]는 내 원고를 읽고 어린아이처럼 기뻐했다. 그래, 나에게 행복했던 적이 있었다면 그것은 성공의 황홀한 첫 순간이 아니라, 내가 아직 아무에게도 내 원고를 읽어 주지 않고 보여 주지 않았을 때, 그 긴 밤, 흥분된 기대와 공상

---

23 V. G. 벨린스끼(1811~1848)를 가리킨다. 이 시기에 매우 강력한 영향력을 행사했던 비평가이며 〈서구주의〉의 가장 유명한 대표자들 중 한 사람이다.

그리고 일에 대한 열정과 사랑에 사로잡혀 있을 때였으며, 환상에 젖어 내가 창조한 인물들이 마치 내 친척이며 실제로 존재하는 인물처럼 느껴져 서로 교류할 때였다.[24] 나는 그들을 사랑하며, 그들과 함께 기뻐하고 슬퍼했으며, 더욱이 때때로 나의 평범한 주인공들의 운명에 대해 진실 어린 눈물을 흘리곤 했다. 처음에 굉장히 놀라긴 했지만 두 노인이 내 성공에 대해 얼마나 기뻐했는지는 말로 형용할 수가 없다. 나의 성공은 그만큼 그들을 깊이 감동시켰던 것이다. 예를 들어 안나 안드레예브나는, 모든 사람으로부터 칭송받는 새로운 작가가 바로 나, 바로 그 바냐라는 것을 믿으려 하지 않았고, 내내 머리를 설레설레 흔들었다. 노인은 오랫동안 그 사실을 받아들이지 못했는데, 처음 들었을 때는 매우 놀라기까지 했다. 그리고 그는 무산되어 버린 관료로서의 경력과 모든 문필가들이 대체적으로 무질서한 삶을 영위한다는 점을 말하기 시작했다. 그러나 끊임없이 이어지는 새로운 소문, 잡지의 기사들, 그리고 마침내 그가 공경심을 갖고 신뢰하는 인사들이 나에 대해 피력한 몇 마디 찬사가 이 일에 대한 그의 의견을 송두리째 바꾸어 놓았다. 그리고 내가 갑자기 돈을 번 것을 보고, 문학으로 얼마나 돈을 벌 수 있는가를 알고 난 후에는 그의 마지막 의심마저도 사라졌다. 의구심에서 절대적이고 열광적인 믿음으로 빠르게 넘어가면서, 그는 나의

24 표도르 미하일로비치는 『가난한 사람들』을 썼을 때를 황홀한 듯이 떠올리곤 했다 — 안나 그리고리예브나의 노트.
사실 이반 뻬뜨로비치의 책에 대해 이야기하면서 도스또예프스끼는 자신의 첫 소설을 명백히 암시하고 있다. 작가 네끄라소프와 비평가 벨린스끼에게 즉각적인 호평을 얻은 『가난한 사람들』은 도스또예프스끼에게 짧은 시일에 빛나는 문학적 명성과 사교계에서의 성공을 가져다 준다.

행운에 대해 어린아이처럼 기뻐했으며, 갑자기 상궤를 벗어난 기대와 나의 미래에 대해 눈이 멀 정도의 환상에 빠져 들었다. 그는 나의 경력을 위해 매일 새로운 계획들을 짰는데, 이 계획 속에 들어 있지 않은 것이라곤 거의 없었다. 그는 나에게 무언가 특별한, 이제까지 보여 주지 않았던 경의를 표하기 시작했다. 그럼에도 불구하고 환희에 가득 차서 몽상에 젖을 때면 이따금 옛날의 의심이 다시 고개를 들어, 그는 다시 혼란에 빠지곤 했다.

〈문필가, 시인! 얼마나 기묘한가······. 그러나 어느 세월에 시인들이 관직에 오를 것인가? 그들은 어쨌든 희망 없는 보잘것없는 문사(文士)일 뿐!〉

나는 이런 류의 의심과 모든 까다로운 물음이 어느 때보다도 해 질 녘에 그에게 찾아 든다는 것을 알아차렸다(그 아름답던 시절, 모든 것이 상세하게 내 기억 속에 자리잡고 있다). 땅거미가 질 무렵이면 우리 노인은 특히 신경 과민이 되어 민감해지고 의심이 많아졌다. 나와 나따샤는 이미 그것을 알고 있었고 이 사실에 대해 몰래 웃곤 했다. 나는 그에게 기운을 북돋워 주려고 수마로꼬프[25]가 어떻게 장군의 지위에 올랐는지, 제르쟈빈[26]이 어떻게 금화로 채워진 담뱃갑을 받았는지, 어떻게 여제[27]가 직접 로모노소프[28]를 방문했는지

---

[25] 알렉산드르 수마로꼬프(1717~1777). 러시아 고전주의의 대표적 시인이자 극작가. 그는 실제로 장군의 지위에 해당하는 5등 문관이었다.

[26] 가브릴 제르쟈빈(1743~1816)은 예까쩨리나 2세 시대의 궁정 시인이었다.

[27] 예까쩨리나 2세를 말한다.

[28] 미하일 로모노소프(1711~1765). 뾰뜨르 1세 통치 이후 18세기 러시아의 가장 주목할 만한 인물들 중 한 명이다. 그는 러시아 북부에서 어부의

등의 일화를 들려주었고, 뿌쉬낀과 고골에 대해서도 들려주곤 했던 일이 기억 난다.

「아네, 이 친구야, 다 알아.」그는 이렇게 반박했으나, 아마도 일생에 이런 이야기를 처음 들었을 것이다. 「흠! 들어 보게, 바냐. 나는 어쨌든 자네가 글을 운문으로 쓰지 않아 기쁘네. 이 친구야 시는, 무의미한 거야. 반박할 것 없네, 날, 이 늙은이를 믿어. 나는 자네에게 최선의 것을 바라고 있어. 하지만 그것들은 순전히 무의미한 것이고, 무익한 시간 낭비야! 고등학생들이야 시를 써도 괜찮지. 하지만 시작(詩作)은 자네같이 젊은 사람들을 정신 병동으로 데려갈 거야⋯⋯. 물론 뿌쉬낀이야 위대한 인물이지, 누가 거기에 반론을 제기하겠어! 그러나 그는 시를 썼을 뿐, 그 이상은 아니야, 그저 무상한 거야⋯⋯. 물론 나는 그의 작품을 얼마 안 읽었어⋯⋯. 하지만 산문은 다르지! 여기선 작가가 독자를 교화할 수도 있지, 말하자면, 조국애를 말할 수도 있고, 또는 일반적으로 미덕에 대해서도, 그래! 니, 이보게, 자신을 표현할 줄 몰라. 하지만 자네는 이해할 거야. 자네를 사랑해서 하는 말이니까. 자, 읽어 봐!」그는 내가 드디어 내 책을 가지고 왔을 때, 그리고 우리 모두가 차를 마신 후 원탁에 둘러앉았을 때, 후원자 같은 표정을 지으며 그렇게 결론을 내렸다. 「자네가 거기 무엇을 썼는지 읽어 봐, 사람들이 자네에 대해 크게 외치잖아! 지켜보자고! 지켜보자고!」

나는 책을 펼쳐 읽을 준비를 했다. 그날 저녁 내 책이 막

아들로 태어났으며 시인인 동시에 역사가, 문법학자, 물리학자로서 러시아 근대 학문의 토대를 확립하였다. 여제는 1764년 그의 집에 있는 실험실을 몸소 방문했다.

인쇄되어 나왔는데, 나는 견본을 받자마자 작품을 읽어 주기 위해 이흐메네프 네에게 달려왔던 것이다.

그들에게 좀 더 일찍, 원고 상태에서 읽어 주지 못한 것이 어찌나 슬프고 화가 나던지! 원고는 이미 출판인의 수중에 있었다. 나따샤는 다른 사람들이 자기보다 앞서서 내 소설을 읽었다는 것에 대해 화가 북받쳐 울음을 터뜨렸고, 나와 다투고 또 나를 책망했다……. 그러나 우리는 결국 테이블에 둘러앉았다. 노인은 대단히 진지하고 비판적인 표정을 지었다. 그는 아주 엄격하게 심판하고 〈스스로를 확신시키고자〉 했다. 노부인 역시 매우 엄숙하게 바라보았다. 하마터면 그녀는 이 낭독회를 위해 새 모자를 쓸 뻔했다. 그녀는 이미 오래전부터 내가 끝없는 사랑을 담고 그녀에게 무엇과도 비길 데 없이 소중한 나따샤를 바라본다는 것을 알아차렸다. 내 영혼에 불이 붙었다는 것도, 나따샤와 이야기하려면 내 숨이 멎고 눈앞이 캄캄해진다는 것도, 그리고 나따샤 또한 전보다 더 빛나는 눈으로 나를 바라본다는 것도 눈치 챘다. 그래! 드디어 그 시간이 왔다. 바로 성공과 고귀한 희망과 완전한 행복의 순간. 이 모든 것이 함께, 동시에 왔다! 노부인은 또한 노인이 나를 매우 칭찬하기 시작했고, 나와 딸을 특별하게 본다는 것도 벌써 알아차렸다……. 하지만 그녀 역시 놀라지 않을 수 없었다. 어쨌든 나는 백작도 아니고 권세 있는 공작도 아니며, 더군다나 법학 교육을 받고 6등관이 된 젊고, 훈장을 받은, 잘생긴 청년이 아니지 않는가! 안나 안드레예브나는 적당히, 반쯤 기대하는 것을 좋아하지 않았다.

〈우린 한 사람을 칭찬하고 있어.〉 그녀는 나에 대해 생각했다. 〈그런데 왜? 몰라. 작가, 시인…… 작가라는 게 대체 뭐람?〉

6

 나는 하루 저녁에 걸쳐 그들에게 내 소설을 다 읽어 주었다. 우리는 차를 마신 다음 바로 읽기 시작해서 밤 두 시까지 앉아 있었다. 노인은 처음엔 얼굴을 찌푸렸다. 그는 도달할 수 없을 만큼 고상한 무언가를, 그 자신은 아마 이해하지 못하겠지만 고매할 것이 분명한 그 어떤 것을 기대했다. 그러나 그 대신에 일상적이고 일반적으로 알려진 것들, 우리 주위에서 흔히 벌어지는 바로 그런 것을 듣게 되었다. 만일 주인공이 위대하거나 흥미 있는 인물, 로슬라블레프나 유리 밀로슬라프스끼[29] 같은 역사적 인물이었다면 좋았을 것이다. 그러나 여기에는 작고 수줍음을 잘 타며 심지어 단추가 떨어져 버린 제복을 입은 약간 바보 같은 관리에 대해 서술되어 있는 것이다.[30] 그리고 이 모든 것이 평범한, 매일 우리가 하는 말과 똑같은 말로 씌어졌던 것이다……. 이상해! 노부인은 니꼴라이 세르게이치를 미심쩍은 시선으로 바라보며, 심지어 그녀의 심기가 약간 불편할 때처럼 조금 입술을 내밀었다. 〈그래, 정말 이런 엉터리 같은 것을 책으로 만들고 또 듣는 수고를 할 만한 가치가 있는 건가, 그리고 이것에 대해 돈을 지불한단 말이지.〉 이렇게 그녀의 얼굴에 씌어 있었다. 나따샤는 나에게서 시선을 떼지 않고 모든 신경을 집중하여 열심히 들었고, 내가 모든 낱말을 어떻게 발음하는지 내 입술을 바라보며 자신의 예쁜 입술을 움직였다. 그러나 무슨 일

---

29 M. H. 자고스낀(1789~1852)의 역사 소설의 주인공들. 그의 소설들은 작가 부모의 장서에 들어 있었다.

30 『가난한 사람들』의 주인공 마까르 제부쉬낀을 염두에 둔 것이다.

이 일어났던가? 내가 채 반을 읽기도 전에 나의 청중들의 눈에서 눈물이 흘러내렸다. 안나 안드레예브나는 나의 주인공들을 진심으로 애처로워하고, 순진하게도 불행에 빠진 그를, 내가 그녀의 탄성을 통해 느낀 바로는, 어떻게든 돕기를 원하면서 진실로 눈물을 흘렸다. 노인은 이미 고매함에 대한 생각을 던져 버렸다. 그가 말했다. 「작가가 완숙하지 않다는 것은 처음부터 드러났어, 그는 단지 단순한 이야기꾼일 뿐이야, 대신에 사람의 마음을 사로잡는군. 그리고 무슨 일에 관한 건지 이해가 가고 파악이 돼, 즉 가장 시달림 받고 보잘것없는 사람도 역시 사람이고 우리의 형제라는 사실 말이야.」 나따샤는 눈물을 흘리며 듣다가 탁자 아래로 내 손을 가만히, 그러나 힘있게 쥐었다. 독회가 끝났다. 그녀는 일어섰다. 그녀의 뺨은 상기되어 있었고, 눈에는 눈물이 가득했다. 갑자기 그녀는 나의 손에다 입을 맞추고는 방에서 뛰어나갔다. 아버지와 어머니는 서로 눈길을 교환했다.

「흠! 저 애가 상당히 황홀해 하는군!」 딸의 행동에 놀란 노인이 중얼거렸다. 「상관없어, 이것은 좋은 거야, 좋아, 고결한 감정의 분출이야! 저 애는 착한 아이야……」 그는 중얼거리면서 흘끗 아내를 바라보았다. 마치 나따샤를 변호하는 동시에 왠지 몰라도 나를 정당화시켜 주고 싶은 듯이.

그런데 안나 안드레예브나는 책을 읽는 동안에 자신이 어떤 흥분에 싸여 있었고 감동을 느꼈음에도 불구하고, 지금은 마치 〈맞아요, 하지만 그렇다고 해도 저렇게 황홀해서 어찌할 바를 몰라야 하나요?〉라고 말하려는 듯한 눈으로 바라보았다.

나따샤는 곧 명랑해지고 행복감에 충만해서 되돌아왔다.

그녀는 내 곁을 지날 때 몰래 나를 꼬집었다. 노인은 〈진지하게〉 내 소설을 평가하는 일에 다시 착수했다. 그러나 그는 너무 기쁜 나머지 자신을 자제하지 못하고 감정에 휩쓸리고 말았다.

「그래 바냐, 이 친구야, 좋아, 좋아! 마음에 들었어! 내가 기대했던 것보다 마음에 들었어. 이것은 고고하지도, 웅장하지도 않아, 이건 명확하게 드러나고 있어······. 저기 나한테 『모스끄바의 해방』[31]이 있어. 그것도 모스끄바에서 쒸어진 것이야. 그 책에서는, 이보게, 첫째 줄부터 작가가 독수리처럼 비상하고 있음을 알 수 있어······. 그런 반면에 말이지, 바냐, 자네 책에선 모든 것이 간단하고 납득할 만해. 바로 그 점이 내 맘에 들어! 어쩐지 친숙해, 마치 내가 모든 일을 경험한 것처럼. 스스로 아무것도 이해하지 못할 바에야 고귀한 주제가 무슨 소용이겠어. 그렇지만 나라면 문체를 개선했을 거야. 자네를 칭찬하긴 하네만, 문체가 약간 저급하다는 것은 말해 두어야겠어······. 하지만 이미 늦었어. 벌써 출판되었지 않나. 혹시 재판 찍을 때? 이보게, 틀림없이 재판이 나오겠지? 그러면 다시 돈을 받고······ 흠!」

「정말 자네는 그렇게 많은 돈을 받았는가, 이반 뻬뜨로비치?」 안나 안드레예브나가 말했다. 「자네를 보면서도 아직 확실히 믿을 수가 없어. 아 맙소사! 사람들은 지금 무엇 때문에 돈을 쓰지 않는 거람!」

「자네 아는가, 바냐?」 노인이 점점 흥분하며 덧붙였다. 「이것은 관직이 아니긴 하지만, 분명 일종의 입신이야. 높은

---

31 I. 글루하료프의 소설.

분들도 읽을 거야. 자네는 우리에게, 고골이 매년 연금을 받았고[32] 해외로 보내졌다고 말했지. 만일 자네도 그리 된다면? 응? 아직은 너무 이른 건가? 아직 무엇이든 더 써야 하나? 그럼 쓰게나, 가능한 한 빨리! 지금의 성공에 안주하지 말게. 무엇을 기다리나![33]」

그는 이것을 너무나 확신에 찬 어조로 크나큰 선의를 가지고 말해서 나는 그의 상상을 만류하거나 가라앉힐 수가 없었다.

「또는 예를 들면, 자네에게 담뱃갑을 주든가…… 그렇지? 호의에는 전형이 없지. 사람들이 자네 뒤를 봐주고 싶어할 거야. 누가 아는가, 자네가 황궁에 들어가게 될지.」 그는 왼쪽 눈을 가늘게 떠서 의미심장한 표정을 지으며 거의 속삭이는 소리로 덧붙였다. 「아니야? 황궁에 들어가는 것은 아직 좀 이를까?」

「허, 벌써 황궁에!」 안나 안드레예브나가 마치 모욕당했을 때처럼 말했다.

「조금 있으면 저를 장군으로 승진시키시겠군요.」 나는 진심으로 웃으며 대답했다.

노인도 또한 웃었다. 그는 대단히 만족스러워했다.

「각하, 좀 드시지 않으시겠습니까?」 그동안 우리를 위해 저녁상을 차린 나따샤가 생기에 넘쳐 말했다.

그녀는 큰 소리로 웃고, 아버지에게 다가가서 자신의 따뜻

---

32 고골은 이탈리아에 있을 때 황제 니꼴라이 1세로부터 매년 1천 루블씩, 총 3천 루블을 지원받았다.
33 표도르 미하일로비치기 누군가에게 용기를 주거나 어떤 계획을 격려할 때 즐겨 쓰던 표현들 중 하나이다 — 안나 그리고리예브나의 노트.

한 손으로 그를 안았다.

「멋있는, 멋있는 아버지!」

노인은 깊이 감동했다.

「그래, 그래, 좋아, 좋아! 내가 정말로 아무런 생각 없이 말했구나. 장군은 그만두고 저녁 먹으러 가자! 아, 그래 너는 참 다정다감한 아이로구나!」 적당한 기회마다 늘 그렇듯이, 그는 발그레해진 나따샤의 볼을 가볍게 두드리곤 이렇게 덧붙였다. 「알겠는가, 바냐, 나는 자네에게 호의를 가지고 하는 말일세. 비록 자네가 장군은 아니지만, (장군까진 아직 멀었지!) 어쨌든 유명한 인물, 저자지!」

「요즘엔 〈작가〉라고 해요, 아빠.」

「아니, 저자가 아니냐? 몰랐구나. 그래 좋아, 작가라고 하지. 그런데 내가 이야기하고자 하는 바는 이거야. 물론 자네가 소설을 썼다는 이유로 시종으로 임명되지는 않아. 그런 건 생각할 것도 없어. 그러나 자네는 입신할 수는 있어. 예를 들어 외교관 시보가 될 수는 있을 거야. 자네는 외국으로, 이탈리아로, 자네의 건강 회복을 위해 또는 학문의 완성을 위해 파견될 수 있을 거야. 그래. 자네는 금전적 지원을 받을 수도 있을 거야. 물론 자네로서도 매사에 건실해야 해. 업적, 진실한 업적으로 금전과 명예를 얻어야지, 아무렇게나, 비호를 통해 얻어서는 안 되는 거야……」

「또 자만에 빠져서도 안 되지, 이반 뻬뜨로비치.」 안나 안드레예브나가 웃으며 덧붙였다.

「그에게 빨리 훈장을 수여하세요, 아빠, 외교관 시보는 말 그대로 외교관 시보일 뿐이잖아요.」

그러면서 그녀는 다시금 내 손을 꼬집었다.

「이 아이는 언제나 나를 놀리는군!」 노인은 볼이 달아오르고 두 눈이 별처럼 반짝이는 나따샤를 희열에 가득 차 바라보면서 소리쳤다. 「내가, 얘들아, 정말로 좀 지나쳤어, 내가 너무 도를 지나쳤군. 나는 언제나 그랬어……. 그러나 자네 아는가, 바냐, 나는 자네를 이렇게 보네. 자네는 우리에게는 아주 평범한 사람이야……」

「오, 하느님! 그가 어때야 하는데요, 아빠?」

「아냐, 아냐, 그렇게 말하려던 게 아니야. 단지 자네 얼굴이…… 그러니까 시인의 얼굴은 전혀 아니야……. 자네 아는가, 사람들은 시인들이 창백한 얼굴과 긴 머리, 뭔가를 간직한 눈을…… 자네 알겠지, 이럴 때 나는 괴테와 다른 사람들을 생각하네……. 『아바돈나』[34]에서 읽은 거야……. 그런데 어떤가? 내가 무언가 또 쓸데없는 말을 지껄였나? 저 장난꾸러기 좀 봐, 나한테 웃음을 쏟아 내잖아! 나는 학자가 아니야, 이 사람들아, 나는 느낄 수 있을 뿐이야. 좋아, 얼굴에 대해선 그만 말하자고, 크게 나쁘지는 않으니까. 자네 얼굴은 아름다워. 그리고 내 마음에 들어……. 이런 말이 아닌데…… 단지 성실하게, 바냐, 성실하라고. 그것이 중요한 거야. 성실하게 살고, 자만에 빠지지 말아! 자네 앞길은 창창해. 자신의 일에 성실하게. 이것이 내가 말하려던 바야, 이것이 바로 내가 말하려던 거야!」

더없이 아름다운 시간이었다! 나의 모든 자유 시간, 매일 밤을 나는 그들과 보냈다. 노인에게 나는 문학 세계에 대한, 모든 작가들에 대한 소식을 전해 주었다. 왠지는 모르지만

---

34 N. A. 뽈레보이(1796~1846)의 낭만주의 소설. 뽈레보이는 뿌쉬낀과 동시대의 저널리스트이자 작가이다.

그는 갑자기 이것들에 대해 특별한 흥미를 보였다. 심지어 그는 내가 여러 가지로 이야기해 준 비평가 B의 글을 읽기 시작했다. 그는 제대로 이해하지는 못했지만 열광적으로 그를 칭찬했고, 『북방의 수필』[35]에 글을 기고한 그의 논적(論敵)들에 대해 심히 불쾌해 했다. 노부인은 나와 나따샤를 주의 깊게 감시했다. 그러나 언제나 우리를 따라오진 못했다! 중요한 대화는 이미 오갔고, 나는 마침내 나따샤가 머리를 숙인 채 반쯤 열린 입으로 거의 속삭이듯 말하는 〈좋아요〉란 말을 들었던 것이다. 그러나 그녀의 부모도 곧 이것을 알아챘다. 그들은 그것을 짐작했고 깊이 생각했다. 안나 안드레예브나는 오래도록 머리를 흔들었다. 야릇한 불안이 그녀를 사로잡았다. 그녀는 나를 믿지 않고 있었다.

「자네가 성공을 거두는 게 모든 면에서 좋네, 이반 뻬뜨로비치.」 그녀가 말했다. 「그러나 언젠가 실패가 찾아오거나 무슨 일이 생긴다면, 그때는? 하다못해 자네가 어디든 관직에라도 나갔더라면!」

「자네에게 할 말이 있어, 바냐.」 노인이 한참 동안 생각한 후에 결연히 말했다. 「나도 직접 보면서 관찰했네, 고백하건대 자네와 나따샤가…… 기쁘기도 하네, 더 무엇을 말하겠는가! 보게, 바냐. 자네 둘은 아직 매우 젊어. 그리고 안나 안드레예브나가 옳아. 기다려 보세. 자네는 재능이, 아주 출중한 재능이 있어……. 하지만 사람들이 처음에 외쳤던 것처럼 천재는 아니야. 자네는 단지 재능이 있는 거야. (나는 어제 『북방의 수필』에서 자네에 대한 비평을 읽었어. 거기서는 자네에

---

[35] 『북방의 꿀벌』의 패러디.

대해 지나치게 나쁘게 평했더군. 그 잡지란 또 뭐야!) 그래! 보게나. 재능이란 것이 은행에 들어 있는 돈은 아니란 말이지. 그리고 자네 둘은 가난해. 1년 반 정도, 아니 적어도 1년은 기다려 보세. 자네 일이 잘되고 자신의 길을 확고히 간다면, 나따샤는 자네 사람이야. 자네가 성공하지 못한다면, 스스로 판단하게! 자네는 진솔한 사람이지, 생각해 보게!」

그렇게 결정이 되었다. 그리고 1년 후 다음과 같이 되었다.

그래, 거의 정확하게 1년이 지났다! 맑은 9월의 어느 날 늦은 저녁, 나는 깊은 병이 든 가슴을 안고 두 노인을 찾았다. 나는 거의 실신할 듯 의자 위로 쓰러졌고 그들은 그런 나를 보면서 몹시 놀랐다. 그러나 그 당시 내가 그들 집 문 앞에 열 번이나 갔다가 열 번 모두 들어가지 못하고 돌아섰을 만큼 가슴이 답답하고 머리가 어지러웠던 것은, 내 출세가 시원치 못해서도, 아직까지 내가 명성도 돈도 획득하지 못해서도 아니었고, 내가 아직 그 외교관 시보라는 것이 못 되었기 때문도, 또 건강 회복 차 이탈리아로 보내지는 것과는 거리가 먼 처지라는 사실 때문도 아니었다. 그것은 사람이 단 1년에 10년을 살 수도 있다는 것, 그리고 나의 나따샤가 그런 1년을 살았다는 사실 때문이었다. 우리 사이에 한없는 공간이 생겼다⋯⋯. 그리고 그때 나는 노인 앞에 앉아서 입을 다문 채, 멍청한 손놀림으로 그렇지 않아도 이미 망가진 모자챙을 부러뜨렸다. 그리고 나는 앉아서 무엇 때문인지도 모른 채 그저 나따샤가 나올 때를 기다렸다. 내 옷은 볼품없었고 나에게 어울리지도 않았다. 내 얼굴은 여위고 누렇게 변해서 시인과는 거리가 멀었고, 내 눈 속에는 언젠가 저 선량한 니꼴라이 세르게이치가 칭찬을 아끼지 않았던 위대함이라곤 눈곱만큼도 찾을 수 없었다. 노부인은 꾸밈 없이, 참으로 지나치게 조급한 연민을 띠고 나를 바라보았지만, 속으로는 〈저 사람이 하마터면 나따샤의 신랑이 될 뻔했어. 신이여, 우리를 어여삐 여기시고 보호해 주십시오!〉 하고 생각하고 있었다.

「어떤가, 이반 뻬뜨로비치, 차를 마시지 않겠나? (사모바르[36]가 책상 위에서 끓고 있었다.) 여보게, 그래 어떻게 지냈나? 아픈 것처럼 보이는군.」 그녀가 지금도 내 귀에 쟁쟁한 목소리로 애틋하게 물었다.

그리고 그렇게 말하는 그녀의 눈 속에는 다른 걱정이, 그녀의 늙은 남편도 식어 가는 찻잔을 앞에 두고 생각에 잠기게 만든, 그 걱정이 드러나던 것이 지금도 눈에 선하다. 나는 그들이 지금, 그들에게 전혀 유리하지 않게 전개되어 버린 발꼬프스끼 공작과의 재판을 걱정하고 있다는 것을, 그리고 니꼴라이 세르게이치를 병나게 할 정도로 혼란스러운 다른 불쾌한 일이 발생했다는 것을 알고 있었다. 이 송사(訟事)의 씨앗이 된 젊은 공작이 5개월 전쯤에 이흐메네프 네를 방문한 적이 있었다. 귀여운 알료샤를 자신의 아들처럼 사랑했고 거의 매일 그를 생각했던 노인은 기쁘게 그를 맞았다. 안나 안드레예브나는 바실리예프스꼬예 마을을 회상하고 눈물을 흘렸다. 알료샤는 아버지에게는 비밀로 하고 더 자주 그들을 찾았다. 니꼴라이 세르게이치는 성실하고 솔직하고 올곧은 사람으로서, 이 방문을 비밀에 부치려는 모든 예방책에 격분하며 거부했다. 그는 자부심과 긍지로 가득 차, 자신의 아들이 다시 이흐메네프의 집에 드나든다는 것을 공작이 알아차렸을 때 무

---

36 안에 숯불을 넣어 물을 끓이는 용기.

엇이라고 할지 생각조차 하지 않았고 공작이 품게 될 바보 같은 의심도 내심 무시해 버렸다. 그러나 노인은 자기에게 새로운 모욕을 견뎌 낼 힘이 있는지 없는지 몰랐다. 젊은 공작은 거의 매일 그들을 방문하기 시작했다. 노인들은 그와 함께 시간을 보내며 즐거워했다. 그는 저녁 내내, 어떤 때는 한밤중까지 그들 집에서 시간을 보냈다. 말할 것도 없이, 그의 아버지가 마침내 이 사실을 알게 되었다. 그리고 또다시 추악한 유언비어가 등장했다. 그는 전과 같은 주제로 매우 불쾌한 한 통의 편지를 써서 니꼴라이 세르게이치를 모욕했고, 아들에게는 이호메네프 네 집을 방문하는 것을 엄하게 금지했다. 이 일은 내가 그들에게 오기 두 주일 전에 일어났다. 노인은 굉장히 슬퍼했다. 어찌 이런! 순진 무구하고 고결한 자신의 나따샤가 다시 이 더러운 비방에, 이 비열한 일에 휘말리다니! 그녀의 이름은 전에도 이미 그를 모욕했던 그 사람에 의해 모욕적으로 입에 오르내린 적이 있었다……. 이 모든 일에 대해 아무런 보상도 받을 수 없다니! 처음 며칠 동안 그는 절망에 사로잡혀 자리에 누웠다. 이 모든 것을 나는 알고 있었다. 비록 내가 지난 3주일 동안 병이 들고 비관에 사로잡혀 그들 앞에 나타나지 않고 집에 틀어박혀 있었지만, 나는 이 모든 일을 자세히 알고 있었다. 나는 또한 알았다……. 아니! 나는 아직 그때 단지 예감했을 뿐이었다. 아니 알았더라도 믿을 수 없었다. 그들에게 지금 이 일 말고도 무엇인가가, 틀림없이 세상에서 무엇보다도 그들을 조바심 나게 하는 그 무엇인가가 있음을. 나는 큰 걱정을 안고 그들을 지켜보았다. 그렇다, 나는 고통스러웠다. 나는 진실을 알아맞히는 것이 두려웠다. 그것을 믿어야만 하는 사실이 두려웠다. 나는 모든 힘을 다해 운명의 시간을 피하고 싶었다. 그러나 나는 그 순간을 위해 기어이 오고야 말았다. 이날 저녁 무엇인가가 나를 그들에게로 이끌었던 것이다!

「그래, 바냐.」 마치 혼돈에서 깨어난 듯 노인이 갑자기 물었다. 「자네 혹시 몸이 아팠나? 왜 그렇게 오래 안 왔는가? 자네에게 죄를 지었네. 내가 오래전에 자네를 찾아보려 했네만, 언제나 그 무슨……」 그리고 그는 다시 침묵에 잠겼다.

「몸이 아팠습니다.」 내가 대답했다.

「흠! 몸이 아팠다!」 5분이 흐르고 그는 그 말을 되풀이했다. 「그래, 그래, 아팠다! 내가 그때 자네에게 말하고 주의를 주었지, 자네 새겨 듣지 않았군 그래! 흠! 아닐세, 이 사람아. 먼 옛날부터 뮤즈는 배고픈 채로 다락방에 앉아 있었지, 그리고 계속 그럴 거야!」

그렇다, 노인은 기분이 좋지 않았다. 그가 마음에 상처를 받지 않았다면, 그는 나와 배고픈 뮤즈에 대해 말하지 않았을 것이다. 나는 그의 얼굴을 바라보았다. 얼굴엔 누런빛이 돌았고, 그의 눈 속에는 그 어떤 망설임, 그가 해결할 수 없는 어떤 물음이 들어 있었다. 그는 어쩐지 성급했고 여느때와 달리 신경질적이었다. 노부인은 불안하게 그를 바라보며 머리를 주억거렸다. 그가 한 차례 몸을 돌렸을 때, 그녀가 나에게 은밀히 머리를 끄덕였다.

「나딸리야 니꼴라예브나는 건강합니까? 집에 있나요?」 나는 걱정에 싸여 있는 안나 안드레예브나에게 물었다.

「집에 있네. 집에 있어.」 그녀는 내 물음에 곤란한 듯 대답했다. 「그 애가 곧 자네에게 직접 인사하러 올 걸세. 서로 3주 동안이나 못 보다니, 가벼운 일은 아니야! 그 애가 아주 달라졌어. 아픈지 건강한지를 판단할 수가 없어, 신이여 도우소서!」

그리고 그녀는 남편을 머뭇거리며 바라보았다.

「무슨 소리요? 그 애한텐 아무 일도 없어요.」 니꼴라이 세르게이치가 마지못해 무뚝뚝하게 말했다. 「건강해. 그래. 그 애도 컸어, 더 이상 어린애가 아냐. 그게 다야. 누가 처녀들의 고뇌와 변덕을 이해하겠는가?」

「마지막에는 변덕까지!」 안나 안드레예브나가 성난 목소리로 대꾸했다.

노인은 입을 다문 채 손가락으로 책상을 두드렸다. 〈맙소사, 정말로 이들에게 무슨 일이 있었던 건가?〉 나는 두려움에 싸여 생각했다.

「그래, 자네는 어떻게 되어 가는가?」 그가 다시 말을 시작했다. 「B는 여전히 비판을 늘어놓고 있나?」

「네, 그렇게 하고 있어요.」 내가 대답했다.

「에이, 바냐, 바냐!」 그는 손을 한 차례 흔들고 결론을 맺었다. 「비평이라니, 무슨 일이람!」

그리고 문이 열리며 나따샤가 들어왔다.

7

그녀는 모자를 손에 들고 있다가, 들어와서는 그것을 피아노 위에 내려놓았다. 그 다음 내게 다가와 조용히 손을 내밀었다. 그녀의 입술이 살짝 움직였다. 그녀는 나에게 무엇인가 인사말 같은 것을 하려는 듯했으나 아무 말도 하지 않았다.

우리는 3주일 동안 서로 보지 못했다. 나는 놀라움과 두려움을 간직한 채 그녀를 바라보았다. 3주 동안에 그녀가 얼마나 변했는가! 이 여위고 창백한 뺨, 열병을 앓을 때처럼 갈라진 입술, 길고 검은 눈썹 밑에서 뜨거운 불꽃처럼 어떤 정열적인 결연함이 담겨져 타오르고 있는 눈을 보는 순간, 내 가슴은 비애로 조여 드는 듯했다.

그러나 신이여, 그녀는 얼마나 아름다웠던가! 그 운명적인 날의 그녀처럼 아름다운 그녀의 모습을 나는 그전에도, 그 후에도 보지 못했다. 이 사람이 바로 1년 전에 나에게서 눈을 떼지 않고, 나를 따라 입술을 들썩이며 내 소설을 듣고, 저녁 식탁에서 아버지와 함께 그렇게 즐겁고 걱정 없이 웃으며 농담을 하던 그 나따샤란 말인가? 이 사람이 저기 저 방에서 머리를 숙인 채 온통 얼굴이 빨개진 채 나에게 청혼을 받아들이겠다고 말한 그 나따샤란 말인가?

저녁 예배를 알리는 교회의 둔중한 종소리가 울렸다. 그녀는 몸을 떨었고 어머니는 성호를 그었다.

「저녁 예배에 가시라고 하시 않았니, 나따샤, 종이 울리고 있구나.」그녀가 말했다.「가렴, 나따샤, 가서 기도하렴, 은총이 가까웠다! 아울러 산책도 하면 좋을 거야! 왜 너는 늘 방에만 앉아 있니? 네가 얼마나 창백한지 좀 보렴. 마치 홀린 것 같애.」

「저는…… 저…… 오늘은 가지 않을래요.」나따샤는 천천히, 나직하게 마치 중얼거리듯 말했다.「저는…… 몸이 좋지 않아요.」그녀는 이렇게 덧붙이고 나서 마치 아마포처럼 창백해졌다.

「그래도 가는 게 좋겠다, 나따샤, 너도 가려 했고 모자까지 가지고 오지 않았니. 기도하렴, 나따샤, 너에게 다시 건강을 주시도록 하느님께 기도하려무나.」 안나 안드레예브나가 설득하면서도 딸이 두려운 듯 조심스럽게 바라보았다.

「그래 맞다, 가려무나, 그러면 산책노 하는 것 아니겠니.」 노인 역시 나따샤의 얼굴을 불안하게 바라보면서 덧붙였다. 「어머니 말이 옳아. 그리고 바냐가 너를 동행해 줄 거야.」

나는 이때 나따샤의 입술에 씁쓸한 미소가 스쳐 간 것을 보았다. 피아노로 다가가서 모자를 집어 들어 머리에 쓰는 그녀의 손이 떨렸다. 그녀의 모든 행동은 마치 무의식적으로 이루어지는 듯하여, 흡사 그녀 자신이 무슨 일을 하는지 전혀 이해하지 못하는 것 같았다. 아버지와 어머니는 긴장하여 그녀를 지켜보았다.

「안녕히 계세요!」 그녀가 들릴 듯 말 듯 말했다.

「아니 내 천사야, 무슨 인사가 그러냐, 멀지도 않은 길에! 아마 바람이 좀 불 거야. 보렴, 네가 얼마나 창백한지. 저런! 내가 잊었구나! (나는 무엇이든 잊어 먹는다니까!) 네 부적을 만들었어. 기도문을 속에 기워 넣었다. 얘야, 작년에 끼예프에서 온 한 수녀가 내게 가르쳐 주었어, 영험한 기도야. 얼마 전에 기웠으니 챙겨 넣어라, 나따샤. 필시 하느님께서 너의 건강을 되찾게 해주실 거야. 우리에게는 너 하나밖에 없잖니!」

그녀는 자신의 반짇고리에서 나따샤의 황금빛 가슴걸이 십자가를 꺼냈다. 바로 그 리본 위에 방금 꿰맨 부적이 달려 있었다.

「아무쪼록 달고 다녀라!」 그녀는 십자가를 걸쳐 주고 딸에게 성호를 그으며 덧붙였다. 「예전에, 매일 밤 잠자기 전에 내가 너에게 성호를 그어 주고 밤기도를 외면 너는 나를 따라 했지. 한데 지금 너는 전 같지 않아, 그리고 신은 너에게 영혼의 평안함을 내리시지도 않고. 아, 나따샤, 나따샤! 어미로서 하는 기도가 너를 돕지 못하다니!」 그리고 노부인은 울기 시작했다.

나따샤는 조용히 그녀의 손에 입을 맞추고 문 쪽으로 걸음을 떼어놓았다. 그러다 갑자기 재빠르게 몸을 돌려 아버지에게 다가갔다. 그녀의 가슴은 심하게 요동쳤다.

「아빠! 아빠도…… 딸에게 은총을 빌어 주세요.」 그녀는 헐떡이는 목소리로 말하며 그 앞에 무릎을 꿇었다.

우리 모두는 예기치 않은, 지나치게 진지한 그녀의 이 행동에 당황한 채 서 있었다. 잠시 그는 아주 어리둥절하여 그녀를 바라보았다.

「나따셴카, 내 딸, 내 사랑스러운 딸, 무슨 일이냐!」 마침내 그가 큰 소리로 외쳤다. 그의 눈에서도 눈물이 흘러내렸다. 「무슨 일로 괴로워하느냐? 왜 밤낮 우느냐? 난 다 봤다. 밤에 자지 않고 일어나서 네 방문 옆에서 들었다! 나에게 모든 것을 말하렴, 나따샤, 이 늙은 아비한테 네 가슴을 열어 놓아라, 그리고 우리는…….」

그는 끝까지 말하지 못하고 그녀를 일으켜 세우고 꼭 껴안았다. 그녀는 흐느끼며 그의 가슴과 어깨에 얼굴을 묻었다.

「아무것도 아니에요, 아무것도, 이것은 그저…… 제가 몸이 안 좋아서 그런 거예요…….」 그녀는 울음을 억누른 탓에 거의 헐떡이며 간신히 말을 이었다.

「내가 너를 축복하듯 신께서도 너를 축복하실 거다, 내 사랑하는 아이, 내 소중한 자식!」 아버지가 말했다. 「그래, 하느님께서 너에게 언제나 마음의 평화를 주시고 너를 모든 괴로움에서 지켜 주실 게다. 나의 이 죄 많은 기도가 하늘에 닿도록 기도하거라, 애야.」

「그리고 너에게 주는 나의 축복도 가져가거라!」 노부인이 철철 눈물을 흘리며 덧붙였다.

「안녕히!」 나따샤가 속삭였다.

그녀는 문에서 멈춰 다시 그들을 바라보며 무엇인가 더 말하려 했으나 할 수가 없었다. 그리고 재빨리 방에서 나갔다. 나는 불길한 예감을 느끼며 그녀의 뒤를 따라 나갔다.

8

그녀는 말없이 고개를 숙인 채 나를 바라보지도 않고 빠른 걸음으로 나아갔다. 그러나 거리를 지나 연안 도로에 다다랐을 때, 그녀는 갑자기 멈춰 서서 나의 손을 잡았다.

「숨 막혀요!」 그녀가 속삭였다. 「가슴이 답답하고······ 숨이 막혀요!」

「돌아가요, 나따샤!」 내가 놀라서 소리쳤다.

「모르시겠어요, 바냐, 내가 집을 나온 것을, 그들로부터 떠나온 것을, 그리고 절대로 돌아가지 않으리란 것을?」 이렇게 말하며 그녀는 형용할 수 없는 우수를 담은 눈길로 나를 바라보았다.

내 심장은 철렁 내려앉았다. 나는 그들을 만나러 가면서 이미 이 모든 것을 예견했었다. 이 모든 것을, 확실하진 않지만, 아마도 이 일이 있기 아주 오래전부터 예상하고 있었다. 그럼에도 그녀의 말은 나에게 청천벽력처럼 들렸다.

우리는 우울하게 연안 도로를 따라 걸었다. 나는 말을 할 수가 없었다. 나는 이리저리 생각해 보았으나 어찌할 바를 몰랐다. 머릿속이 어지러웠다. 이것은 보기 흉한, 있을 수도 없는 일이었다!

「당신은 나를 책망하나요, 바냐?」 그녀가 드디어 입을 열었다.

「아니, 하지만…… 하지만 나는 결코 믿을 수 없어. 있을 수 없는 일이야!」 나는 무엇을 말하는지 모르면서도 이렇게 대답했다.

「아니에요, 바냐, 일은 이미 벌어진 거예요! 나는 부모님을 떠나 왔고 그들에게 돌아가지 않을 것을 알아요……. 어떻게 될지는 나도 모르겠어요!」

「당신은 그에게 가려는 것이오, 나따샤? 그래?」

「네!」 그녀가 대답했다.

「하지만 그럴 수는 없어!」 나는 극도로 흥분해서 소리쳤다. 「불가능하다는 것을 모르겠소? 나따샤, 가여운 사람아! 이건 미친 짓이야! 당신은 부모님을 죽이고 당신 자신을 파멸시키고 있소! 그것을 모르오, 나따샤?」

「저도 알아요, 하지만 내가 무엇을 할 수 있겠어요, 내 뜻대로 할 수가 없어요.」 이런 그녀의 말 속엔 마치 사형장에라도 끌려가는 듯한 절망감이 배어 있었다.

「돌아가오, 돌아가, 늦기 전에.」 나는 그녀에게 간곡히 말했다. 그리고 이 순간, 나의 부탁이 완전히 무익하고 또 어리석다고 느끼면 느낄수록, 더 간곡하고 더 절실하게 부탁했다. 「당신이 아버지에게 어떤 일을 하고 있는지 알고 있소, 나따샤? 당신, 생각해 보았소? 그의 아버지는 당신 아버지의 원수요. 공작은 당신의 아버지를 모독하고, 횡령했다는 혐의를 씌웠소. 그는 당신의 아버지를 도둑이라고 했소. 그들은 법정 투쟁 중이잖소…… 그래! 그게 다가 아니지, 나따샤, (오! 신이여, 당신은 이 모든 것을 알지 않습니까!) 당신은 알지, 알렉세이가 시골 당신 집에 머물 때 당신 부모님이 고의적으로 당신과 그를 가까이하게 하려 했다고 공작이 의심하던 것을? 생각해 보오, 당신 아버지가 그때 이 비방에 얼마나 시달렸는지 생각해 봐요. 그는 이 두 해 동안에 머리가 하얗게 세었소. 그를 한번 보시오. 근데 중요한 것은, 당신 스스로 이 모든 것을 안다는 거요, 나따샤. 오, 맙소사! 당신을 영원히 잃는다는 것이 그들에게 무엇을 의미하는지 말하지는 않겠소! 당신은 그들의 가장 값진 보배요, 늙은 그들에게 남아 있는 전부란 말이오. 이런 말은 하고 싶지 않소. 왜냐하면 당신 스스로 그것을 알고 있는게 틀림없을 테니. 하지만 아버지가 이 거만한 인간들에 의해 이유도 없이, 복수할 수도 없이 헐뜯기고 모욕당했다고 여기고 있음을 생각해 보시오! 그런데 지금, 바로 지금 이 모든 것에 다시 불이 붙여지고, 당신이 알료샤를 받아들임으로써 과거의 고통스러운 적의가 더 깊어졌소. 공작은 또다시 당신 아버지를 모욕했고, 노인에게는 이 새로운 모욕으로 인한 원한이 다시 끓어오르고 있소. 그런데 이 모든 것이, 모든 모욕이 지금은 갑자기 정당한 것으로 되어 버렸소! 이 일을 알고 있는 모든 사람들은 지금 공작이 정당하다고 할 것이며, 당신과 당신 아버지를 욕할 것이오. 그럼 그는 어떻게 될까? 그는 죽고 말 거요! 창피, 불명예, 도대체 누구 때문에? 당신 때문에, 자신의 딸, 자신의 유일하고도 소중한 자식 때문에! 그리고 어머니는? 그녀도 남편보다 오래 살지 못할 거요……. 나따샤, 나따샤! 무엇을 하고 있는 거요? 돌아가요! 정신을 차려요!」

 그녀는 말이 없었다. 마침내 그녀는 비난이 뒤섞인 눈으로 나를 바라보았다. 그녀의 시선 속에는 깊은 아픔이, 한없는 괴로움이 담겨 있어서, 내 말이 아니었더라도 지금 그녀의 상처받은 마음이 얼마나 피흘리고 있는지 이해할 수 있었다. 나는 그녀가 결정을 내리기까지 얼마나 어려웠을지, 내가 그녀를 얼마나 괴롭혔는지, 또 눈치 없고 쓸데없는 말로 그녀를 얼마나 고통스럽게 했는지 알 수 있었다. 나는 이 모든 사실을 이해했지만 나 자신을 억누를 길이 없어 말을 계속했다.

 「당신 스스로 금방 안나 안드레예브나에게 아마 저녁 예배에 가지 않을지도 모른다고 말했소. 그래, 당신은 머물러 있기를 원하는 거지, 아직 완전히 결정을 내린 것은 아니지?」

 그녀는 단지 쓴웃음으로 답할 뿐이었다. 무엇 때문에 나는 이 질문을 한 것인가? 모든 것이 돌이킬 수 없이 결정되었다는 것을 이해할 수 있지 않은가. 그러나 나 역시 어쩔 줄을 몰랐다.

 「정말로 당신은 그를 그렇게 사랑하오?」 나는 조마조마해서 그녀를 보고 무엇을 묻는지 나 자신도 이해하지 못하는 가운데 이렇게 외쳤다.

 「당신에게 뭐라고 대답할 수 있겠어요? 당신이 보고 계시잖아요! 그가 나를 오라고 했고, 나는 여기서 그를 기다릴 거예요.」 그녀는 똑같은 쓴웃음을 지으며 말했다.

 「하지만 들어 보오, 들어 보기만 해.」 나는 지푸라기를 잡듯 다시 그녀에게 빌기 시작했다. 「아직 모든 것을 바로잡을 수 있어, 다른 방법으로, 아주 다른 방법으로 바로잡을 수 있어!

집에서 나가지만 않으면 돼. 내가 어떻게 해야 할지 당신에게 일러주겠소, 오, 나따샤. 내가 책임지고 모든 일을 잘되게 하겠소. 모든 것을, 만나는 것, 그리고 모든 것을…… 집에서 나가지만 말아 줘요! 내가 당신들의 편지도 전해 주겠소. 왜 못 하겠어? 그게 지금의 상황보다는 나을 거요. 나는 할 수 있소. 내가 당신들 둘을 도와주겠소. 내가 만족시킬 수 있다는 것을 알게 될 거요……. 그리고 나따샤, 당신은 지금처럼 자신을 망치지는 않게 될 거요……. 당신은 지금 자신을 완전히 파멸시키고 있어, 완전히! 내 말대로 해요, 나따샤. 모든 일이 훌륭하게, 행복한 방향으로 진행될 거요. 그리고 당신들은 실컷 사랑할 수 있소……. 그리고 아버지들이 다투기를 그만둔다면(왜냐하면 그들은 꼭 다투기를 멈출 테니), 그때…….」

「됐어요, 바냐, 그만 하세요.」 그녀가 내 손을 꼭 잡고 눈물 사이로 미소를 지으며 내 말을 중단시켰다. 「착한, 착한 바냐! 당신은 선하고 정직한 사람이에요! 자신에 대해서는 한마디도 하지 않고! 내가 먼저 우리 관계를 끊었는데, 당신은 모든 것을 용서하고 오직 나의 행복만 생각해 주는군요. 우리의 편지를 전해 주려 하고…….」

그녀는 울기 시작했다.

「나는 알아요, 바냐, 당신이 나를 얼마나 사랑했는지, 지금도 얼마나 사랑하는지, 당신은 내내 나에게 한마디 비난도 하지 않고, 한마디 쓰라린 말도 하지 않았어요! 그런데 난, 난…… 맙소사, 내가 당신에게 얼마나 큰 잘못을 한 건가요! 우리가 함께한 시간을 기억하세요, 바냐, 기억하세요? 아, 내가 그를 만나지 않았더라면, 그를 알지 못했더라면! 그러면 나는 당신과 함께 살았을 거예요, 바냐, 당신과 함께, 나의 선량한, 나의 사랑하는 이여! 그러나 나는 당신의 사랑을 받을 자격이 없어요! 내가 어떤 사람인지 보세요. 지금 이 순간 당신에게 우리의 행복했던 과거를 상기시키고 있어요, 그렇지 않아도 당신은 이미 충분히 고통받고 있는데! 3주 간이나 당신은 우리에게 오지 않았어요. 그러나 당신에게 고백하겠어요, 바냐, 당신이 나를 저주하거나 증오한다는 생각은 한번도 해본 적이 없어요. 나는 당신이 왜 거리를 두었는지 알고 있었죠. 당신은 우리에게 방해가 되는 걸 원치 않았고, 우리에게 살아 있는 질책이 되기를 원치 않은 거예요. 그리고 당신 자신 역시 우리를 보는 것이 마음 편치는 않았겠죠? 그러나 내가 얼마나 당신을 기다렸다고요, 바냐, 얼마나 기다렸는지! 바냐, 들어 보세요, 내가 분별없는 사람처럼, 미친 사람처럼 알료샤를 사랑한다면, 당신은 나의 친구로서 아마 더 사랑할 거예요. 나는 당신 없이 내가 살 수 없다는 것을 이미 느끼고 또 이미 알고 있어요. 당신은 나에게 필요한 사람이에요, 나에게는 당신의 마음이 필요해요, 당신의 고귀한 영혼이…… 오, 바냐! 지금 우리에게 닥친 시간은 너무나 괴롭고, 너무나 힘들어요!」

그녀는 눈물을 쏟았다. 그래, 그녀는 마음이 무척 괴로웠던 거다!

「아, 당신이 얼마나 보고 싶었던지!」 그녀는 눈물을 참으며 말을 이었다. 「당신은 얼마나 여위었고, 얼마나 아프고, 얼마나 창백해졌나요. 당신 정말 아팠었나요, 바냐? 내가 정말 물어보지도 않았네! 나는 언제나 내 말만 해요. 그래, 지금은 기자들과는 어떻게 되었어요? 새 소설은 어때요, 잘 진척되고 있어요?」

「지금 중요한 것은 내 소설이나 내가 아니오, 나따샤! 내일에 대해 무엇을 이야기하겠소! 그것은 놔두고! 그래, 나따샤, 그런데 그가 직접 당신에게 오라고 했소?」

「아니, 그 혼자가 아니고, 내가 더. 그래요, 그가 말을 했어요, 그리고 나 스스로도……. 들어 보세요, 사랑하는 이여, 모든 것을 당신에게 말하겠어요. 그의 아버지가 그를 위해 여자를 한 사람 구했어요. 부유하고 매우 귀한 신분이에요. 매우 귀한 사람들과 친척이고요. 그의 아버지는 알렉세이가 그녀와 결혼하기를 소망했어요. 그는 당신도 아시다시피 굉장한 책략가예요. 그는 모든 힘을 기울였어요. 10년 안에 그렇게 좋은 기회가 다시 오지 않는다나요. 연줄, 돈…… 그녀는 매우 예쁘고 교양 있고 좋은 성격을 가졌대요. 한마디로 모든 면에서 훌륭하지요. 알렉세이는 이미 그녀에게 반했어요. 게다가 그의 아버지는 재혼하기 위해서 가능한 한 빨리 어깨의 짐을 덜고 싶어했어요. 이 때문에 그의 아버지는 우리의 관계를 어떻게든 반드시 끊어 버리려 하는 거예요. 그는 나를, 그리고 내가 알료샤에게 미치는 영향을 두려워하고 있어요.」

「그래, 공작은,」 내가 놀라서 그녀의 말을 끊었다. 「정말로 당신들의 사랑을 알고 있소? 그는 분명하지 않은 채, 단지 의심을 가졌을 뿐이야.」

「그는 알아요, 모든 것을 알고 있어요.」

「그래, 누가 그에게 말을 했소?」

「알료샤가 모든 것을 다 말했어요. 얼마 전에. 그가 모든 것을 아버지에게 말씀드렸다고 직접 나에게 말했어요.」

「맙소사! 이게 무슨 소리야! 그래, 스스로 모든 것을 말해, 더구나 이런 시점에?」

「그를 탓하지 마세요, 바냐.」 나따샤가 말을 가로챘다. 「그를 비웃지 마세요! 그를 결코 다른 사람들처럼 판단할 수는 없어요. 공정하세요. 그는 정말 우리들과는 달라요. 그는 어린아이예요. 그는 우리와 다르게 자랐어요. 가령 자기가 무슨 일을 하는지 그가 이해할 것 같아요? 최초의 인상, 최초의 외부의 영향이 한순간, 전에 그가 신의를 맹세한 모든 것으로부터 그의 주의를 다른 데로 향하게 할 수 있어요. 그에게는 어떤 강인한 의지가 없어요. 그는 한 사람에게 마음을 주고, 같은 날 또 다른 사람에게 성실하고 진실한 마음을 주지요. 그러고는 스스로 먼젓번 사람에게 이 사실을 알리러 와요. 그는 어쩌면 어리석은 일을 저지를지 몰라요. 그럼에도 불구하고 이 어리석은 행동 때문에 그를 탓하지는 못하고 오히려 그를 동정하게 될 거예요. 그는 헌신적일 수도 있어요, 그것이 어느 정도인지 당신은 모르실 거예요! 하지만 어떤 새로운 영감이 있기 전까지만이죠. 그러면 그는 다시 모든 것을 잊어버려요. 그렇게 그는, 내가 늘 그의 곁에 있지 않는다면, 나도 잊을 거예요. 그는 그런 사람이에요!」

「아, 나따샤, 이 모든 것이 아마도 거짓말일 거야, 단지 소문일 수도 있어. 그가 그렇게 어린아이 같다면 어떻게 결혼을 하겠소!」

「그의 아버지는 어떤 특별한 계획을 가지고 있어요, 내가 말했잖아요.」

「그런데 당신은 어떻게 그녀가 그렇게 훌륭한 규수인지 그리고 그가 이미 그녀에게 반했는지를 알게 됐소?」

「그가 나에게 직접 이야기했어요.」

「뭐라고? 그가 다른 여자를 사랑한다고 당신에게 말하고,

그러면서 당신에게는 이런 희생을 요구했다고?」

「바냐, 아니, 아니에요! 당신은 그를 몰라요. 당신은 그를 몇 번밖에 만나지 않았어요. 그를 더 자세히 알고 난 후에야 그를 평가할 수 있어요. 세상에 그보다 더 정직하고 순수한 마음을 가진 사람은 없어요! 그가 나를 속였더라면 좀 더 나았을까요? 하지만 그는 쉽게 유혹에 빠져요. 나를 일주일 동안만 보지 않으면 그는 나를 잊고 다른 사람을 사랑할 거고, 그러다 다음에 나를 보면 다시 내 발 앞에 엎드릴 거에요. 그래요! 그가 이 일을 감추지 않고 내가 알게 되어서 오히려 다행이에요. 그렇지 않았으면 나는 질투 때문에 죽었을지도 몰라요. 그래요, 바냐! 저는 예전에 분명히 깨달았어요. 만일 내가 언제나, 부단히, 모든 순간, 그의 곁에 있지 않으면 그는 더 이상 나를 사랑하지 않을 것이고, 나를 잊어버리고 또 버리고 말 거예요. 그는 그런 사람이에요. 어떤 여자라도 그의 마음을 빼앗을 수 있어요. 그러면 이제 나는 어떻게 해야 할까요? 앞으로 나는 죽어 버리고 말 거예요……. 죽고 말죠! 나는 지금도 기쁘게 죽을 수 있어요! 도대체 그 없이 산다는 것이 나에게 어떤 의미가 있겠어요? 죽는 것보다 더 나쁘고 모든 고통보다 더 아파요! 오, 바냐, 바냐! 내가 아버지 어머니를 떠나는 것 말고 무엇을 할 수 있었겠어요! 나를 설득하려 하지 마세요. 내 결심은 확고해요! 나는 매시, 매순간 그의 옆에 있어야만 해요. 나는 돌아갈 수 없어요. 나는 알아요, 나와 다른 사람을 파멸시키고 있다는 것을. 아, 바냐!」 그녀는 갑자기 이렇게 외치며 몸을 떨었다. 「그가 지금 날 더 이상 사랑하지 않는다면! 만일 당신이 조금 전 진실을 말한 거라면 (나는 이것을 전혀 말하지 않았다), 그가 매우 정직하고 진실하게 보였으나 단지 나를 기만한 거라면, 실제로는 악하고 허세에 사로잡힌 사람이라면! 나는 지금 당신 앞에서 그를 변호하고 있는데, 그가 지금 만일 다른 여자와 회심의 미소를 짓고 있다면…… 그러면 나는, 나는 천한 여자가 되어 모든 것을 버리고 그를 찾아 거리를 방황하고……, 오, 바냐!」

그녀의 가슴에서 터져 나온 신음이 너무나 고통스러워서 내 마음은 몹시 괴로웠다. 나는 나따샤가 이미 자기 자신에 대한 모든 통제력을 잃어버렸다는 것을 알아챘다. 오로지 마지막 단계의 눈멀고 무분별한 질투만이 그녀를 그런 정신 나간 결정으로 이끌 수 있었다. 하지만 나에게도 질투가 불타올라 폭발하였다. 나는 자신을 억제할 수가 없었다. 추악한 느낌이 나를 사로잡았다.

「나따샤.」 내가 말했다. 「한 가지만은 이해하지 못하겠소. 어떻게 당신은 지금 그에 대해 스스로 말하고 난 후에도 그를 사랑할 수 있소? 당신은 그를 존경하지도 않고, 심지어 그의 사랑을 믿지도 않으면서 영원히 그에게 기고, 그를 위해 모든 이를 불행하게 만든단 말이오? 이게 도대체 뭐요? 그는 평생 당신에게 고통을 줄 것이고 당신도 그에게 마찬가지일 거요. 당신은 그를 지나치게 사랑하고 있어, 나따샤, 지나치게! 나는 그런 사랑을 이해하지 못하겠소.」

「그래요, 나는 그를 미친 사람처럼 사랑해요.」 그녀가 마치 몸이 아픈 듯 창백해져서 대답했다. 「나는 당신을 그렇게까지 사랑하진 않았어요, 바냐. 나 자신도, 내가 정신이 나갔고 지나칠 정도로 사랑하고 있다는 것을 알아요……. 나는 다른 이들이 책망할 만큼 그를 사랑해요……. 들어 보세요, 바냐. 나 스스로도 이미 그것을 전부터 알았고, 심지어 우리들이 가장 행복했던 순간에도 그는 나에게 오직 고통만을 가져다 줄 것이라고 예견했어요. 하지만 지금 그로 인해 받는 고통조차 행복이라고 한다면 내가 무엇을 해야 할까요? 내가 정말 기쁨을 찾아 그에게 가는 걸까요? 정말로 내가, 그에게서 무엇이 나를 기다리고 있고 그에게서 무엇을 견뎌야 할지 예견하지 못하는 걸까요? 그는 나에게 언제나 나를 사랑하겠다고 맹세했고, 나에게 모든 약속을 했어요. 하지만 나는 그의 약속 중에 어느 것도 믿지 않고 그 약속들에 가치를 부여하지도 않았으며 전에도 그랬어요. 그렇지만 그는 나를 속이지 않았고, 도대체 거짓말을 할 줄 몰라요. 나 스스로도 그에게 말했어요. 내가 그를 묶어 두기를 원치 않는다고. 그를 위해서는 이것이 최선이에요. 서로 묶이는 것은 아무도 좋아하지 않아요. 나 자신이 누구보다도 좋아하지 않아요. 어쨌든 나는 그의 노예가, 가장 자발적인 노예가 된다는 것이 기뻐요. 그의 모든 것을, 모든 것을 견뎌 내겠어요. 그가 나와 함께만 있는다면, 내가 그를 볼 수만 있다면! 설사 그가 다른 사람을 사랑한다 하더라도, 내가 있는 곳에서 일이 벌어진다면, 내가 거기에 함께 있기만 한다면…… 이것이 지저분한 일일까요, 바냐?」 그녀는 뜨거운, 불타는 듯한 시선으로 나를 쳐다보며 갑자기 물었다. 순간 그녀가 열에 들떠 헛소리를 하는 것 같았다. 「이러한 바람이 저속한 것인가요? 그런가요? 내가 스스로 말하지요. 그것은 저속해요. 하지만 그가 나를 버린다 해도 나는 세상 끝까지 따라갈 거예요. 그가 나를 떼민다 해도, 그가 나를 쫓아 버린다 해도. 지금 당신은 나더러 돌아가라고 설득했어요. 그러나 결과가 무엇이지요? 내가 돌아간다면, 나는 내일 다시 떠날 거예요. 그가 명령한다면 떠날 거예요. 개를 부르듯 휘파람으로 날 부르고, 내게 소리쳐도 나는 그를 따를 거예요……. 고통이에요! 나는 그 때문에 받게 되는 고통은 하나도 겁나지 않아요! 나는 그로 인해 고통받게 된다는 것을 알게 되겠지요……. 오, 그건 말로 다할 수 없을 거예요, 바냐!」

〈아버지와 어머니는?〉 나는 생각했다. 그녀는 그들을 잊어버린 듯했다.

「그럼, 그는 당신과 결혼하지도 않을 거요, 나따샤?」

「그는 약속했어요, 모든 것을 약속했어요. 지금 바로 그 일로 나를 불러낸 거예요. 우리가 내일 교외에서 조용히 식을 올릴 수 있도록요. 하지만 그는 자신이 무슨 일을 하는지 알지 못해요. 아마 어떻게 결혼하는지도 모를 거예요. 그는 어떤 남편이 될까요! 정말로 우습기만 해요. 그러나 결혼하면 불행해질 테고 나에게 욕을 하기 시작할 거예요. 나는 그가 언제든, 무슨 일로든 나를 비난하는 것을 원치 않아요. 나는 그에게 모든 것을 바치겠어요. 하지만 그는 나에게 아무것도 주지 않을 거예요. 그가 만일 저와 치른 결혼으로 불행하게 된다면, 왜 내가 그를 불행하게 만들어야 하나요?」

「아니야, 그것은 미친 짓이야, 나따샤.」 내가 말했다. 「당신은 지금 당장 그에게 갈 거요?」

「아니, 그가 이리로 와서 나를 데려가겠다고 약속했어요. 우리는 그렇게 약속이 되어 있어요…….」

그리고 그녀는 긴장된 시선으로 먼 곳을 바라보았으나 아무도 나타나지 않았다.

「그는 아직 안 왔소! 당신이 먼저 왔소!」 내가 격분해서 소리쳤다. 나따샤는 마치 한 대 맞은 듯 비틀거렸다. 그녀의 얼굴은 고통으로 일그러졌다.

「그는, 아마도, 아예 오지 않을지 몰라.」 그녀는 씁쓸한 웃음을 지으며 말했다. 「그는 그저께, 만일 내가 온다고 약속하지 않으면 나와 함께 가서 식을 올리기로 한 결정을 부득이 연기해야만 할 것이라고 편지에 썼어요. 그러면 아버지가 자기를 그 젊은 처녀에게 데려갈 것이라고도 썼어요. 그렇게 간단하게, 그렇게 자연스럽게, 마치 이 일이 아무것도 아닌 것처럼 썼어요……. 그가 정말로 그녀에게 갔다면 어떻게 하죠, 바냐?」

나는 아무 대답도 하지 않았다. 그녀는 내 손을 꼭 쥐었다. 그리고 그녀의 눈이 반짝이기 시작했다.

「그는 그녀에게 갔어요.」 그녀는 들릴 듯 말 듯한 소리로 말했다. 「그는 그녀에게 가서 자기가 옳다고, 즉 오지 않으면 어떤 결과가 초래될지 사전에 통보했음에도 내가 오지 않았다고 말할 수 있기를 바라며 내가 오지 않기를 기대했어요. 내가 싫증 난 거예요. 그래서 오지 않는 거예요……. 오, 맙소사! 내가 미쳤지! 그는 마지막에 자기 스스로 나에게 내가 싫증 났다고 말했어요……. 나는 무엇 때문에 기다리는 거지!」

「저기, 그가!」 문득 그가 멀리 연안 도로 위에 나타난 것을 보고 내가 소리쳤다.

나따샤는 몸을 떨며 소리를 지르고 나서, 가까이 오고 있는 알료샤를 응시하더니 갑자기 내 손을 놓고 그에게로 달려갔다. 그도 또한 걸음을 빨리 재촉했다. 잠시 후 그녀는 그의 품안에 안겼다. 우리를 제외하고는 거리에 아무도 없었다. 그들은 입을 맞추고 웃었다. 나따샤는 웃으며 눈물을 흘렸고, 모든 것이 뒤죽박죽, 마치 그들은 오래 떨어져 있다가 만난 것 같았다. 그녀의 창백한 얼굴이 빨갛게 물들었다. 그녀는 극도로 흥분했다……. 알료샤는 내가 있음을 깨닫고 이내 나에게 다가왔다.

9

나는 비록 지금까지 여러 차례 그를 보긴 했지만, 이번에는 주의 깊게 그를 바라보았다. 나는 그의 눈을 보았다. 마치 그의 시선이 모든 나의 의심을 풀어 줄 수 있고, 무엇으로, 어떻게, 이 어린아이 같은 친구가 그녀를 매혹시키고, 그녀에게서 이러한 무분별한 사랑을, 자신의 최우선적인 의무를 잊고, 그녀가 지금까지 가장 신성한 것으로 여기던 것을 주저 없이 희생시킬 정도의 사랑을 낳게 할 수 있었는지를 해명해 줄 수 있기라도 한 것처럼. 젊은 공작은 나의 두 손을 꼭 잡아서 쥐었다. 그리고 그의 온화하고 맑은 시선이 나의 가슴 깊이 파고들었다.

나는 그가 나의 적이라는 사실 때문에 그에 대해 판단할 때 실수를 할 수도 있었겠다고 느꼈다. 그렇다. 나는 그를 좋아하지 않았다. 그를 아는 사람들 가운데 오직 나만이 그렇겠지만, 솔직히 말해서 나는 그를 결코 좋아할 수가 없었다. 많은 점이 내 마음에 들지 않았다. 심지어 그의 말쑥한 외모도, 아마도 바로 그의 외모가 지나치게 말쑥하다는 점 때문에 마음에 들지 않았으리라. 나중에 나는 내가 이 점에서도 그를 편파적으로 판단했음을 깨달았다. 그는 키가 크고, 호리호리한 몸은 균형잡혔으며, 그의 긴 얼굴은 언제나 창백했다. 그의 머리는 금발이었고 눈은 크고 파란색이며, 부드러운 동시에 사려 깊은 빛을 띠고 있었다. 그 눈 속에는 이따금 갑자기 가장 순박하고, 아주 어린아이 같은 유쾌함이 떠올랐다. 그의 도톰하고 그리 크지 않으며 붉은, 매우 선명한 입술 윤곽에는 거의 언제나 일종의 진지한 모습이 담겨 있었다. 그래서 그의 입술에 문득 비치는 미소는 더 놀랍고 더 매력적이었다. 그의 미소는 다른 사람들로 하여금, 그들이 어떤 기분에 있든지 간에, 그의 미소에 대한 대답으로 그와 마찬가지로 미소 짓고자 하는 일종의 즉각적인 욕구를 느끼게 할 만큼 그렇게 순진하고 소박했다. 그는 눈에 띄게 옷을 입지는 않았지만 언제나 말쑥하게 차려입었다. 모든 면에서 이 말쑥함은 그에게 어떠한 번거로움도 요구하지 않았으며, 말쑥하다는 점에서는 그가 타고났다는 것을 분명히 느낄 수 있었다. 물론 그도 몇몇 나쁜 습성, 즉 품위 있는 사람에게 있는 몇몇 나쁜 습성인 경솔함, 자아 도취, 공손한 불손 등을 가지고 있었다. 그러나 그는 지나치게 맑고 소박한 심성을 소유하고 있었고, 자신이 가장 먼저 이러한 버릇을 그대로 인정하고, 뉘우치고, 그것들에 대해 우스워했다. 나에게는 이 어린아이 같은 친구가 결코, 심지어 농담으로라도 거짓말을 할 수 없을 거라고 여겨졌다. 만일 그가 거짓말을 한다면, 그는 이것이 나쁘다는 것을 모르고 했을 것이다. 심지어 그의 이기심조차 매혹적인데, 그것은 아마도 그가 솔직하고 꾸밈이 없다는 점 때문이었으리라. 그에게는 도대체 꾸밈이란 게 없었다. 그의 마음은 연약하고, 남을 쉽게 잘 믿으며, 소심했다. 그에게는 의지란 게 없었다. 그를 모독하고 기만하는 것은 죄업이며 당치 않은 일일 것이다. 왜냐하면 그것은 어린아이를 모독하고 기만하는 일이기 때문이다. 그는 나이에 걸맞지 않게 순진하며, 도대체 생활이란 것을 거의 알지 못했다. 나이가 마흔이 되어도 그는 생활에 대해 아무것도 이해하지 못하리라. 이런 사람들은 소위 영원한 미성년으로 선고받은 듯하다. 내가 보기에 그를 사랑하지 않을 사람이라곤 없는 듯했다. 그는 사람들에게 마치 어린아이처럼 응석을 부렸을 것이다. 나따샤는 이 점에선 진실을 말했다. 즉 누군가 그에게 강한 영향을 끼치면 그는 나쁜 일까지 할 수 있을지도 모른다는 것이다. 그러나 그가 그런 행위의 결과를 인식한다면, 아마도 그는 후회로 인해 죽을지도 모른다고 나는 생각했다. 나따샤는 본능적으로 자신이 그의 주인, 주재자, 심지어 그가 자신의 제물이 될 것이라는 점을 느꼈다. 그녀는 미칠 듯이 사랑하고, 그렇기 때문에 사랑하는 사람을 고통스럽게 괴롭히는 기쁨을 미리 맛보았는데, 바로 그 때문에 그녀는 아마도 그를 위해 제일 먼저 자신을 희생하려 서둘렀을 것이다. 그러나 그의 눈 속에서도 사랑이 빛났고, 그는 황홀에 젖어 그녀를 바라보았다. 그녀는 의기양양해서 나를 바라보았다. 이 순간 그녀는 모든 것을 잊었다. 부모도, 이별도, 의심도…… 그녀는 행복했던 것이다.

「바냐!」 그녀가 외쳤다. 「저는 그에게 죄를 지었고 그에 비해 보잘것없어요! 나는 당신이 오지 않을 거라 생각했어요, 알료샤. 내 어리석은 생각을 잊어 주세요, 바냐. 나는 이것을 바로잡겠어요!」 그녀는 한없는 사랑을 담고 그를 바라보며 덧붙였다. 그는 미소 지으며 그녀의 손에 입 맞추고 나서 그녀의 손을 쥔 채 나를 향해 말했다.

「저도 나무라지 마세요. 제가 얼마나 오랫동안 당신을 친형처럼 포옹하고 싶었다고요. 그녀가 또 나에게 얼마나 당신 이야기를 했는지 몰라요! 우리는 지금까지 서로 거의 알지 못했고 서로 더 친해지지 못했어요. 친구가 됩시다. 그리고…… 우리를 용서해 주세요.」 그는 얼굴이 빨개져서, 하지만 내가 그의 인사를 기꺼이 받아들이지 않을 수 없을 만큼 아름다운 미소와 함께 작은 소리로 덧붙였다.

「맞아요, 맞아요, 알료샤.」 나따샤가 말을 받았다. 「그는 우리의, 그는 우리의 형제예요, 그는 이미 우리를 용서했어요. 그가 없으면 우리는 행복하지 못할 거예요. 내가 이미 당신에게 말했지요……. 오, 우리는 나쁜 아이들이에요, 알료샤! 하지만 우리는 셋이서 같이 살 거예요……. 바냐!」 말을 이어 가는 그녀의 입술이 떨렸다. 「당신은 지금 그들에게 돌아가세요. 당신은 고운 마음을 가지고 있어요. 그들이 나를 용서하지 않더라도, 만일 당신이 우리를 용서한 것을 보면 아마 그들도 나에 대해 약간은 마음을 누그러뜨릴 거예요. 그들에게 모두, 모두, 당신의 가슴에서 우러나온 당신의 말로 말씀드려 주세요. 그런 말들을 찾아보세요……. 저를 변호해 주시고 구해 주세요. 그들에게 모든 이유를 전해 주세요, 모든 것을 당신이 아는 대로 전해 주세요. 바냐, 만일 오늘 당신이 나와 함께 있지 않았더라면, 나는 아마 이 행동을 결심하지 않았을지도 모른다는 것을 당신은 아시나요! 당신은 나의 구원이에요. 나는 곧 당신이 이 사실을, 적어도 최초의 놀라움이 그리 크지 않도록, 그들에게 전달할 수 있다는 점에 희망을 걸었어요. 오, 맙소사, 하느님! 그들에게 전해 주세요, 바냐, 나 자신도 지금 결코 용서받지 못하리라는 것을 알고 있다고요. 그들이 용서하더라도 신께서는 용서하지 않을 거예요. 그러나 그들이 나를 저주하더라도 나는 일생 동안 그들을 축복하고 그들을 위해 기도할 거예요. 내 온 마음은 그들 곁에 있어요! 아, 왜 우리 모두가 행복해질 수 없는 거예요! 왜, 왜! 맙소사! 내가 무슨 짓을 한 거지!」 그녀는 마치 제정신으로 돌아온 듯 갑자기 소리치더니, 두려움에 온몸을 떨며 손으로 얼굴을 가렸다. 알료샤는 그녀를 말없이 꼭 끌어안았다. 말 없는 몇 분이 흘렀다.

「당신은 그녀에게 이런 희생을 요구할 수 있었단 말이지요!」 내가 비난조로 그를 보며 말했다.

「저를 나무라지 마세요!」 그는 되풀이했다. 「지금은 이 모든 불행이 비록 매우 커다랗게 보이지만 그건 단지 한순간일 뿐이라고 당신께 확언합니다. 나는 이 점을 분명히 확신합니다. 우리에겐 이 순간을 이겨 낼 의연함만이 필요합니다. 그녀도 나에게 똑같이 말했습니다. 당신은 잘 아시지요. 이 모든 일의 원인이 가족의 위신에 있다는 것을, 이 완전히 불필요한 불화, 게다가 또 재판! 그러나 (나는 오래 생각했습니다, 당신께 확언해요.) 이 모든 것이 끝나야 합니다. 우리 모두가 다시 화합하면 그때 가서 완전히 행복해질 겁니다. 아버님들조차 우리를 보시면 화해를 하실 겁니다. 누가 알겠어요, 바로 우리의 결혼이 혹시 그들이 화해하는 시발점이 될지! 나는 다르게는 될 수 없다고 믿습니다. 어떻게 생각하세요?」

「결혼이라고 하셨죠. 언제 결혼하실 겁니까?」 나는 되물으며 나따샤를 바라보았다.

「내일이나 모레, 아마 늦어도 모레는. 말씀드리자면 나 자신도 아직 정확하게 몰라요. 그리고 솔직히 말해 아직 아무런 준비도 하지 못했어요. 나는 나따샤가 오늘 아마도 오지 않을 거라고 생각했어요. 게다가 아버지께서 오늘 나를 한 처녀에게 꼭 데려가시려고 했어요(그는 내가 그녀와 결혼하기를 바라고 있어요. 나따샤가 당신에게 말했겠죠? 하지만 나는 하지 않을 겁니다). 그런 까닭에 나는 여태 아무것도 확실히 계획할 수 없었어요. 그래도 어쨌든 우리는 아마 모레 결혼할 거예요. 적어도 그게 내 의견입니다, 왜냐하면 다르게 될 수 없으니까요. 내일 당장 우리는 쁘스꼬프 가(街)를 따라 떠날 겁니다. 우리가 사는 곳에서 그리 멀지 않은 마을에 리쩨이[37] 동창이 있어요. 아주 좋은 사람이지요. 당신에게 소개해 드릴 수 있어요. 그 마을에 신부가 한 분 계시지요. 사실은 있는지 없는지 확실히는 모르겠어요. 먼저 알아봤어야 했겠지만 그렇게 하지 못했어요······. 하지만 그것은 사소한 일이에요. 중요한 일만 염두에 두고 있으면 돼요. 아무 이웃 마을에서라도 신부님을 모셔 오면 되죠. 어떻게 생각하세요? 틀림없이 이웃 마을에 교회가 있을 겁니다. 한 가지 안타까운 것은 내가 지금까지 그리로 한 줄의 편지도 쓰지 못했다는 것이지요. 내 친구에게 사전 연락을 취해 두었어야 하는 건데. 아마 지금 내 친구는 집에 없을지도 몰라요. 하지만 이것들은 중요한 게 아닙니다. 결단력만 있으면 모든 것은 저절로 될 거예요, 그렇지 않습니까? 그동안에, 즉 내일 혹은 모레까지, 그녀는 이곳에서 나와 함께 머물 것입니다. 나는 우리가 돌아와서 살 아파트를 하나 세 냈습니다. 아버지 집에서는 더 이상 살고 싶지 않습니다. 그래야 하지 않겠어요?

---

37 알렉산드르 1세가 귀족 자제들을 교육시키기 위해 뻬쩨르부르그 근교 짜르스꼬예셀로에 세운 중학교.

당신은 우리에게 들려 주시겠죠. 나는 아주 아늑하게 아파트를 장식했답니다. 내 중학교 친구들도 들를 거예요. 나는 파티를 열 겁니다……」

나는 망설이면서 걱정스럽게 그를 바라보았다. 나따샤는 나에게, 그를 너무 엄격하게 심판하지 말고 관대함을 베풀어 줄 것을 눈빛으로 호소했다. 그녀는 슬픈 미소를 지은 채 그의 말을 들었지만 동시에, 이해할 수는 없지만 귀여운 수다를 늘어놓는 사랑스럽고 명랑한 아이에게 도취하듯 그에게 빠져 드는 듯했다. 나는 눈에 질책을 담고 그녀를 바라보았다. 내 마음은 견딜 수 없이 무거워졌다.

「그렇지만 당신의 부친은?」 내가 물었다. 「그가 당신을 용서할 거라고 믿나요?」

「물론이죠. 그렇지 않으면 어떻게 하겠어요? 즉 처음에 그는 물론 나를 저주하겠죠. 나는 이것에 대해서도 확신합니다. 그는 그런 분이에요. 그는 나에 대해 아주 엄격하죠. 한마디로 그는 당신 자신의, 아버지로서의 권력을 사용하시겠죠……. 하지만 이것들을 그렇게 심각하게 받아들일 건 없어요. 그는 나를 정신없이 사랑하시니까 약간 화를 내고는 용서하실 겁니다. 그리고 모두 화해를 하고, 우리 모두는 행복해질 겁니다. 그녀의 아버지도요.」

「하지만 그가 용서하지 않는다면? 그럴 경우에 대해 생각해 보았나요?」

「반드시 용서하실 거예요, 다만 그렇게 빨리는 아니겠지만. 좋아요, 나도 고집이 있다는 걸 보여 드리겠어요. 그는 늘 내 성격이 유약하고, 내가 경박하다고 욕하셨어요. 이제 그는 내가 경박한지 아닌지 보게 될 겁니다. 가장이 된다는 것, 이것은 장난이 아닙니다. 그렇게 되면 나는 더 이상 어린애가 아닙니다....... 즉 나도 다른 사람들처럼, 가정을 가진 사람들처럼 그렇게 된다는 것을 말하고 싶은 겁니다....... 나는 내 힘으로 살아갈 겁니다. 나따샤는, 우리 모두가 그렇게 하듯 남의 돈으로 사는 것보다는 그 편이 훨씬 낫다고 말합니다. 만일 당신이 그녀가 나에게 얼마나 좋은 말을 많이 해 주는가를 안다면! 나 스스로는 이것을 전혀 생각지 못했을 거예요. 나는 다른 식으로 성장해 왔으며 다른 식으로 양육을 받았어요. 맞아요, 나 스스로 내가 경박하고 능력도 없다는 것을 압니다. 하지만 말이죠, 그저께 나에게 훌륭한 생각이 떠올랐어요. 지금이 비록 적당하지는 않지만 당신에게 말씀드리겠어요. 왜냐하면 나따샤도 들어야 하고 당신은 우리에게 조언을 하셔야만 하니까요. 자, 보세요, 난 당신처럼 소설을 써서 잡지사에 팔겠어요. 당신은 잡지사 사람들과의 관계에서 나를 도와주시겠죠, 그렇죠? 나는 당신을 믿어요. 그리고 어젯밤 내내 시험적으로 소설 하나를 생각해 봤어요. 아시겠어요, 아주 멋있게 될 겁니다. 주제는 스크립[38]의 한 희극에서 따왔어요....... 그 이야기는 나중에 하죠. 중요한 것은 이를 통해 돈을 번다는 것이지요....... 당신도 돈을 벌잖습니까!」

나는 웃지 않을 수가 없었다.

「당신은 웃으시는군요.」 그가 나를 따라 웃으며 말했다. 「아니, 들어 보세요.」 그는 이해하기 힘든 순박함을 가지고 덧붙였다, 「나를 겉보기로 평가하지 마세요. 진짜예요, 나는

---

[38] 프랑스 극작가 오귀스탱 외제니 스크립(1791~1861)을 말한다.

비상한 관찰력을 가지고 있어요. 당신 눈으로 직접 보시게 될 겁니다. 왜 시도해선 안 됩니까? 혹시 멋진 거라도 나올지…… 그렇지만 당신이 옳을 수도 있죠. 나는 실생활은 전혀 몰라요. 나따샤도 그렇게 말한 걸요. 이 점은 모든 사람들이 나에게 하는 말입니다. 내가 어떤 문필가가 되겠어요? 웃으세요, 웃어도 좋아요, 하지만 나를 바르게 잡아 주세요. 당신은 그녀를 위해서라도 해주시겠죠, 당신은 그녀를 사랑하시잖아요. 당신에게 진실을 말하겠어요. 그녀는 나에게 과분해요. 나는 그걸 느껴요. 그래서 나는 답답해요. 어떻게 그녀가 나를 사랑하게 되었는지 모르겠어요. 그러나 나는 내 일생을 그녀에게 바칠 수 있으리라 믿습니다! 정말 나는 이 순간까지 아무것도 두려워하지 않았어요, 하지만 지금은 두려워요. 우리가 계획하고 있는 것이! 하느님! 사람이 자신의 의무에 전력을 기울여 임할 때, 공교롭게도 그 일을 수행하기 위한 능력과 의연함이 부족다는 것이 도대체 있을 수 있는 일입니까? 적어도 당신만은, 우리의 친구, 우리를 도와주세요! 당신만이 우리 곁에 남은 유일한 친구예요. 나 혼자서는 아무것도 몰라요! 내가 이렇게 당신에게 의지하는 것을 용서해 주세요. 나는 당신이 매우 고결하고 나보다 훨씬 훌륭한 사람이라고 생각합니다. 하지만 나도 좋아지도록 하겠어요, 믿어 주세요. 그리고 당신들 둘에게 어울리는 사람이 되겠습니다.」

여기서 그는 다시 나의 손을 꼭 쥐었으며, 그의 아름다운 눈 속에서는 선하고 고귀한 느낌이 빛났다. 그는 내가 자신의 친구라고 믿고 신뢰를 가득 담은 손을 나에게 내밀었다!

「그녀가 나를 나아지도록 도와줄 겁니다.」 그는 말을 계속했다. 「그런데 우리에 대해 너무 나쁘게 생각 마세요, 그리고 우리 때문에 지나치게 걱정하지 마세요. 나한테는 많은 계획이 있어요. 그리고 물질적인 면에서 우리에겐 전혀 어려움이 없을 겁니다. 나는, 예를 들어, 만일 소설이 성공하지 못한다면(고백하건대, 소설은 말도 안 된다고 이미 생각했고 지금은 오직 당신의 의견을 듣고 싶어서 말한 겁니다), 만일 소설이 성공하지 못한다면, 최악의 경우 음악 과외를 할 수도 있습니다. 내가 음악을 안다는 것을 몰랐지요? 나는 그러한 일을 하며 사는 것을 부끄러워하지 않을 겁니다. 이 점에서 나는 새로운 이념의 추종자입니다. 그 외에도 나는 많은 귀금속과 화장품을 가지고 있습니다. 나한테 그것들이 무슨 소용이겠어요? 나는 그것들을 팔겠어요, 그리고 우리가 그것을 바탕으로 얼마나 오래 사는지 지켜보세요! 마지막으로, 최악의 경우 나는 관직에 나가겠습니다. 아버지도 기뻐하실 겁니다. 그는 늘 나에게 공직에 나갈 것을 재촉했는데, 나는 여태껏 건강이 좋지 않다는 핑계로 버텨 왔습니다(내친김에 하는 말이지만, 나는 이미 한 부서에 등록을 해두었습니다). 그러나 이 결혼이 나에게 이로움을 가져다 주었고 나로 하여금 사람 구실을 하게 했다는 것을 본다면, 그리고 내가 진짜 공직에 나간 것을 본다면, 그는 기뻐할 것이고 나를 용서할 것입니다……」

「하지만, 알렉세이 뻬뜨로비치, 당신은 당신의 아버지와 나따샤의 아버지 사이에서 어떤 일이 일어날지를 생각해 보았습니까? 오늘 저녁 나따샤의 부모님에게 어떤 일이 벌어질 거라고 생각합니까?」

나는 내 말에 얼굴이 하얗게 질려 버린 나따샤를 그에게 가리켜 보였다. 나는 무정했다.

「그래요, 그래요, 당신이 옳아요, 이건 끔찍해요!」그가 대답하기 시작했다.「나는 이미 그것에 대해 생각을 했고 그래서 정신적으로 괴롭습니다. 하지만 어떻게 해야 할까요? 당신이 옳습니다. 나따샤의 부모님만이라도 우리를 용서하신다면! 내가 그들을 얼마나 사랑하는지 당신이 아신다면! 그들은 나한테 마치 친부모님 같았어요. 한데 무엇으로 내가 그들에게 되갚고 있는지! 아, 이 다툼, 이 재판! 이 때문에 지금 우리가 얼마나 괴로운지 당신은 믿지 않겠지요! 도대체 그들이 무슨 일로 싸우고 있는 건지! 우리 모두는 서로서로 사랑하고 있으면서도 싸우다니요! 그들이 화해한다면 일은 끝나는 건데 말이지요! 정말로 나라면 그렇게 할 텐데……. 당신의 말씀은 나를 무섭게 만들었어요. 나따샤, 우리가 지금 하고 있는 일은 무서운 거예요! 나는 전에도 이 점에 대해 말했지요……. 당신은 고집을 부렸고……. 그러나 들어 보세요, 이반 뻬뜨로비치, 아마 이 모든 것이 가장 좋은 방향으로 해결되겠죠. 어떻게 생각하세요? 결국에는 화해들을 하실 겁니다! 우리가 그들을 화해시키죠. 그렇게 될 겁니다, 틀림없이. 그들은 우리의 사랑에 버텨 내지 못할 겁니다……. 우리를 저주하라죠, 어쨌든 우리는 그들을 사랑할 겁니다. 그리고 그들은 버티지 못할 겁니다. 당신은 우리 아버지가 이따금 선한 마음씨를 보인다는 걸 믿지 않겠죠! 그는 의심을 담은 눈초리로 바라보기는 하지만, 다른 경우에는 아주 친절할 때도 있답니다. 그가 오늘 나와 얼마나 부드럽게 대화를 나누었으며 나를 납득시키려 했는지 당신이 아신다면! 그런데 바로 오늘 나는 그를 거역하는 행동을 하고 있습니다. 나는 이 일로 무척 슬픕니다. 그리고 모든 것은 그 부당한 편견 때문이에요! 이것은 정말 광기예요! 그가 만일 한 번만이라도 그녀를 옳게 본다면, 반 시간만이라도 그녀와 함께 있어 본다면? 그러면 그는 우리에게 모든 것을 허락할 겁니다.」 이렇게 말하면서 알료샤는 부드럽고 열정적인 시선으로 나따샤를 바라보았다.

「나는 수없이 황홀하게 상상해 보았습니다.」 그는 자신의 말을 계속 이어 갔다. 「그가 그녀를 알게 된다면, 얼마나 그녀를 사랑하게 될지, 그녀가 그들 모두를 얼마나 경탄케 할는지. 그들 중 어느 누구도 이전에 이런 처녀를 보지 못했겠죠! 아버지는 그녀를 단순한 음모가라고 믿고 있어요. 나의 책무는 그녀의 명예를 회복시키는 것이며, 나는 그 일을 할 겁니다! 아, 나따샤! 모두 당신을 사랑할 겁니다, 모두들. 당신을 사랑하지 않을 그런 사람은 없어요.」 그는 황홀해 하며 덧붙였다. 「설령 내가 당신보다 못난 사람이라 해도 나를 사랑해 줘요, 나따샤, 그럼 나는 이미…… 당신은 나를 알잖아요! 정말 우리의 행복을 위해 많은 것이 필요한 걸까요! 아니 나는 믿어요, 오늘 저녁이 우리 모두에게 행복과 평화와 화합을 가져다 줄 거라고! 이 저녁에 축복 있으라! 그렇죠, 나따샤? 무슨 일입니까? 맙소사, 무슨 일이에요?」

그녀는 마치 죽은 사람처럼 하얘졌다. 알료샤가 헛소리를 하는 내내 그녀는 그를 뚫어지게 바라보았다. 그러나 그녀의 시선은 점점 혼란스러워지고 경직되어 갔으며, 얼굴 또한 점점 더 창백해졌다. 나에게는 그녀가 마침내 더 이상 말을 듣지 않고 일종의 혼수 상태에 빠진 것처럼 보였다. 그리고 알료샤의 외침이 문득 그녀를 깨운 듯했다. 그녀는 정신을 차리고 주위를 돌아보더니 갑자기 나에게 몸을 던졌다. 그녀는 알료샤가 모르게 재빨리 주머니에서 편지를 꺼내어 나에게 건네주었다. 편지는 그녀의 아버지가 수취인으로 되어 있었고 간밤에 쓴 것이었다. 편지를 나에게 주고 나서 그녀는 나를, 시선을 내게서 뗄 수 없기라도 한 듯 나를 뚫어지게 바라보았다. 이 시선 속에는 절망이 담겨 있었다. 나는 이 무서운 시선을 결코 잊지 못할 것이다. 공포가 나를 휘감았다. 나는 그녀가 지금에서야 자기 행동의 끔찍함을 온전히 깨닫고 있음을 알았다. 그녀는 나에게 무엇인가를 말하려고 애썼다. 그리고 말을 시작하기는 했으나 그만 갑자기 실신해 버렸다. 나는 다행히 그녀를 부축할 수 있었다. 알료샤는 놀라서 창백해졌다. 그는 그녀의 관자놀이를 문지르고 손과 입술에 입을 맞추었다. 약 2분 가량 지나 그녀가 정신을 차렸다. 멀지 않은 곳에 알료샤가 타고 온 사륜 마차가 서 있었다. 그는 마차를 불렀다. 마차에 탄 나따샤는 제정신이 아닌 채 내 손을 잡았고, 내 손가락은 그녀의 뜨거운 눈물에 타버린 것만 같았다. 마차가 움직였다. 나는 그 자리에 오랫동안 그대로 서서 눈으로 그녀를 전송했다. 나의 모든 행복은 이 순간에 전부 소멸해 버렸고 삶은 파괴되어 버렸다. 나는 뼈저리게 그것을 느껴야 했다……. 나는 천천히 뒤돌아서서 우리가 왔던 길로, 노인들을 향해 걸어갔다. 나는 그들에게 무엇을 말해야 할지, 어떻게 그들 집에 들어서야 할지 몰랐다. 내 사고력은 기능을 멈추었고, 다리엔 힘이 없었다…….

이것이 내 행복의 전부이다. 내 사랑은 그렇게 끝나고 말았다. 이제는 끊어진 이야기를 계속하겠다.

10

 스미트가 죽고 닷새 후 나는 그의 집으로 이사를 했다. 나는 이날 하루 종일 견딜 수 없이 우울했다. 날씨는 잔뜩 흐렸고 추웠다. 진눈깨비까지 내렸다. 저녁 무렵에야 잠시 해가 났는데 갈피 잃은 햇살이 아마도 호기심이 일었는지 내 방에 찾아 들었다. 나는 이곳으로 이사한 것을 후회하기 시작했다. 방은 컸지만 천장이 매우 낮았고 연기에 그을린 데다가 퀴퀴한 냄새까지 났으며, 가구가 들어차 있음에도 불구하고 불쾌한 공허함을 자아내었다. 그때 나는, 이 집에서는 남아 있는 건강마저 필시 상하게 될 것이라 생각했다. 그리고 그렇게 되고 말았다.
 오전 내내 나는 분류하고 정리하는 등 종이 더미와 씨름했다. 서류 가방이 부족한 까닭에 나는 그것들을 베갯잇에 넣어 옮겼다. 이것들은 그 와중에 구겨지고 뒤죽박죽이 되어 버렸다. 그 다음 나는 글을 쓰려고 책상에 앉았다. 나는 그때 여전히 규모가 큰 소설을 쓰고 있었다. 그러나 일이 손에 잡히지 않았다. 내 머리는 다른 생각으로 가득 차 있었던 것이다…….
 나는 펜을 던지고 창가에 앉았다. 땅거미가 지고 있었고 기분은 점점 더 우울해졌다. 여러 가지 무거운 생각이 나를 짓눌렀다. 내가 드디어 뻬쩨르부르그에서 파멸하고야 마는구나 하는 생각이 들었다. 봄이 오고 있었다. 이 답답함으로부터 벗어나 자유로운 세상으로 나가서 오랫동안 보지 못한 신선한 들과 숲의 내음을 호흡하면, 필경 원기를 회복할 수 있을 것이라는 생각이 들었다. 또한 마법이나 기적을 통해

지난날 있었던 모든 일들과 경험했던 모든 것들을 잊을 수 있다면, 모두 잊고 머리를 맑게 하여 새로운 힘으로 다시 시작할 수 있다면 얼마나 좋을까 하는 생각도 들었다. 그 당시 나는 이러한 꿈에 사로잡혀 있었고 일종의 재생을 희망했다. 마침내 〈전체 뇌를 뒤집어 새롭게 정립하기 위해서 필요하다면 정신 병원에라도 들어갈 테고, 그러면 나는 다시 건강해지리라〉하고 생각하기에 이르렀다. 나에게는 아직 삶에 대한 욕망과 그에 대한 믿음이 존재했다! 그러나 나는 그 순간 웃음을 터뜨렸던 것을 기억한다. 〈정신 병원에 들어갔다 나온 다음에는 무엇을 하지? 다시 소설을 쓰나?〉

나는 그렇게 몽상하며 상심에 빠져 있었고, 그런 가운데 시간은 흘러서 밤이 되었다. 나는 이날 밤 나따샤와 만날 약속이 되어 있었다. 그녀가 전날 밤 자기에게 와달라고 긴급히 요청하는 메모를 보냈던 것이다. 나는 벌떡 일어나 채비를 하기 시작했다. 게다가 나는 어디로든지, 빗속으로든 진창으로든, 어쨌든 집에서 빨리 나가고 싶었다.

어둠이 짙어질수록 내 방은 더 넓어지는 듯, 마치 점점 더 확대되는 듯이 여겨졌다. 나는 매일 저녁 방 구석구석에서 스미트를 만날 것만 같은 상상에 빠졌다. 그는 거기 앉아서, 마치 제과점에서 아담 이바노비치를 보았듯, 꼼짝 않고 나를 바라볼 것이다. 그리고 그의 발 옆에는 아조르까가 앉아 있을 것이다. 바로 이 순간, 나에게 강한 영향을 미친 일이 벌어졌다.

그러나, 나는 모든 것을 솔직히 고백해야만 하겠다. 나의 신경 쇠약 때문이든, 새 집에서의 새로운 인상 때문이든 또는 최근에 찾아온 우울증 때문이든, 어쨌든 나는 해 뜰 녘부터 조금씩 단계적으로, 내가 병들어 있는 요즘 밤마다 매우 자주 찾아오는, 내가 불가사의한 공포[39]라 부르는 정신 상태에 빠져 든다. 이것은 아주 괴롭고 견디기 힘든 공포이다. 그것은 나 자신이 정의할 수 없는 그 무엇, 불가해하고 사물의 질서 속에서는 존재하지 않지만 틀림없이 다음 순간, 모든 이성적 근거를 비웃으며 거역할 수 없고 무시무시하며 잔인하고 가차 없는 사실로서 내 앞에 모습을 드러내어 현실로 다가올 것이다. 이 두려움은 통상적으로 어떤 이성적인 논거에도 불구하고 더욱더 커져, 결국 이성이 지금 이 순간 아마 다른 때보다 더 명료하더라도, 그 느낌을 무력화할 수 있는 가능성은 전혀 없을 것이다. 이성은 아무 작용을 하지 못하고 무익하게 된다. 그리고 이 분열은 기다림의 불안한 고통을 증폭시킨다. 나는 사람들이 죽음을 두려워하는 느낌이 어느 정도는 이런 류의 것일 거라고 믿는다. 그러나 나에게 이 고통은 그 위험을 정의할 수 없기 때문에 더욱 커진다.

나는 문을 등지고 서서 책상에서 모자를 집어 들었는데, 문득 이 순간, 내가 몸을 돌리면 분명코 스미트를 보게 될 것이란 생각이 들었던 것이 기억 난다. 먼저 그는 조용히 문을 열고 문지방 위에 서서 방을 둘러볼 것이다. 그 다음 조용히 머리를 숙인 채 들어와 내 앞에 서서 자신의 몽롱한 눈으로 나를 응시하고는, 갑자기 치아가 빠진 입을 내 얼굴에 대고 웃어 젖힐 것이다, 오래도록, 들리지 않는 웃음을. 그의 온몸은 웃음으로 흔들리기 시작해 오랫동안 들썩거릴 것이다. 이 모

---

[39] 도스또예프스끼는 『상처받은 사람들』을 쓰는 동안 건강 상태가 매우 심각해졌다. 『시대』에 연재했던 그의 소설을 출판한 지 두 달 후, 그는 극심한 간질 발작을 일으켜 사나흘간 의식을 회복하지 못한 채 누워 있을 수밖에 없었다.

든 환영은 돌연 매우 선명하고 똑똑하게 내 상상 속에 떠올랐으며, 그와 함께 나에게는 이 모든 일이 필시 불가피하게 일어나고야 말 거라는, 아니 이 일은 이미 일어났지만 내가 문을 등지고 있기 때문에 보지 못했을 뿐이고, 아마 바로 이 순간 문이 열리고 있을 거라는 완전하고 흔들림 없는 확신이 생겼다. 나는 재빨리 몸을 돌렸다. 그런데 아니? 문이 정말로 조용히, 소리도 없이, 내가 방금 상상한 것처럼 열리고 있었다. 나는 소리를 질렀다. 마치 문이 저절로 열린 것처럼 오랫동안 아무도 나타나지 않았다. 갑자기 문턱에 이상한 존재가 나타났다. 내가 어둠 속에서 분간한 바로는, 그 눈은 나를 빤히 그리고 집요하게 바라보고 있었다. 등줄기에 식은땀이 흘렀다. 그러나 몹시 놀랍게도 나는 그 주인공이 어린아이, 그것도 소녀임을 알았다. 그리고 설사 스미트 자신이 나타났다 하더라도, 아마 모르는 아이가 그런 시간에 예기치 않게 내 방에 나타난 것만큼 나를 놀라게 하지는 못했을 것이다.

나는 이미 그 아이가 마치 들이오기를 겁내기라도 하듯 문을 소리도 안 나게 천천히 열었다는 것을 말한 바 있다. 그 아이는 모습을 보이더니 문지방에 머물러 서서는 망연함에 가까운 경악 속에서 오랫동안 나를 바라보았다. 마침내 그 아이는 조용히, 그리고 천천히 두 걸음을 앞으로 내디뎌 내 앞에 멈춰 섰다. 여전히 아무 말이 없는 채. 나는 가까이에서 그 아이를 살펴보았다. 그 아이는 열두서넛 정도의 키가 작은 계집아이로서, 마치 금방 중병을 앓고 난 듯 깡마르고 창백했다. 그래서 그녀의 커다란 검은 눈은 더욱 맑게 빛났다. 그녀는 저녁의 냉기로 인해 아직 오들오들 떨고 있는 자신의 상체를 싸고 있던 낡고 해진 천을 가슴께에서 왼손으로 꼭 쥐고 있었다. 그녀가 걸친 옷은 넝마나 다를 바 없었다. 숱 많은 검은 머리는 매만짐 없이 흐트러져 있었다. 우리는 서로를 물끄러미 바라보며 2분 가량 그렇게 서 있었다.

「할아버지는 어디 계세요?」 마침내 그녀가, 마치 가슴이나 목이 아프기라도 한 듯, 들릴락 말락한 목 쉰 소리로 물었다.

이 물음에 나의 모든 불가사의한 공포가 사라져 버렸다. 누군가 스미트를 찾아온 것이다. 예기치 않게 그의 흔적이 나타난 것이다.

「너의 할아버지? 이미 돌아가셨단다!」 나는 그녀의 질문에 전혀 방비를 하지 않았던 까닭에, 불쑥 그렇게 대답하고는 이내 후회하고 말았다. 잠시 그녀는 같은 자세로 서 있다가 돌연 몸을 떨기 시작했는데, 마치 어떤 위험한 신경 발작이 일어나기라도 한 듯 매우 격렬하게 떨었다. 나는 그녀가 넘어지지 않도록 부축하고자 그녀를 붙들려 했다. 잠시 후 상태가 좀 나아졌다. 그리고 나는 그 아이가 내 앞에서 자신의 흥분을 숨기기 위해 무진 애를 쓰고 있음을 분명히 보았다.

「미안, 미안, 얘야! 미안하다, 얘야!」 내가 말했다. 「내가 무심코 그렇게 말했구나, 그런데 사실이 아닐지도 몰라…… 가엾게도! 너는 누구를 찾고 있는 거지? 여기 살았던 노인 말이냐?」

「네.」 그녀가 가까스로 조그맣게 말하고, 불안한 모습으로 나를 바라보았다.

「그분의 성이 스미트였니? 그러니?」

「네에!」

「그래, 그분은…… 그래 그분은 돌아가셨어……. 하지만 슬퍼하지 말거라, 얘야. 그런데 왜 진작 오지 않았니? 너는 지금 어디서 오는 길이냐? 어제 장례를 치렀단다. 그는 갑자기, 예기치 않게 돌아가셨단다……. 그래, 너는 그분의 손녀니?」

계집아이는 나의 빠르고 정돈되지 않은 물음에 아무 대답도 하지 않았다. 그녀는 말없이 돌아서서 조용히 방을 나갔다. 나는 그 아이를 붙들거나 더 물을 수도 없을 만큼 당혹스러웠다. 그 아이는 한번 더 문지방에서 멈추어 나에게 몸을 반쯤 돌리고 물었다.

「아조르까도 죽었나요?」

「그래, 아조르까도 죽었단다.」 대답은 했지만 그 질문은 나에게 기이하게 들렸다. 마치 그 아이는 아조르까도 필경 주인과 함께 죽었음에 틀림없다고 확신하는 듯했다. 내 대답을 듣고 나서 그 아이는 들리지도 않게 방을 나가서 자신의 몸 뒤로 조심스럽게 문을 닫았다.

잠시 후, 나는 얼른 그 아이를 따라 나섰다. 나는 그 아이가 그냥 가도록 내버려 둔 것에 몹시 화가 났다. 그 아이는 계단으로 난 다른 문을 어떻게 열었는지 들을 수도 없을 만큼 그렇게 조용히 열고 나갔다. 나는 그 아이가 아직 계단을 벗어나지 못했을 거라고 생각하면서 귀를 기울이려고 현관에 멈춰 섰다. 그러나 아무런 발자국소리도 들리지 않고 조용하기만 했다. 단지 아래층 어디에선가 문이 쿵 소리를 냈을 뿐 모든 것이 다시 조용해졌다.

나는 서둘러 계단을 내려가기 시작했다. 계단은 내 아파트가 있는 5층에서 4층까지 나선형으로 되어 있었고 4층부터는 똑바로 되어 있었다. 계단은 작은 아파트들로 이루어진 임대 주택에서 통상 볼 수 있듯, 지저분하고 시커멓고 언제나 어두웠다. 그때 계단은 이미 완전히 어두워져 있었다. 더

듬더듬 4층으로 내려가다가 나는 걸음을 멈추었다. 갑자기 나는 마치 무엇엔가 부딪힌 것 같았고, 여기 복도에 누군가가 나 모르게 몸을 숨기고 있다는 느낌을 받았다. 나는 손으로 더듬기 시작했다. 그 소녀가 구석진 곳에서 벽 쪽으로 얼굴을 향한 채 조용히 소리 죽여 울고 있었다.

「애야, 무엇을 겁내고 있니?」 내가 말문을 열었다. 「내가 너를 그리도 놀라게 했구나, 내가 잘못했다. 할아버지는 돌아가실 때 네 말씀을 하셨다. 그분의 마지막 말씀이셨지……. 나한테 그분의 책도 있어, 아마 네 것일 거야. 이름이 뭐니? 어디서 사니? 그분이 말씀하시던데, 6번가…….」

하지만 나는 말을 끝마치지 못했다. 그녀가 놀라서 소리를 질렀던 것이다. 아마 내가 그녀가 어디 사는지 알고 있다는 것 때문이었을 것이다. 그녀는 가늘고 여윈 팔로 나를 떼밀고는 계단을 뛰어 내려가기 시작했다. 나는 그녀를 쫓았다. 나는 아래서 들려오는 그녀의 발자국소리를 들을 수 있었다. 돌연 발자국소리가 멈췄다……. 내가 거리로 뛰어나왔을 때 그녀는 이미 사라지고 없었다. 나는 보즈네센스끼 대로까지 쫓아가서는 내 추적이 헛일이라는 것을 알았다. 그녀는 사라져 버렸다. 〈아마도 그녀는 계단을 내려갈 때 이미 어디론가 숨어 버린 거야〉 하고 나는 생각했다.

11

그러나 큰길의 습하고 지저분한 인도에 들어서자마자 나는 어떤 행인과 부딪쳤다. 그는 고개를 숙인 채 깊은 생각에 잠겨 어딘가를 향해 서둘러 가고 있었다. 몹시 놀랍게도 그는 이흐메네프 노인이었다. 이날 저녁은 예기치 않은 만남의 연속이었다. 나는 노인이 사흘 전에 심하게 앓았다는 것을 알고 있었는데, 그를 갑자기 이런 습한 날 길거리에서 만난 것이다. 게다가 예전부터 그는 저녁 시간에는 거의 외출하지 않았었다. 나따샤가 떠난 후, 즉 거의 반년 전부터, 그는 거의 완전히 방만 지키고 있었다. 그는 나를 보자 마침내 터놓고 이야기를 나눌 수 있는 벗이라도 발견한 사람처럼 대단히 기뻐했다. 그는 내 손을 꼭 잡아 쥐고는 어디로 가는지 나에게 묻지도 않고 나를 이끌었다. 그는 무엇인가로 불안해 하고 있었으며 조급하고 돌발적이었다. 〈도대체 그는 어디를 다녀오는 걸까?〉 나는 속으로 생각했다. 그러나 그것을 물어보는 것은 쓸데없는 짓이었다. 그는 굉장히 의심이 많아졌고, 이따금 가장 단순한 물음이나 의견에도 무례나 모욕을 느꼈다.

나는 그를 곁눈질해 보았다. 그는 병색을 띠고 있었다. 최근 그는 몹시 여위었으며, 일주일이나 면도를 하지 않은 듯 보였다. 하얗게 세어 버린 머리는 구겨진 모자 밑으로 무질서하게 빠져나와 그의 낡고 해진 외투 깃 위에 긴 변발처럼 얹혀 있었다. 나는 이미 이전에 그가 가끔 멍해 있곤 한다는 것을 알아차렸다. 예를 들어 그는 방 안에 혼자가 아니라는 사실을 잊은 채 혼잣말을 중얼거리며 손짓을 해대곤 했던 것이다. 그런 그를 보는 것은 괴로웠다.

「그래 어떤가, 바냐?」 그가 말했다. 「어디를 가는 길인가? 나는 외출했었네, 볼일이 있어서. 건강한가?」

「어른께선 건강하십니까?」 내가 대답했다. 「얼마 전만 해도 편찮으셨는데 외출을 하셨군요.」

노인은 마치 내 말을 알아듣지 못한 듯 대답을 하지 않았다.
「안나 안드레예브나의 건강은 어떠신지요?」
「건강해, 건강해…… 뭐 그녀도 약간 병색이 있어. 그녀도 우울해졌어……. 자네 말을 하곤 하지, 왜 오지 않는가 하고. 아, 자네 지금 우리한테 가던 길인가, 바냐? 아니었나? 내가 혹시 자네를 성가시게 하고 무엇인가를 방해하고 있지는 않은 건가?」 그는 나를 믿지 않고 미심쩍게 바라보면서 물었다. 의심 많은 노인은, 만일 내가 지금 그들에게 가는 길이 아니라고 대답하면 틀림없이 모욕을 느끼고 나와 차갑게 헤어질 정도로 민감하고 성마르게 변해 있었다. 나는 그러면 나따샤에게 늦어질 테고 어쩌면 만나지도 못할 거란 사실을 알았지만, 나는 서둘러 안나 안드레예브나를 뵈러 가는 길이었다고 긍정했다.

　「그거 참 잘됐군.」 노인이 내 대답에 완전히 진정된 듯 말했다. 「잘됐어……」 그리고 갑자기 입을 다물고 마치 다하지 못한 말이 있기라도 한 듯 생각에 잠겼다.

　「그래, 그거 잘됐어!」 그는 5분쯤 지난 후 깊은 생각에서 깨어난 것처럼 기계적으로 되풀이했다. 「흠…… 보게나, 바냐, 자네는 우리에게 언제나 아들 같았어. 신은 우리에게 아들을 점지해 주지 않으셨어……. 대신 자네를 우리에게 보내 주셨지. 나는 늘 그렇게 생각했네. 내 아내도…… 그래! 자네도 친아들처럼 우리한테 늘 경의를 가지고 부드럽게 행동했지. 신이 이 점에 대해, 우리 두 노인네가 자네를 축복하고 사랑하듯 자네에게 은총을 내리실 것이네, 바냐…… 그럼!」

　그의 목소리는 떨리기 시작했다. 그는 잠시 틈을 두었다.

　「그래…… 아, 근데 어떤가? 앓지는 않았지? 어쩐 일로 우리에게 오랫동안 오지 않았는가?」

나는 스미트의 일 때문에 그들을 방문하지 못했다고 변명하며, 스미트에 관한 이야기를 모두 들려주었다. 그 외에도 나는 거의 병이 날 뻔했으며, 이 모든 것 때문에 바실리예프스끼 섬으로(그들은 그때 그곳에 살았다) 갈 수가 없었다고 말했다. 하마터면 나는 그 와중에도 나따샤에게 갈 기회가 있었다고 말할 뻔했으나 제때에 입을 다물었다.

노인은 스미트의 이야기에 매우 큰 흥미를 보였다. 그는 더 주의를 기울였다. 그는 내 새 집이 눅눅하고 이전의 집보다 더 열악하며, 한 달에 6루블이나 한다는 이야기를 듣고는 흥분했다. 그는 대체로 성급해지고 참을성이 없어졌다. 오직 안나 안드레예브나만이 그런 순간에 그에게 대처할 줄 알았다. 그렇기는 해도 그녀 또한 늘 성공하는 것은 아니었다.

「흠...... 이 모두 자네의 문학 탓이야, 바냐!」 그는 거의 화를 내며 소리쳤다. 「그것이 자네를 다락방 신세로 만들었고 공동 묘지까지 끌고 갈 걸세! 내가 전에 자네한테 말하며 경고했지! 그런데 B는 여전히 비평을 쓰는가?」

「그는 결핵으로[40] 죽었어요. 제가 이미 말씀드렸듯이.」

「죽었다, 흠...... 죽었다고! 그래, 그래야 했겠지. 그는 자기 부인과 아이들에게 무엇이라도 남겼는가? 자네가 말했지, 그가 결혼했다고, 그렇지 않았나? 이런 사람들이 무엇 때문에 결혼을 한담!」

「아니오, 아무것도 남기지 않았어요.」 내가 대답했다.

「그렇겠지!」 그는 이 일이 가까운 친척에 관한 일이라도

---

40 벨린스끼는 1848년 5월 28일 결핵으로 세상을 떠났다.

되는 듯, 죽은 B가 자신의 형제라도 되는 듯 흥분해서 소리쳤다. 「아무것도! 하나도 안 남겨! 바냐, 자네 아는가, 자네가 늘 내게 그를 칭송하던 바로 그때, 나는 그가 그렇게 끝나고 말 것이란 것을 예견했다네. 말하는 것은 쉬운 일이야. 그가 아무것도 남기지 않았다고! 말하기야 쉽지. 흠…… 명예를 얻었다. 좋아, 불멸의 명예라고 해두지, 하지만 명예만으로는 먹고 살 수 없는 일이지. 여보게, 바냐, 내가 그때 자네에 대해서도 예견하지 않았던가. 자네를 칭찬하긴 했지만 속으로는 모든 것을 예견했네. B가 그렇게 세상을 떠났다고? 어찌 죽지 않을 수 있겠는가! 산다는 것은 좋은 것이야, 그리고…… 지위는 더 좋지, 보게나!」

그리고 그는 빠르고 무의식적인 손놀림으로, 습한 안개 속에서 희미하게 빛나는 가로등 불로 밝혀진 안개 낀 거리, 지저분한 건물들, 습기로 인해 반짝이는 보도의 포석들, 찌무룩하고 화난 듯한 흠뻑 젖은 보행자들, 마치 먹물을 쏟아 놓은 듯 검은 뻬쩨르부르그의 하늘이 지붕처럼 덮고 있는 이 모든 광경을 가리켰다. 우리는 어느덧 광장으로 나왔다. 우리 앞에는 어둠 속에서 아래로부터 가스등 조명을 받고 있는 기념비[41]가 서 있었고, 조금 더 멀리에는 어두운 하늘과 분명하게 구분되지 않는 이삭 성당[42]의 거대한 몸체가 어렴풋하

---

41 1859년 이삭 광장에 세워진 황제 니꼴라이 1세의 기마상. 뻬쩨르부르그의 운하들 중 하나인 모이까 근처의 이삭 대성당 앞에 있다. 투구 위에 새가 한 마리 앉아 있는 모습으로 끌로뜨의 설계로 제작되었다.

42 이삭 대성당은 프랑스 건축가 리샤르 드 몽페랑의 설계로 세워졌으며 알렉산드르 1세 때 공사가 시작되어 알렉산드르 2세 때 끝났다. 건축 양식에서 대성당은 로마의 성 베드로 성당과 파리의 판테온을 연상시킨다. 이삭 대성당은 해군성에서 멀지 않은 곳에 있다.

게 솟아 있었다.

「자네가 말했지, 바냐, 그가 훌륭하고 관대하며 호감을 주는 데다가 감정과 가슴을 지닌 사람이었다고. 자네에게 호감을 주는, 가슴과 감각을 지녔다는 사람들은 모두 그래! 그들은 고아만 양산할 줄 알지! 흠…… 내가 보기에 그는 죽는 게 유쾌했을 거야! 도무지 원! 여기서 어디로든 떠나는 것이, 시베리아로라도! 무엇을 하고 있니, 얘야?」 그가 갑자기 보도에서 자비를 구하는 소녀를 보고 물었다.

그 아이는 일고여덟 살쯤 된 작고 야윈 몸집의, 더러운 누더기를 입고 있는 계집아이였다. 작은 발에는 양말도 없이 해진 신발을 신고 있었다. 그녀는 추위에 떨리는 몸을, 몸이 자라 이미 오래전에 작아져 버린 낡아 빠진 짧은 외투로 감싸려 애쓰고 있었다. 그녀의 초췌하고 창백하며 병약한 얼굴이 우리를 향하고 있었다. 그녀는 머뭇머뭇 조용히 우리를 바라보면서 거절당하는 것에 체념하는 듯한 어떤 두려움을 안고 떨리는 조그만 손을 우리에게 내밀었다. 노인은 아이를 보자 온몸을 떨기 시작했다. 그리고 그녀가 놀랄 정도로 빨리 그녀를 향해 몸을 돌렸다. 그녀는 몸을 떨면서 그에게서 물러섰다.

「무엇을 원하니, 아가야?」 그가 소리쳤다. 「무엇을? 구걸하니? 그래? 자, 자…… 받아라, 자!」

그는 공연히 분주하게 그리고 흥분으로 떨면서 주머니를 뒤져 은화 두세 닢을 꺼냈다. 그러나 그에게는 그것이 적게만 여겨졌다. 그래서 그는 지갑을 찾아 1루블짜리 지폐를 꺼내서(그것은 지갑 속에 들어 있던 전부였다) 그 소녀의 손에 얹어 주었다.

「그리스도께서 너를 보호하여 주실 것이다, 내 사랑하는 꼬마 아가씨! 천사가 네 곁에 함께할 것이야!」

그리고 그는 떨리는 손으로 몇 차례 소녀에게 성호를 그어 주었다. 그러나 문득 그는 내가 여기에 같이 있으며, 그를 보고 있다는 것을 깨닫고는 얼굴을 찡그리며 빠른 걸음으로 나아갔다.

「여보게, 바냐, 나는 이런 것을 볼 수가 없어.」 그가 상당히 오랫동안 화가 나서 입을 다물고 있더니 이렇게 말했다. 「어찌 이 어린 죄 없는 존재들이 추위에 길에서 떨어야 하는지…… 저주받을 아비 어미 때문에. 물론 자신이 불행하지 않다면, 어떤 엄마가 저런 아이들을 이 날씨에 내보냈겠는가마는! 틀림없이 저 아이의 좁은 집에는 또 다른 고아들이 앉아 있을 거야. 저 아이가 가장 클 테고, 어머니는 앓고 있을 테지. 그리고…… 흠! 귀족의 아이들은 아니야! 바냐, 이 세상에는 많은…… 귀족이 아닌 아이들이 있어! 흠!」

그는 잠시 말을 더듬거리듯 얼버무리다가는 다시 입을 열었다.

「여보게, 바냐, 나는 아내에게 약속했네.」 그는 약간 당황한 채 망설이며 입을 열었다. 「그녀에게 약속했어……. 즉, 우리는 고아 소녀 한 명을 입양하기로 의견의 일치를 보았네……. 가난하고 작은 아이를 아주 우리 집으로……. 이해하겠는가? 그러잖으면 우리 노인네들끼리만은 따분해, 흠. 그런데 아내가 반대해. 그녀에게 이것에 대해 말 좀 해주게, 내가 부탁한 것처럼 하지 말고 자네가 이야기를 꺼내는 것처럼 말일세……. 그녀를 설득해 주게……. 알아듣겠는가? 나는 오랫동안 자네에게 그녀가 동의해 주도록 설득해 줄 것을 부탁하고 싶었네. 한데 직접 부탁하는 것이 어쩐지 편치가 않아……. 그런 사소한 일로 길게 말할 게 뭐 있겠나! 계집아이가 나한테 무슨 소용이 있겠나? 필요 없어. 위안 삼아서…… 아이의 목소리를 듣고 싶어서…… 그 밖에, 사실은, 이 일은 할멈을 위해서 하는 거네. 그녀는 나하고만 있을 때보다 명랑해질 거야. 아이고, 모두 쓸데없는 일이야! 알겠는가, 바냐, 결론이 나려면 무척 오래 걸릴 걸세. 마차를 부르세. 걷기에는 멀어. 아내가 우리를 기다리다 지쳤을 거야…….」

우리가 안나 안드레예브나에게 도착했을 때는 일곱 시 반이었다.

12

노부부는 서로를 무척 사랑했다. 사랑과 오랜 습관이 두 사람을 뗄 수 없이 이어 주고 있었다. 그러나 니꼴라이 세르게이치는 지금 와서 뿐만 아니라 이전에 가장 행복하던 때에도 부인에게 마음을 터놓지 않았고, 심지어 이따금, 특히 사람들이 있을 때에는 냉혹하기까지 했다. 우리는 다감하고 부드러운 사람들에게서 이따금 일종의 고집, 사람들이 있을 때뿐만 아니라 단둘이 있을 때도 사랑하는 사람에게 자기의 애정을 표현하거나 보여 주고 싶어하지 않는 순진함이 있음을 보게 된다. 단둘이 있을 때는 오히려 더하다. 그들에게서는 이러한 상냥함이 아주 가끔 발현되어 나오는데, 그럴 때면 그것이 오랫동안 억제되어 있으면 되어 있을수록 더 뜨겁게,

더 강렬하게 발현된다. 이흐메네프도 젊어서부터 자신의 아내를 그렇게 대해 왔다. 그녀가 단지 선하고, 그를 사랑하는 것 이외에는 다른 아무것도 할 줄 몰랐음에도 불구하고 그는 그녀를 한없이 존중하고 사랑했다. 그리고 그녀 편에서도 자신이 그에 대해 이따금 지나칠 뿐더러, 심지어 부주의하게 자신을 드러내 놓는 것에 대해 몹시 화를 냈다. 그러나 나따샤가 나간 후로 그들은 서로에게 어쩐지 더욱 부드러워진 것 같았다. 그들은 세상에 단둘만이 남았음을 시리도록 느꼈다. 니꼴라이 세르게이치가 이따금 매우 우울해 했지만, 그럼에도 불구하고 그들은 단 두 시간도 그리움과 고통 없이는 떨어져 있지 못했다. 그들은 나따샤에 대해서는 마치 그녀가 세상에 살고 있지 않기라도 한 듯 무언의 합의 하에 한마디도 하지 않았다. 안나 안드레예브나는 남편이 있을 때면, 비록 몹시 힘들긴 했어도, 나따샤에 대해서는 감히 언급조차 하지 않았다. 그녀는 이미 마음속으로 오래전에 나따샤를 용서했다. 그녀와 나 사이에는 내가 방문할 때마다 그녀의 사랑하는, 잊을 수 없는 딸의 소식을 가져오기로 일종의 약속이 되어 있었다.

노부인은 오랫동안 아무 소식도 듣지 못하면 병이 날 지경이었다. 그러다 내가 소식을 가져오면 아주 사소한 일까지 관심을 보이고, 호기심에 마음이 조급해져 이것저것 캐묻다가는 내 이야기를 듣고 나서야 마음을 놓았다. 언젠가 나따샤가 아팠을 때는 놀라서 거의 사색이 되어, 심지어 그녀에게 직접 가려고까지 했다. 그러나 이것은 극단적인 경우였다. 처음에 그녀는 내 앞에서도 딸을 보고픈 심정을 말하려 하지 않았다. 그리고 우리의 대화가 끝날 때쯤이면, 즉 그녀가 나에게서 모든 것을 다 알아냈을 때쯤, 그녀는 내 앞에서 자제해야 한다는 것과 비록 딸의 운명에 관심이 있긴 하지만, 나따샤는 용서받지 못할 일을 저지른 죄인임을 꼭 강조해야 하는 것을 필수 불가결한 것으로 여겼다. 그러나 이 모든 것은 꾸밈이었다. 그녀는 나와 함께 있을 땐 죽도록 딸을 그리워하며 울고, 가장 귀여운 이름으로 나따샤를 부르며 비통하게 남편을 저주하다가도, 그가 있으면 아주 조심스럽기는 해도 사람들의 오만과 박정함에 대해, 우리가 모욕당한 것을 용서할 줄 모른다는 것에 대해, 그리고 신께서도 용서할 줄 모르는 사람은 용서하지 않을 거라며 슬쩍 돌려 말하는 적도 있었다. 하지만 그 앞에서 더 상세히 말하지는 않았다. 그런 경우에 노인은 이내 무정해져서 불쾌해 하며 얼굴을 심하게 찌푸리고는 입을 다물어 버리든지 또는 갑자기 매우 거칠고 큰 소리로 다른 이야기를 꺼내거나, 또는 마침내 우리만 남겨 두고 자기 방으로 들어감으로써 자기 아내가 내 앞에서 눈물과 탄식 속에 자기의 슬픔을 털어놓을 기회를 주기도 했다. 이렇듯 그는 내가 방문하면 언제나 인사를 받고 곧 자기 방으로 들어가서, 내가 안나 안드레예브나에게 나따샤에 관한 최근 소식을 모두 들려주도록 해준다. 그는 이번에도 그렇게 했다.

「나는 흠뻑 젖었어.」 그는 방에 들어서자마자 그녀에게 말했다. 「방으로 들어가야겠어, 그리고 바냐, 자네는 여기 앉게. 이 사람이 집과 관련해 어떤 일을 겪었다는군. 그녀에게 이야기를 들려주게. 곧 돌아오겠네…….」

그리고 그는 우리만 남겨 두기가 미안하다는 듯 우리를 보지 않으려 애쓰며 서둘러 방을 나갔다. 이런 경우에, 특히 그가 우리에게 돌아올 때는 나에 대해서도 안나 안드레예브나에 대해서도 엄격하고 신경질적이 되었는데, 심지어 마치 자기 자신이 못마땅하고 자신의 유약함과 겸손함에 화가 나기라도 한 듯 트집을 잡으려 했다.

「저 양반은 원래 저래.」 최근에 나와의 사이에서 모든 망설임과 허위를 벗어 버린 노부인이 말했다. 「그는 나한테 늘 이런 식이야. 그러면서 우리가 그의 계략을 전부 다 파악하고 있다는 것도 알지. 무엇 때문에 내 앞에서 저렇게 하는지! 내가 남인가? 그는 딸한테도 그래. 그는 용서할 수도 있었어, 아마 자신도 그것을 원하고 있는지 몰라, 아무도 모를 일이지. 그는 밤마다 운다네, 내가 직접 들었지! 그렇지만 겉으로는 무정한 척하지. 자존심이 그를 우롱하고 있는 거야……. 여보게, 이반 뻬뜨로비치, 빨리 말해 보게. 그가 어디를 다녀왔는가?」

「니꼴라이 세르게이치요? 모릅니다. 제가 여쭤 보고 싶었습니다.」

「그가 나갈 때 나는 거의 졸도하는 줄 알았네. 병중인데 이런 날씨에, 게다가 밤이 다 되어서. 그래, 그에게 중요한 일이 있는 거야 하고 생각했지. 한데 우리가 알고 있는 일보다 더 중요한 일이 있을까? 나 홀로 생각했지만 물어보진 못하겠어. 지금 난 그에게 감히 아무것도 물어보지 못한다네. 맙소사, 내가 그와 딸아이 때문에 얼마나 걱정을 했는지. 나는 그가 딸애한테 가는 걸 거야, 용서해 주려고 마음먹었나? 하고 생각했지. 그는 모든 것을 알고 있거든. 그 애의 가장 최근 소식까지 알아. 나는 그가 안다고 믿어, 근데 그가 어디서 소식을 듣는지 알 수가 없어. 그는 어제 몹시 괴로워했는데, 오늘도 그래. 근데 왜 입을 다물고 있는가! 여보게, 무슨 일이 일어났는지 말해 주겠는가? 나는 메시아를 기다리듯 자네를 눈 빠지게 기다렸네. 그래, 그 나쁜 놈이 나따샤를 떠났다고?」

나는 곧 안나 안드레예브나에게 내가 알고 있는 모든 것을 이야기해 주었다. 나는 그녀에게 늘 모든 것을 털어놓았다. 나는 그녀에게 나따샤와 알료샤 사이에 정말로 불화가 있으며, 이번엔 전에 있었던 불화보다 더 심각하다는 것을 들려주었다. 그리고 어제 저녁 나따샤가 나에게 오늘 저녁 아홉 시에 와달라고 부탁하는 쪽지를 보냈고, 그래서 오늘 여기 들를 계획이 전혀 없었는데 니꼴라이 세르게이치가 나를 이리로 데려왔다고 말해 주었다. 나는 그녀에게 상황이 지금 심각하게 되었다는 것을 자세히 설명해 주었다. 즉, 2주일 전 여행에서 돌아온 알료샤의 아버지가 아무 말도 들으려 하지 않고 알료샤에게 엄하게 대했는데, 무엇보다 큰일은 알료샤가 그 처녀로부터 떨어져 나오려는 기색이 없어 보이고, 오히려 그녀에게 푹 빠졌다는 말이 들린다는 것을 이야기해 주었다. 나는 나따샤의 쪽지가, 짐작컨대 매우 흥분된 상태에서 쓰여졌다는 것과 오늘 저녁 모든 것이, 비록 그것이 무엇인지는 모르겠으나, 결판 날 거라고 쓰여 있더라는 말을 덧붙였다. 그리고 그녀가 쪽지를 쓴 것은 어제였는데 와달라는 것은 오늘이고, 시간도 아홉 시로 정했다는 것이 이상하며, 그래서 나는 반드시, 가능한 한 빨리 그녀에게 가야만 한다고 덧붙였다.

「가보게, 가봐, 여보게, 빨리 가보게.」 노부인은 급히 말했다. 「그이가 나오면 바로 차를 마시게…… 아하, 사모바르를 가져오지 않았군! 마뜨료나! 사모바르가 어디 있니? 너는 게

으른 아이야! 차를 마시거든 그럴싸한 구실을 찾아서 가게나. 그리고 내일 꼭 나한테 와서 모든 것을 말해 주게. 빨리 오게. 맙소사! 아무런 불행한 일도 일어나지 않았으면! 지금보다 더 나쁜 일이 일어나지야 않겠지! 니꼴라이 세르게이치는 이미 모든 것을 알고 있어, 내 가슴이 그렇게 말하는군. 나는 마뜨료나를 통해서 많이 듣지, 마뜨료나는 아가샤를 통해 듣고. 아가샤는 마리야 바실리예브나의 대녀(代女)지, 바로 그 공작 집에 사는…… 아, 자네도 알지. 오늘 니꼴라이가 무척 화가 났었네. 내가 이것저것 이야기를 꺼내자 나한테 버럭 소리를 질렀는데, 그 다음에 유감스럽다는 듯이 말하더군, 돈이 별로 없다고. 마치 돈 때문에 소리 지른 것처럼. 자네도 우리 형편을 알잖나. 그는 점심을 먹고 낮잠을 자러 갔지. 나는 문틈으로 그를 보았어(문에는 틈이 나 있는데 그는 이것을 몰라요). 아, 근데 그는 성상 앞에 무릎을 꿇고 기도를 하더군. 그 광경을 보니 내 다리에 힘이 빠지더군. 그는 차도 마시지 않고 잠도 자지 않고 모자를 집어 들고는 나갔어. 다섯 시에 나갔지. 나는 물어볼 수도 없었어. 그랬다면 그는 아마 소리를 질렀을 거야. 그는 소리 지르는 버릇이 생겼어. 마뜨료나한테도 걸핏하면 그러고, 그리고 나한테도 그래. 그가 나한테 소리 지르면, 다리가 곧 마비되고 심장이 덜커덕 떨어져. 단지 고집 부리는 거야, 나는 알아, 그가 고집 부린다는 것을, 그런데도 무섭단 말이야. 그가 나가고 꼬박 한 시간 동안 그가 좋은 생각을 하도록 이끌어 주십사고 하느님께 기도했지. 그 애의 쪽지가 어디 있는가, 보여 주게!」

나는 그녀에게 쪽지를 보여 주었다. 나는 안나 안드레예브나에게 참으로 진지한 하나의 소망이 있다는 것을 알고 있다. 그녀가 악당, 혹은 무정한 사람, 바보 같은 놈이라고 부르는 알료샤가 마침내 나따샤와 결혼하고, 그의 아버지 뾰뜨르 알렉산드로비치 공작이 아들의 결혼을 허락하는 것이었다. 그녀는 나중에 후회하며 자신의 말을 부정했지만 심지어 내 앞에서도 무심코 그 말을 했다. 그러나 어떤 경우에도, 비록 남편이 그녀의 소망을 추측하고 심지어 여러 차례 간접적으로 그녀를 나무랐던 것을 알고 있음에도 그녀는 니꼴라이 세르게이치가 있을 때는 절대로 자신의 소망을 말하지 않았다. 나는 그가 이 결혼의 가능성을 알게 된다면, 결정적으로 나따샤를 저주하고 그녀를 자신의 가슴에서 영원히 지워 버릴지도 모른다고 생각했다.

우리 모두는 그때 그렇게 생각했다. 그는 마음속으로 간절히 딸을 기다렸지만, 그것은 그녀가 후회하면서 알료사에 대한 기억조차 가슴에서 지워 버린 채 혼자서 돌아오는 경우였다. 그것이 유일한 용서의 조건이었다. 비록 그가 말을 하지는 않았으나, 그를 보면 이것은 당연하고 의심할 바 없는 것이었다.

「그는 성격이 나약한, 성격이 나약한 아이야, 성격이 나약하고 박정해, 내가 늘 말했잖아.」 안나 안드레예브나가 다시 말을 시작했다. 「그를 어떻게 양육해야 하는지 그들은 알지 못했어. 그래서 그가 이렇게 경박한 사람이 된 거야. 그런 사랑을 위해 그가 내 딸애를 버린다니, 맙소사! 그 애가 어떻게 될까, 불쌍한 것! 다른 여자에게서 어떤 좋은 면을 찾은 걸까, 이해할 수가 없어!」

「제가 듣기로는요, 안나 안드레예브나.」 내가 반박했다. 「그 처녀는 매력적인 사람이랍니다, 나딸리야 니꼴라예브나도 그렇게 말했어요······.」

「믿지 말게!」 노부인이 말을 끊었다. 「매력은 무슨······. 자네들 보잘것없는 문사들에게는 치마만 흔들면 누구나 매력적이지. 나따샤가 그녀를 칭찬했다면, 그 애 마음이 고결해서 그렇게 말한 걸 거야. 그 애는 그를 잡아 둘 줄 몰라요. 그의 모든 것을 용서하고 혼자만 괴로워해요. 그가 이미 얼마나 자주 그 애를 속였는데! 박정한 악당 같으니! 이반 뻬뜨로비치, 나는 고뇌 속에 살고 있네. 자존심이 모든 것을 망치고 있어. 내 남편이 감정을 억제하고 그 애를 용서해 이리로 데려온다면. 그 애를 끌어안고 다시 볼 수 있다면! 그 애는 여위었나?」

「여위었습니다, 안나 안드레예브나.」

「불쌍한 것! 나한테도 어려운 일이 있어, 이반 뻬뜨로비치! 간밤 내내 그리고 오늘 하루 종일 울었다네······! 나중에 이야기해 주겠네! 나는 수도 없이 남편에게 용서하라고 멀리 돌려 넌지시 말했네. 똑바로 말하지는 못하겠어. 나는 단지 빙 둘러서, 재치 있게 이야기를 꺼냈지. 그러나 심장이 멎을 것 같아. 그는 화가 나서 그 애를 완전히 저주하게 될 거야. 아직 그의 입에서 저주를 듣지는 못했어······. 그러나 그때가 올까 봐 겁나네. 그럼 무슨 일이 벌어질까? 아버지가 저주하면 신은 벌을 내릴 거야. 사는 게 이게 뭐야, 매일 두려움에 떨고 있다네. 자네도 부끄러워해야 할 거야, 이반 뻬뜨로비치. 자네는 우리 집에서 자라고 우리에게서 부모의 정을 받지 않았는가. 그런데 매력적인 처녀라고 말하다니! 어떻게 된 건가? 마리야 바실리예브나가 훨씬 더 낫게 말하는군(내가 한번 도리를 어겼어. 남편이 볼일 때문에 오전 내내 나가 있을 때에 그녀를 카페로 불러냈더랬지). 그녀는 나한테 모든 비밀을 다 말해 주었지. 알료샤의 아버지인 공작은 백작 부인과 내밀한 관계를 맺고 있다는 거야. 사람들은, 그가 그녀와 결혼하는 것을 언제나 회피하고 있다며 백작 부인이 오래전부터 그를 비난해 왔다고 말한다는군. 이 백작 부인은 자기 남편이 살아 있을 때 부끄러운 행동으로 스캔들을 일으켰던 사람이지. 남편이 죽자 그녀는 해외로 나갔고, 거기서 그녀는 많은 이탈리아와 프랑스 남작들과 교제하는 중에 뾰뜨르 알렉산드로비치도 낚았지. 그녀의 양녀, 즉 그녀의 첫 번째 남편인 보드까 독점 취급업자의 딸이 그러는 가운데 성장했다는군. 양모인 백작 부인은 자신의 재산을 탕진했고, 양녀인 까쩨리나 표도로브나는 그녀의 아버지가 은행에 넣어 두었던 2백만 루블이 불어났다고 하더군. 그것이 지금은 3백만 루블이 되었다고 말들을 한다나. 공작은 그녀와 알료샤를 결혼시키려고 획책하고 있다는 거야(나쁜 계략은 아니야! 이해 타산이 빠른 거지) 백작, 궁정의 그 유명한 백작, 자네도 기억하지, 그 공작의 친척 말이야, 그도 동의하고 있다는군. 3백만 루블이라, 어린애 장난이 아니지. 〈좋아, 그 백작 부인과 말해 보게〉 하고 말했다는군. 공작은 백작 부인에게 자기의 희망을 전달했고, 그녀는 손발을 내저었다는 거야. 사람들이 말하기를, 그녀는 예의도 없고 철면피라더군. 모든 사람이 그녀를 환영하는 것은 아니지. 여기서는 외국하고는 달라. 그녀는 〈안 돼요, 당신은 나와 결혼해야 해요, 내 양녀와 알료샤가 아니라〉라고 말했다는 거야. 그리고 그 처녀는, 그 양녀 말이야, 계모에게 공손하고 그녀를 존경하며 모든 점에서 그녀를 따른다는군. 얌전하고 천사 같은 사람이라고 한다는 거야. 공작은 무엇이 문제인지를 파악하고 이렇게 말했다는 거야. 〈불안해 하지 마오, 백작 부인. 당신은 재산을 탕진하고 갚을 수도 없을 만큼 빚을 졌어요. 그러나 당신의 양녀가 알료샤와 결혼을 하면, 그 둘은 잘 어울려요. 그녀는 순진하고 알료샤는 바보입니다. 우리가 처음부터 그 둘을 보살핀다면 당신도 돈을 만질 수가 있지요. 하지만 당신이 나와 결혼하면 무슨 소용이 있겠소〉 하고 말했다는군. 교활한 사람 같으니! 프리메이슨! 이건 반년 전의 일인데, 그 당시 백작 부인은 결심을 하지 못한 상태였지만 지금은 바르샤바에 가 있고 거기서 서로 합의를 보았대요. 나는 그렇게 들었어. 이 모든 것을, 모든 비밀을 마리야 바실리예브나가 말해 주었네. 그녀는 이것들을 믿을 만한 사람에게서 들었다는 거야. 일의 전후가 그래. 돈 때문이라고, 수백만 루블 말이야, 매력이니 뭐니가 아니고!」

안나 안드레예브나의 이야기에 나는 놀랐다. 이 이야기는 내가 얼마 전에 알료샤로부터 직접 들은 이야기와 모든 점에서 일치했다. 이야기를 하면서 그는 절대로 돈 때문에 결혼하지는 않을 거라고 맹세했다. 그러나 까쩨리나 표도로브나가 그를 감동시켰고 그의 마음을 사로잡았다고 말했었다. 또한 나는 알료샤로부터, 공작 자신이 비록 어느 시기까지는 백작 부인을 자극하지 않기 위해서 이 소문을 사실이 아니라고 부정하겠지만, 언젠가 재혼할 것이란 말도 들었다. 나는 앞서 알료샤가 자신의 아버지를 매우 사랑하고 그에 대해 자랑스러워하며, 모든 점에서 그를 마치 예언자처럼 믿는다고 말한 바 있다.

「그 아이, 바로 자네의 매력적인 여인은 더군다나 백작 출신도 아니야!」 그녀는 내가 젊은 공작의 미래의 여인을 칭찬한 것 때문에 극도로 흥분해서 계속 말했다. 「나따샤가 그에게는 훨씬 더 어울리는 짝이야, 그녀는 독점업자의 딸이지만 나따샤는 옛 귀족 가문 출신의 고귀한 핏줄이야. 어제 영감이(내가 자네에게 말하는 것을 잊었구먼) 자신의 쇠띠를 두른 트렁크를 열었네, 자네도 알지? 그리고 밤새 내 앞에 앉아 우리의 옛 문서들을 검토했지. 그는 심각하게 앉아 있었어. 나는 양말을 뜨고 있었는데 그를 보지도 않았어, 겁이 났거든. 그는 내가 아무 말도 없는 걸 보고는 화가 나서 자신이 먼저 말을 걸더니 밤새 나에게 우리 족보를 설명해 주었지. 족보를 통해 우리 이흐메네프 가문이 이반 바실리예비치 그로즈니[43] 치세에 이미 귀족이었고, 내 친정 슈밀로프 가(家)는 알렉세이 미하일로비치[44] 시대에 유명한 집안이었다는 것이 밝혀졌지. 우리는 그 기록을 가지고 있고, 이 사실은 까람진[45]의 역사에도 언급이 되어 있지. 이 점에서 우리는 남들 못잖은 가문이라네, 여보게. 노인이 설명을 시작했을 때, 나는 즉시 그가 무슨 생각을 하고 있는지 이해했지. 그도 나따샤가 무시당하는 것이 기분 나빴던 거야. 그들이 우리보다 나은 건 부자라는 것뿐이야. 그래, 그 강도 같은 뾰뜨르 알렉산드

---

43 이반 4세, 일명 폭군 이반(1530~1584, 재위 기간 47년)를 일컫는다.

44 알렉세이 미하일로비치(1629~1676)는 러시아의 로마노프 왕조 제2대 황제로 1645년부터 1676년까지 통치했다. 그의 치세 시 공식 교회와 〈구교파〉 사이에 분열이 일어났다.

45 까람진은 혁명 시대의 프랑스, 독일, 영국을 여행하며 받은 인상을 기록한 「러시아 여행자의 편지」의 저자이다. 그는 또한 유명한 감상주의적 소설 『가엾은 리자』를 써서 온 러시아를 울렸다. 알렉산드르 1세에 의해 사료 편찬관으로 임명된 그는 12권으로 된 『러시아 공국의 역사』를 썼다. 까람진은 도스또예프스끼가 어린 시절 좋아했던 문인들 가운데 한 사람이었다.

로비치는 돈에만 신경 쓰라고 해. 모두 알잖아, 그가 몰인정하고 욕심 많은 사람이란 것을. 그가 바르샤바에서 몰래 가톨릭에 귀의했다지? 맞는가?」

「어리석은 소문이죠.」 나는 이 소문이 끈질기게 떠도는 것에 흥미를 느끼며 대답했다. 그러나 니꼴라이 세르게이치가 옛 서류를 살펴보았다는 말이 나의 호기심을 자극했다. 그는 예전에 한번도 자신의 가문을 자랑한 적이 없었다.

「모두 몰인정한 악당들이야.」 안나 안드레예브나가 말을 계속했다. 「그래, 내 불쌍한 것이 어떻게 하고 있나, 상심하고 있나, 아니면 울고 있나? 아, 자네 그 애에게 갈 시간이로구먼! 마뜨료나, 마뜨료나! 이렇게 게으르기는! 그들이 그 애를 모욕하지는 않았는가? 말해 보게, 바냐.」

그녀에게 무슨 대답을 할 것인가? 노부인은 울기 시작했다. 나는 그녀가 조금 전에 나에게 말하려던 불행한 일이 무엇인지 물었다.

「아하, 여보게, 지금까지의 불행이면 충분하지 않은가, 분명 잔이 가득 차지 않았나. 보게! 자네 기억하는가? 나에게 금메달이 있었지? 기념물인데 어릴 때의 나따샤 모습이 들어 있었지. 그때 그 애는 여덟 살이었지, 내 새끼. 그 당시 나하고 니꼴라이하고 그곳을 지나던 화가에게 주문했었는데, 자네는 분명 잊었을 거야. 재능 있는 화가였는데, 그 아이를 미남자로 묘사했지. 그때 그 아이는 아름다운 금발의 곱슬곱슬한 머리를 가지고 있었지. 무명 셔츠를 입고 있는 것으로 그려서 몸이 비쳤어. 그 아이는 그림 속에서 아무리 보아도 싫증이 나지 않을 만큼 그토록 아름다웠네. 나는 화가에게 날개도 붙여 달라고 부탁했는데, 그는 그리려 하지 않았지. 그래, 그때 우리가 겪은 끔찍한 일 이후로 나는 그 메달을 귀중품함에서 꺼내어 실을 꿰어 목에 걸었지. 그것을 십자가와 나란히 걸고 다녔는데, 남편이 볼까 봐 늘 두려웠어. 그때 그는 그 아이를 생각나게 할 수 있는 물건은 모두 집에서 끌어내거나 태워 버리라고 했다네. 나는 초상화로나마 그 애를 볼 수 있었지. 때론 그림을 보고 울기도 하고, 그러면 마음이 가벼워져. 어떤 때 혼자 있을 때는 마치 직접 그 애에게 입 맞추듯 실컷 그것에 입 맞추었지. 나는 그 애에게 사랑스러운 이름들을 붙여 주고 밤마다 성호를 그어 주었지. 혼자 있을 때면 그 애와 소리 내어 말하고 이것저것 물어도 보았어. 그리고 그 애가 마치 대답하는 듯 상상하고는 또 묻곤 한다네. 아, 여보게 바냐, 이렇게 말하는 것조차 슬프다네! 그러나 어쨌든 남편이 메달에 대해선 전혀 모르고 눈치 채지 못한 게 기쁘네. 근데 어제 아침 메달이 없어지고, 실만 남아 있었어. 실이 닳아서 끊어졌음에 틀림없고, 나는 메달을 잃어버린 거야. 나는 정신이 없었지. 그래, 찾아야 했지 찾고, 찾고, 또 찾았으나 헛일이었어! 사라져 버린 거야! 어디에서 잃어 버렸을까! 〈아마 침대에서 잃어버린 게야〉 하고 생각했지. 침대를 다 뒤졌으나 헛일이었네. 어디선가 끊어졌다면, 누군가 그것을 발견했을 테고, 그런데 남편과 마뜨료나가 아니면 누가 발견했겠는가? 마뜨료나는 생각할 필요도 없고, 그 애는 나한테 충실하거든‥‥‥ (마뜨료나, 너 빨리 사모바르를 가져오지 않니?) 〈만일 남편이 발견한다면, 무슨 일이 벌어질까?〉 하고 생각해 보았네. 혼자 앉아서 한탄하며 울고 또 울었네, 눈물을 억제할 수 없었지. 그런데 니꼴라이 세르게이치가 나에게 점점 더 친절하게 대하더군. 나를 보며 애틋하게 여겼네, 마치 내가 무슨 일로 우는지 알고 있다는 듯, 그리고 나를 가련하게 여긴다는 듯이 말이야. 그래서 나는 〈어떻게 그가 알 수 있었을까?〉 하고 생각했지. 정말로 그가 메달을 발견하고 창문 너머로 던져 버린 걸까? 그의 마음 상태로는 충분히 그럴 수 있어. 그는 집어던지고 나서 이제는 스스로 괴로워하는 거야. 던져 버린 것을 후회하는 거야. 나는 마뜨료나와 창문 아래로 그것을 찾으러 갔으나, 아무것도 찾지 못했어. 땅속으로 사라진 듯 없어져 버렸어. 온 밤을 눈물로 지새웠지. 처음으로 그 애에게 밤에 성호를 그어 주지 못했네. 아, 그게 흉조야, 흉조, 이반 뻬뜨로비치, 그게 무언가 좋지 않은 징조였어. 나는 꼬박 하루를 눈물이 마를 새 없이 울었네. 나는 자네를 신의 사자처럼 기다렸다네, 마음이라도 털어놓으려고.」

그리고 노부인은 서럽게 울기 시작했다.

「아, 그래, 알려 줄 것이 있는데 잊었네!」 그녀는 기억이 떠오른 것을 기뻐하며 말하기 시작했다. 「자네 그로부터 어떤 고아에 대해 들었는가?」

「들었습니다, 안나 안드레예브나, 그분이 저에게 두 분이 오랫동안 생각하신 끝에 불쌍한 아이 하나를 입양하기로 합의를 보았다고 말씀하시더군요. 그 말씀이 사실입니까?」

「나는 생각해 보지도 않았네, 여보게, 나는 생각도 안 해봤어! 나는 그 어떤 고아도 원치 않아. 그 아이는 우리에게 우리의 쓰라린 운명, 우리의 불행을 생각하게 만들 거야. 나따샤 말고는 아무도 원치 않네. 그 애는 우리의 외동딸이었고 앞으로도 그럴 것이네. 아니 방금 그게 무슨 뜻인가, 여보게, 그가 고아 소녀를 입양할 것을 생각하고 있단 말인가? 자네는 어떻게 생각하나, 이반 뻬뜨로비치? 그가 내 눈물을 보았기 때문에 나를 위로하고자 하는 건가, 아니면 자기 딸을 기억에서조차 몰아내고 다른 아이를 생각하려는 건가? 여기 오면서 그가 자네에게 나에 대해 뭐라던가? 그가 어떻게 보이던가, 우울하던가, 화가 났던가? 쉿! 그가 오네! 여보게, 다음번에 이야기하세, 다음번에! 내일 오는 것 잊지 말게.」

13

그가 들어왔다. 그는 호기심을 담은 한편, 마치 뭔가 부끄러운 듯 우리를 보고는 얼굴을 찌푸리며 테이블로 다가왔다.

「사모바르는 어떻게 된 거야?」 그가 물었다. 「아니 아직 내올 준비가 안 된 거야?」

「옵니다, 여보, 와요. 자 여기 왔어요.」 안나 안드레예브나가 분주해졌다.

마뜨료나는 니꼴라이 세르게이치를 보자, 마치 사모바르를 내오기 위해 그를 기다렸다는 듯이 이내 사모바르를 들고 나타났다. 그녀는 나이 먹은 하녀로 경험 많고 충실했지만, 고집 세고 완고한 성격의 소유자로서, 세상의 모든 하녀들 중 가장 변덕스러운 불평꾼이었다. 그녀는 니꼴라이 세르게이치를 두려워했으며, 그가 있을 때면 언제나 입을 다물고 있었다. 그 대신 안나 안드레예브나 앞에서는 그에 대한 보상을 받으려는 듯 끊임없이 버릇없이 굴었고, 안주인 머리 위에서 놀려는 의도를 뚜렷이 내비쳤다. 이 마뜨료나를 나는 이흐메네프까 마을 시절부터 알고 있었다.

「흠…… 흠뻑 젖어 집에 돌아오는 것은 유쾌하지 않아. 그리고 자네가 차를 준비해 놓지 않는다면 더욱 그렇지.」 노인이 작은 소리로 중얼거렸다.

안나 안드레예브나는 이내 그를 염두에 두고 나에게 눈을 찡긋했다. 그는 이런 비밀스러운 눈짓을 못 참았다. 그리고 그가 이 순간 짐짓 우리를 보지 않으려 했지만, 그의 얼굴에서 안나 안드레예브나가 나에게 눈짓한 것을 눈치 챘음을 알 수 있었다.

「일이 있어서 나갔다 왔네, 바냐.」 그가 갑자기 말을 꺼냈다. 「아주 지저분한 일이야. 내가 자네에게 말했던가? 내게 유죄가 선고될 거야. 자네도 알듯 나한테는 증거가 없어. 필요한 서류가 없는 거지. 내가 제시한 것은 신용할 수 없는 것이 된 거야…… 흠…….」

그는 자신과 공작의 재판에 관해 말하는 것이었다. 이 송사는 여전히 계속되었는데, 니꼴라이 세르게이치에게 아주 불리한 방향으로 전개되고 있었다. 나는 그에게 어떻게 대답해야 할지 몰라 입을 다물고 있었다. 그는 나를 미심쩍은 눈으로 바라보았다.

「좋아!」 그는 마치 우리의 침묵에 자극받기라도 한 듯 갑자기 소리쳤다. 「이를수록 좋지. 설령 내가 지불해야 한다고 결정이 나더라도, 나를 비열한으로 만들지는 못해. 내 양심이 깨끗한 것은 내가 알아. 그럼 적어도 재판은 끝이 나겠지. 재판은 결말이 나고 나는 망하는 거지……. 그러면 모든 것을 던져 버리고 시베리아로 갈 거야.」

「맙소사, 어디로 간다고요! 왜 그렇게 멀리!」 안나 안드레예브나는 참지 못했다.

「여기는 뭐 가깝나?」 그가 부인의 반박에 기쁜 듯 거칠게 대꾸했다.

「그러나 어쨌든…… 사람들로부터…….」 안나 안드레예브나는 말을 꺼내다가 말고 근심스러운 얼굴로 나를 바라보았다.

「어떤 사람들? 어떤 사람들?」 그는 나와 그녀에게 이리저리 성난 시선을 옮기며 소리 질렀다. 「강도들, 중상자들, 배신자들? 그런 놈들은 도처에 많아. 걱정 마오, 시베리아에서도 그런 자들을 찾을 수 있을 거요. 나하고 함께 가고 싶지 않으면, 그래 여기 남아도 좋소. 내 강요하진 않겠소.」

「여보, 니꼴라이 세르게이치! 당신이 없는데 제가 누구를 위해 여기에 남겠어요! 이 세상에 당신 말고 나한테 누구…….」 가엾은 안나 안드레예브나가 외쳤다.

그녀는 말을 우물우물 멈추고는 마치 도움을 청하듯 겁먹은 눈길을 나에게 돌렸다. 노인은 신경이 곤두서서 한 마디 한 마디에 트집을 잡았다. 그에게 절대로 반박해서는 안 되었다.

「이제 충분해요, 안나 안드레예브나.」 내가 말했다. 「시베리아도 생각만큼 그렇게 나쁘지는 않아요. 불행이 찾아와서 두 분이 이흐메네프까의 영지를 팔아야 할 경우라면, 니꼴라이 세르게이치의 의견도 꽤 좋군요. 시베리아에서 괜찮은 자리를 구할 수도 있을 겁니다. 그리고 그때는…….」

「적어도 자네만큼은, 이반, 이성적으로 말하는군. 나도 많이 생각했어. 모든 것을 버리고 떠날 거야.」

「아니에요, 난 이런 걸 기대하진 않았어요!」 안나 안드레예브나가 두 손을 꼭 쥐며 부르짖었다. 「자네도, 바냐, 똑같아! 이반 뻬뜨로비치, 나는 자네한테 이런 걸 기대하지는 않왔네……. 자네는 우리한테서 오직 따뜻한 대접만을 받아 왔는데, 지금은……」

「하하하! 당신은 무엇을 기대했소? 생각해 보오, 우리가 여기서 무슨 수로 살겠소! 돈도 다 떨어져 마지막 한 푼밖에 남지 않았소! 당신은 내가 뾰뜨르 알렉산드로비치 공작에게 가서 용서를 구하길 기대하는 거요?」

노부인은 공작의 이름을 듣자 겁이 나 떨기 시작했다. 그녀의 손에 들려 있던 찻숟갈이 찻잔 받침에 달그락하고 부딪혔다.

「아니라고, 정말,」 악에 받친, 고집스러운 기쁨을 담고 자신의 화를 더욱 돋우며 이흐메네프는 계속했다. 「바냐, 자네는 어떻게 생각하나, 정말로 가야만 할까! 우리가 시베리아로 가야 하나? 나는 차라리 내일 좋은 옷을 입고 머리를 곱게 빗어 매끈하게 할 테야. 안나 안드레예브나는 새 와이셔츠를 준비해 주겠지. (높은 사람에게 가면서 너저분할 수는 없지!) 그리고 기품이 충분히 나도록 장갑을 한 켤레 사서 끼고 각하에게 가야겠네. 여보게, 각하란 말이야, 자비로운 은인이여! 용서해 주십시오, 저를 긍휼히 여기소서, 양식을 주소서, 아내와 어린 자식들이 있습니다! 그렇게 말이오, 안나 안드레예브나? 그러기를 바라시오?」

「여보…… 저는 아무것도 원하지 않아요! 제가 바보 같아서 그렇게 말했어요, 제가 당신을 화나게 했다면 용서하세요, 제발 소리만 크게 지르지 마세요.」 그녀는 더욱더 두려움에 떨면서 말했다.

나는 그가 가엾은 자기 아내의 눈물과 두려움을 본 순간 가슴이 미어지고 속이 뒤집혔다고 확신한다. 그의 마음은 아내보다 훨씬 더 아팠으리라고 확신한다. 그러나 그는 자신을 억제하지 못했다. 이런 일은 지극히 선하기는 하지만 나약한 사람들에게 가끔 일어나는 일이다. 그런 사람들은 자신의 선함에도 불구하고, 어떤 대가를 치르더라도, 죄 없는 사람, 주로 자신과 가장 가까운 사람을 아프게 할지라도 자신의 가슴속에서 끓고 있는 것을 모두 털어놓음으로써 자기 쾌락에 이르기까지 자신의 아픔과 분노에 몰두한다. 예를 들면 부인들은 이따금 모욕이나 불행과는 전혀 상관이 없는데도 불행과 모욕을 느껴야 할 필요성을 느끼기도 하는 것이다. 이런 점에서 부인네와 비슷한 남성들도 많이 있다. 그 가운데는 전혀 약하지 않으며, 여성적인 데가 많지 않은 남성들도 있다. 노인은 비록 이러한 필요성에 의해 고통받고 있으면서도 다툼의 필요성을 느끼고 있었던 것이다.

이 순간 어떤 생각이 내 머릿속을 스쳤던 것을 기억한다. 그가 정말 앞서 안나 안드레예브나가 추측한 것과 같은 류의 행동을 한 것은 아닐까? 아마 신이 그의 마음에 호소해서 정말로 나따샤에게 가던 길은 아니었을까? 그러나 길을 가다 다른 생각이 들었거나 무엇인가 제대로 되지 않아, 계획이 좌절되고 ― 부득이하게 ― 그래서 그는 화가 나고 모욕을 느껴서 조금 전의 기대와 감정을 부끄러워하면서 집으로 되돌아와서는, 자신의 약함에 대해 화풀이를 할 상대, 바로 자기와 비슷한 기대와 감정을 가장 많이 가진 사람을 찾은 것이다. 아마도 그는 딸을 용서하고 싶었을 때, 바로 자기의 가엾은 안나 안드레예브나의 환희와 기쁨을 상상했을 것이다. 그리고 지금 자신의 의도가 실패하자, 말할 것도 없이 그의 아내가 이 일로 욕을 먹어야 할 첫 번째 사람이 된 것이다.

그러나 자기 앞에서 무서움에 떨고 있는 그녀의 절망적인 모습이 그의 마음을 움직였다. 그는 자신의 분노가 부끄러운 듯 일순 자신을 억제했다. 우리 모두는 입을 다물었다. 나는 그를 보지 않으려 애썼다. 그러나 다행히 시간은 얼마 가지 않았다. 어찌 됐든, 그것이 분노의 폭발이건 저주건 간에 그는 자기의 통분을 토해 내야만 했다.

「보게, 바냐.」 그가 갑자기 말했다. 「나는 애석하네, 나는 말하고 싶지 않았어, 그러나 시간이 왔어. 나는 솔직하게 털어놓아야만 하겠네, 가감 없이, 솔직한 사람이면 응당 그래야 하듯…… 이해하겠나, 바냐? 나는 자네가 와주어 기쁘네, 그러니 자네가 있는 데서 다른 이들도 이 모든 무의미한 일, 눈물, 한숨, 불행들에 내가 결국 나가떨어졌다는 걸 알게끔 큰 소리로 말하겠네. 설사 아픔과 피 어린 상처와 함께라도 내 가슴에서 떼어 낸 것은 결코 내 가슴으로 돌아올 수 없을 거야. 그럼! 나는 말했고 그렇게 될 거야. 나는 반년 전에 일어난 일을 말하는 거야, 자네는 이해하겠지, 바냐! 자네가 내 말을 행여 오해하지 않도록 이렇게 솔직하고 분명히 말하는 거야.」 그는 이글거리는 눈으로 나를 보는 동시에 아내의 겁에 질린 눈길을 회피하며 덧붙였다. 「반복하겠네. 이런 어리석은 짓은 이제 됐어. 무엇보다 나를 화나게 하는 것은, 모두가 나를 바보로, 아주 저급하고 비열한 사람으로, 매우 저급하고 연약한 감정을 가질 수 있는 사람으로 간주한다는 것이고…… 내가 분해서 정신이 나갔다고 생각한다는 거야……. 엉터리 같으니! 나는 낡은 감정은 던져 버리고 잊어버렸어! 나한테 추억이라곤 없어……. 그래, 그래, 역시 그래!」

  그는 의자에서 일어나 주먹으로 찻잔이 울리도록 강하게

상을 내리쳤다.

「니꼴라이 세르게이치! 안나 안드레예브나가 딱하지도 않습니까? 그녀가 어떻게 하고 있는지 좀 보십시오.」 나는 자신을 억제하지 못하고 거의 격분해서 그를 바라보며 말했다. 그러나 그것은 불에 기름을 붓는 격이었다.

「딱하지 않아!」 그는 몸을 떨고는 창백해져서 외쳤다. 「딱하지 않아, 왜냐하면 사람들도 나에게 아무런 연민을 가지지 않으니까! 딱하지 않아, 왜냐하면 내 머리 바로 뒤편에서, 내 집에서 능욕당한, 저주와 벌이란 벌은 다 받아 마땅한 음탕한 딸년을 위한 모반이 꾸며지고 있으니까!」

「여보, 니꼴라이 세르게이치, 저주하지 마세요! 하고 싶은 대로 다 하세요, 하지만 딸애를 저주하지만은 말아 주세요!」 안나 안드레예브나가 소리쳤다.

「저주할 거야!」 노인이 앞서보다 두 배나 크게 소리쳤다. 「사람들이 모욕받고 능욕당한 나에게 그 방종한 것에게 가서 용서를 빌라고 요구하고 있기 때문이야! 그래, 그래, 그렇게 됐어! 이것이 나를 괴롭혀, 매일, 낮에도 밤에도, 내 집에서, 눈물로, 한숨으로, 어리석은 암시로! 나에게 동정심을 유발시켜 보게, 봐, 바냐.」 그가 재빨리 떨리는 손으로 옆주머니에서 종이를 꺼내며 덧붙였다. 「재판 기록의 발췌야! 이 재판을 통해서 지금 나는 도둑, 사기꾼이 되었고 내 은인을 약탈한 놈이 되었어……!」

그리고 그는 프록코트에서 여러 문서를 한 장, 한 장씩 꺼내 상 위에 놓고 그 가운데서 나에게 보여 줄 것을 조급하게 찾았다. 그러나 필요한 문서가 마치 일부러 나오지 않는 듯했다. 그는 조급하게 주머니에서 손에 잡히는 것을 모두 끄

집어내었다. 갑자기 무엇인가 소리를 내며 둔중하게 상 위로 떨어졌다……. 안나 안드레예브나가 외마디 소리를 질렀다. 그것은 그녀가 잃어버린 메달이었다.

나는 내 눈을 거의 믿을 수가 없었다. 피가 노인의 머리로 솟구쳐 뺨을 물들였다. 그는 몸을 떨었다. 안나 안드레예브나는 팔짱을 끼고 일어나 애원조로 그를 바라보았다. 그녀의 얼굴은 밝고 기쁜 희망으로 빛났다. 그 노인의 벌게진 얼굴, 우리에 대한 그 당혹감……. 그래, 그녀가 실수한 게 아니었다. 그녀는 이제 그 메달이 어떻게 사라졌는지 이해했다!

그녀는, 그가 메달을 발견하고는 자신의 발견에 기뻐하고, 아마도 희열에 몸을 떨며 그것을 다른 사람들로부터 꼭꼭 숨겼다는 것을 알았다. 그리고 그가 혼자 있을 때, 아무도 보지 않을 때, 가없는 사랑을 담고서 사랑하는 딸의 어릴 때 모습을 바라보고 또 바라보고 싫증이 나도록 보았다는 것을 알았다. 그뿐만 아니라 그가 가엾은 그의 아내처럼 혼자 틀어박혀서 자기의 소중한 나따샤와 대화하고, 그녀의 대답을 상상하고 그 말에 자신이 대답하며, 밤에는 고뇌 어린 그리움을 가지고 흐느낌을 가슴속에 억누른 채 사랑스러운 모습을 어루만지며 입을 맞추고, 다른 사람 앞에서는 보고 싶지 않다고 말하며 저주를 퍼부은 딸에게 저주 대신에 용서와 은총을 호소했다는 것을 이해했다.

「여보, 당신은 그 애를 여전히 사랑하세요!」 안나 안드레예브나는 조금 전 나따샤를 저주하던 엄격한 아버지 앞에서 더 이상 감정을 억누르지 않고 이렇게 외쳤다.

그러나 그녀의 외침을 다 듣기도 전에 그의 눈에는 격렬한 분노가 타올랐다. 그는 메달을 움켜쥐어 힘껏 바닥에 집어던지고는 난폭하게 발로 짓밟기 시작했다.

「영원히, 영원히 나의 저주를 받아라!」 숨을 헐떡이며 쉰 목소리로 그가 말했다. 「영원히, 영원히!」

「맙소사!」 안나가 소리 질렀다. 「그 애를, 그 애를! 내 나따샤를! 그 애의 얼굴을…… 발로 밟다니! 당신은 폭군이에요! 감정도 없는 잔혹한 야만인!」

아내의 흐느낌을 듣자 광기 어린 노인은 자기가 한 일로 인해 두려움에 빠졌다. 그는 갑자기 바닥에서 메달을 집어 들고 방 밖으로 뛰어나가려 했으나, 겨우 두 걸음을 떼어놓고는 무릎을 꿇고 자기 앞에 있는 소파에 손을 의지한 채 머리를 힘없이 떨어뜨렸다.

그는 어린아이처럼, 여인네처럼 흐느꼈다. 흐느낌이 마치 그의 가슴을 폭발이라도 시키려는 듯 그의 온몸을 옥죄었다. 무서운 노인이 잠깐 사이에 어린아이보다 더 연약해졌다. 오, 그는 이제 저주할 수가 없었다. 그는 이미 우리들 중 아무에게도 더 이상 부끄러움을 느끼지 않고, 자기의 사랑을 산혈적으로 폭발시켜 우리가 보는 앞에서 그가 조금 전 발로 짓밟던 그 얼굴에 수없이 입을 맞추었다. 마치 그의 내부에 그렇게 오랫동안 억제되어 왔던 딸에 대한 정성과 사랑이 이제 거역할 수 없는 힘을 가지고 밖으로 터져 나오려는 듯했고, 이 폭발의 힘을 통해 자신의 모든 존재를 파괴하려는 듯 보였다.

「그 애를 용서하세요, 용서하세요!」 그의 머리 위로 몸을 숙여 그를 껴안으며 안나 안드레예브나가 흐느끼듯 소리쳤다. 「그 애를 우리에게로 데려오세요, 여보, 신께선 심판대에서 당신의 화해의 마음과 연민을 통찰하실 거예요!」

「아니야, 아니야! 절대로, 결코 안 돼!」 그는 목 쉬고 짓눌린 소리로 외쳤다. 「절대로! 절대로!」

14

내가 나따샤에게 왔을 때에는 시계 바늘이 이미 열 시를 가리키고 있었다. 그녀는 그 당시 세묘노프스끼 다리 옆 폰딴까[46]에 있는 꼴로뚜쉬낀이라는 상인의 지저분한 임대 주택 4층에 살고 있었다. 집을 떠난 초기에 그녀와 알료샤는 리쩨이나야 가[47]에 있는 훌륭한, 크지는 않으나 아담하고 편안한 집의 3층에서 살았다. 그러나 젊은 공작의 재원은 곧 고갈되었다. 그는 음악 선생이 되지 못하였으며 빚을 내기 시작하다가 마침내 그의 입장으로 봐서는 엄청난 빚더미에 올라앉았다. 그는 돈을 집 장식을 하는 데 쓰거나, 그의 씀씀이에 대하여 그를 나무라고 가끔 눈물을 흘리기조차 하는 나따샤에게 선물하는 데 썼다. 예민하고 직관이 있는 알료샤는 이따금 일주일 내내 그녀에게 무엇을 선물할까, 그녀가 선물을 어떻게 받아들일까를 생각하며 즐거움을 느꼈고, 이를 계기로 진짜 축제를 마음속에 그리며 희열에 차서 자신의 기대와 꿈을 나에게 사전에 알려 주었다. 그러고는 그녀의 질책과 눈물 때문에 딱해 보일 만큼 의기소침해졌고, 나중에는 선물

---

46 폰딴까는 상뜨 뻬쩨르부르그에 있는 운하들 중 하나이다. 그 둑은 엘리자베뜨 1세와 예까쩨리나 2세에 의해 정비되었다.
47 리쩨이나야 혹은 제철소 길은 도심에서 멀리 떨어져 있는 넓은 길인데, 네프스끼 대로 오른쪽 모퉁이로 이어진다.

로 인해 그들 사이에 심각한 비난과 고뇌와 다툼이 생기곤 했다. 그 외에도 알료샤는 나따샤 모르게 많은 돈을 낭비했다. 그는 자신의 친구들과 흥겨운 삶에 몰두하고, 그녀를 배신하고 천박한 여인들과 놀아나기도 했지만, 그러는 가운데도 나따샤를 매우 사랑했다. 그는 고통스럽게 그녀를 사랑했다. 그는 자주 심란해 하고 슬픔에 젖어 나를 찾아와서는, 자기는 나따샤의 손가락 하나만큼도 가치가 없고 조야하고 악하며, 그녀를 이해할 힘이 없으며 그녀의 사랑을 받을 가치도 없다고 말했다. 그의 말은 부분적으로 옳았다. 그들 사이에는 완전한 불평등이 존재했다. 그는 그녀 앞에서 자신을 어린아이로 느꼈고, 그녀도 언제나 그를 아이로 여겼다. 그는 나에게 눈물을 흘리며 자신과 어떤 작부와의 관계에 대해 고백하면서 동시에 나따샤에게는 이것을 말하지 말아 달라고 부탁했다. 그러나 그가 이렇게 털어놓고 난 후 소심해진 채 떨면서 나와 함께 나따샤에게 가면(그는 그런 행동을 하고서 그녀를 보는 것이 겁나며 내가 자신을 지원해 줄 유일한 사람이라고 단언하며 반드시 나와 함께 갔다), 나따샤는 그를 보는 첫 순간에 이미 무슨 일이 있었는지 눈치 챘다. 그녀는 질투가 매우 심했는데, 어떻게 그녀가 언제나 그의 경박함을 모두 용서해 주는지 나는 알 수가 없었다. 일은 보통 이렇게 진행되었다. 알료샤가 나와 함께 들어서서 소심하게 그녀에게 말을 붙이고 겁먹은 상냥한 표정을 지으면서 그녀를 본다. 그녀는 곧 그가 무슨 짓을 했다는 것을 짐작하지만, 내색을 하지 않고 절대로 먼저 그것에 대해 말을 꺼내지도 어떠한 것을 묻지도 않는다. 반대로 그녀는 한층 더 애교를 부리고 더 부드럽고 명랑하게 대한다. 그리고 그것은 어떤 연기이거나 곰곰이 생각해 낸 교활함이 아니었다. 아니다, 이 훌륭한 신의 양에게 있어 용서하고 관용을 베푸는 것은 최고의 기쁨이었다. 마치 알료샤를 용서하는 바로 그 과정 가운데서 그녀는 어떤 특별하고 세련된 즐거움을 찾는 듯했다. 물론 그때는 아직 작부들만이 관계되어 있었을 뿐이다. 그녀가 온순하고 용서하는 마음을 가지고 있음을 보자 알료샤는 자신을 억제하지 못하고, 그래서 이내 마음을 가볍게 하고, 그럼으로써 그가 말하듯 모든 것을 이전 상태로 돌려놓기 위해 묻지도 않는데 모든 것을 스스로 털어놓는다. 용서를 받고 나면, 그는 희열에 젖어 들고 이따금 기쁨과 감동에 사로잡혀 울기도 하며, 그녀에게 입 맞추고 끌어안는다. 그런 다음 그는 금세 명랑해져서 어린아이 같은 솔직함을 띠고 작부들과 교제하게 된 것을 세세히 이야기하기 시작하고, 내내 웃으며 나따샤에게 감사하고 그녀를 칭찬한다. 그 밤은 그렇게 행복하고 유쾌하게 흘러가는 그런 식이었다. 돈이 완전히 떨어지자 그는 물건을 내다 팔기 시작했다. 나따샤의 강한 주장에 따라 그들은 폰딴까에 작고 싼 집을 구했다. 물건은 계속 팔아야 했고 나따샤는 심지어 자신의 옷까지 내다 팔았으며, 일자리를 찾는 데까지 이르게 되었다. 알렉세이가 이 사실을 알았을 때 그의 낙담은 끝이 없었다. 그는 자신을 저주하고 스스로를 증오한다고 외치면서도 상황의 개선을 위해서는 아무 일도 하지 않았다. 현재는 이 마지막 수단조차 바닥이 나고 하나의 일만이 남았는데, 보수가 매우 적었다.

처음부터, 그들이 함께 살던 그때부터, 그는 이 문제로 자기 아버지와 심하게 다퉜다. 아들을 백작 부인의 양녀 까쩨리나 표도로브나 필리모노바와 혼인시키려는 공작의 생각이 그때까지는 단순히 계획이었지만, 그는 이때부터 그 계획을 밀어붙였다. 그는 알료샤를 미래의 배필에게 데려가 그녀의 마음에 들도록 해보라고 그를 설득했는데, 엄격함과 논리를 바탕으로 그를 쉽게 설복시켰다. 그러나 일은 백작 부인 때문에 수포로 돌아가고 말았다. 그때 공작은 아들과 나따샤와의 관계를 못 본 체했다. 그는 모든 것을 시간에 맡긴 채, 알료샤의 경박함과 무분별함을 알고 있으므로 사랑이 곧 식어 버리기를 기대했다. 아주 최근까지도 공작은 아들과 나따샤의 결혼 가능성에 대해 거의 걱정하지 않았다. 연인들의 입장에서 보자면, 그들은 공작과 나따샤 아버지와의 형식적인 화해가 이루어질 때까지, 요컨대 그들의 관계가 호전될 때까지로 결혼을 미루었다. 그런데 보아하니 나따샤는 이것에 관해 이야기하고 싶어하지 않았다. 알료샤는 나에게 은밀히 자기의 아버지가 이 모든 일에 대해 기뻐하는 것 같다고 말한 바 있다. 이 일에서 공작의 마음에 드는 것은 이흐메네프의 굴욕이었다. 그러나 형식적으로 그는 아들에게 자신의 불만을 계속 나타냈다. 그는 그렇지 않아도 몇 푼 되지 않는 용돈을 깎아 버렸고(그는 아들에 대해 매우 인색했다), 그나마 모두 빼앗아 버리겠다고 겁을 주었다. 그러나 그 후 그는 곧 볼 일이 있어 폴란드로 간 백작 부인을 뒤쫓아갔다. 그러면서 그는 지칠 줄 모르고 알료샤의 혼인 계획을 밀고 나갔다. 사실 알료샤는 결혼하기에는 아직 지나치게 어렸다. 그러나 그 처녀는 엄청난 부자였고 그런 좋은 기회를 놓쳐 버릴 수는 없었다. 공작은 마침내 목표에 도달했다. 결혼 건이 순조롭게 진행되었다는 소문이 우리에게 들려왔다. 내가 묘사하고 있는 그 시점에 공작이 마침 뻬쩨르부르그로 돌아왔다. 그는 아들에게 친절하게 대했지만, 나따샤와의 관계가 끈질기게 이어져 온 것에 대해 몹시 놀랐다. 그는 의심하고 주저하기 시작했다. 그는 엄하고 완강하게 나따샤와 결별할 것을 요구했다. 그러나 곧 훨씬 더 좋은 수단을 생각해 내고는 알료샤를 백작 부인에게 데리고 갔다. 그 양녀는 이미 아름다운 처녀가 되어 있었으나, 한편 아직도 소녀나 마찬가지였다. 그녀는 아주 고운 마음씨와 순수하고 맑은 영혼을 가졌고, 명랑하고 똑똑하고 상냥했다. 공작은, 어쨌든 반년이라는 시간이 제 몫을 했음에 틀림없고, 나따샤는 이미 자기 아들의 눈에 매력적으로 비치지 않으며, 따라서 그의 아들은 이제 반년 전과는 다른 눈으로 미래의 자기 약혼자를 바라볼 것이라고 계산했다. 그는 단지 부분적으로만 옳았다……. 알료샤는 실제로 까쩨리나에게 빠졌다. 나는 아버지가 아들에게 돌연 매우 부드럽게(어쨌든 그가 돈은 주지 않았지만) 대하기 시작했다는 것을 덧붙이고자 한다. 알료샤는 이 부드러움 뒤에 어떤 굽힐 수 없고 변경시킬 수 없는 결정이 숨겨져 있다는 것을 느끼고 우울해졌다. 물론 그것은 그가 까쩨리나 표도로브나를 매일 보지 못했을 경우 느끼는 것보다는 덜 우울한 것이었다. 나는 그가 이미 닷새째 나따샤에게 얼굴도 비치지 않았다는 것을 알고 있었다. 이흐메네프 부부에게서 나따샤에게로 가면서 나는 그녀가 나에게 말하려는 것이 무엇일까 하고 초조하게 추측해 보았다. 벌써 멀리에서 나는 그녀의 창가에 켜져 있는 촛불을 보았다. 우리 사이에는 이미 오래 전에 그녀가 긴급히 나를 보고자 할 때 촛불을 창가에 세워 둘 것을, 그럼으로써 내가 가까이 지나갈 일이 있을 때(이 일은 거의 매일 저녁 있는 일이었다) 창가의 범상치 않은 빛에 의해 그녀가 나를 기다리고 있고 내가 필요하다는 것을 헤아릴 수 있도록 약속해 놓았다. 최근에 그녀는 자주 촛불을 창가에 세워 놓았다……

15

방에는 나따샤 혼자 있었다. 그녀는 팔짱을 낀 채 깊은 생각에 빠져 방 안을 앞뒤로 조용히 오가고 있었다. 내가 오기를 오랫동안 기다린 듯한 사모바르는 꺼진 채 상 위에 놓여 있었다. 그녀는 미소를 지으며 조용히 나에게 손을 내밀었다. 그녀의 얼굴은 창백했고 병색을 띠고 있었다. 그녀의 미소 속에는 어떤 고통스러움, 부드러움, 인내의 모습이 깃들어 있었다. 그녀의 맑고 푸른 눈은 전보다 더욱 커진 듯했고 머리카락은 더욱 무성해진 듯했는데, 이 모든 것은 그녀가 수척해지고 병이 났기 때문인 것 같았다.

「나는 당신이 안 오시나 보다 하고 생각했어요.」 그녀가 내 손을 쥐며 말했다. 「심지어 알아보라고 마브라를 보내려고 했어요. 다시 병이 난 건 아닐까 생각했지요.」

「아니, 병이 난 것이 아니고 잡혀 있었지, 말해 줄게. 그런데 무슨 일이오, 나따샤? 무슨 일이 생긴 거요?」

「아무 일도 생기지 않았어요.」 그녀가 마치 이 물음에 놀란 듯 대답했다. 「그런데 왜요?」

「당신이 썼잖소……. 어제 와달라고 편지했잖소. 늦지도 이르지도 않게끔 시간도 정해 주고, 이건 늘 있던 경우는 아니잖소.」

「아, 그래요! 어제 제가 그를 기다렸거든요.」

「그래? 그가 아직도 오지 않은 거요?」

「네. 그가 오지 않는다면 당신과 상의해야겠다고 생각했어요.」 그녀가 짧은 침묵 뒤에 덧붙였다.

「오늘 저녁 그를 기다렸소?」

「아니오, 기다리지 않았어요. 그는 저녁엔 거기에 있어요.」

「뭐라고 하는 거요, 나따샤. 그가 이제 더 이상 오지 않을 거란 말이오?」

「물론 오죠.」 그녀가 매우 심각하게 나를 바라보며 대답했다.

내 빠른 물음이 그녀의 마음에 들지 않았던 것이다. 우리는 입을 다문 채 방 안을 계속 오갔다.

「당신을 오래 기다렸어요, 바냐.」 그녀가 다시 미소를 머금고 말을 시작했다. 「제가 무엇을 했는지 아세요? 여기를 왔다 갔다 하며 시를 암송했어요. 기억하세요. 종, 겨울길, 〈내 사모바르가 참나무 상 위에서 끓고 있네……〉.[48] 우리는 이것을 전에 함께 읽었지요.

눈보라가 멈추고 길은 다시 밝아졌네,
밤은 수많은 어슴푸레한 눈 되어 나를 바라보네…….

그리고 그 다음은,

---

48 1854년 7월 『동시대인』에 발표된 Ia. P. 뽈론스끼의 시 「작은 종」의 일부이다. 뽈론스끼는 시인으로, 그의 작품에는 서정성이 사물에 대한 정확하고 생기 있는 묘사와 결합되어 있다.

문득 종과 어울려 화목하게 울리며
들려오는 정열의 노랫소리,
아, 언제나, 언제나 나의 가슴속에서 쉬려
내 사랑은 오려나!
내 참된 삶은 없는 것인가! 석양이 그 빛으로
성에 덮인 창을 희롱하기 시작할 때,
내 사모바르는 참나무 상 위에서 끓어오르고,
내 난로는 소리 내며 타오르며
구석 꽃 커튼 너머 침대를 비추고 있네……

정말 아름답죠! 얼마나 아픔이 가득한 시인가요, 바냐. 얼마나 환상적이고, 울림을 가진 그림인가요. 이것은 단지 밑그림만 표시된 수틀이어서 우리가 원하는 것을 수놓을 수 있어요. 이 시에는 두 개의 느낌이 있어요, 앞서의 그리고 나중의. 사모바르, 무명 커튼, 그것은 모두 친숙한 것이에요……. 군청 수재지에 사는 우리 소시민들이 집안 풍경 같아요. 그 집들이 보이는 것 같아요. 통나무로 지어진, 아직 널빤지를 붙이지 않은 새집이에요……. 그 다음 다른 그림이 있어요.

문득 종과 어울려 구슬프게 울리며,
들려오는 그 노랫소리.
나의 옛 친구는 어디에 있을까? 나는 두렵네,
그가 들어와 어르며 나를 안을까 봐!
내 쓸쓸한 삶! 나의 허름한 방은 답답하고,
무겁고, 적적하네. 바람은 창문을 두드리네……
창문 너머 오직 한 그루의 벚꽃나무만이 자라네,

그러나 얼어붙은 창 너머로 보이지 않네
아마도 오래전에 죽었는가.
슬픈 삶이여! 화려했던 커튼도 그 빛이 바래
나는 병들어 헤매며 부모에게 돌아가지도 못하누나,
나를 꾸짖을 이 아무도 없고, 사랑하는 이도 없네……
단지 나이든 시녀만이 중얼거리네……

〈나는 병들어 헤매며〉…… 이 〈병든 몸〉, 얼마나 아름답게 삽입되었나요! 〈나를 꾸짖을 이 아무도 없고〉, 얼마나 애틋하고, 세련된 느낌이 이 시 속에 들어 있고, 얼마만한 회상의 아픔이, 바로 자기 스스로 초래하고 그에 도취된 아픔이…… 오, 하느님, 이 얼마나 아름다운가요! 얼마나 진실한가요!」
　그녀는 시작되려는 목의 경련을 억누르듯 말을 멈췄다.
　「내 고귀한 바냐여!」 그녀는 잠시 후 나에게 말하고는, 말하고 싶었던 것을 잊었다거나 또는 어떤 순간적 느낌에 따라 생각 없이 말했다는 듯 다시 입을 다물었다.
　그러는 가운데 우리는 내내 방 안을 이리저리 맴돌았다. 성상 앞에서 작은 램프 하나가 타고 있었다. 최근에 나따샤는 더욱더 독실해졌는데, 누가 이것에 대해 말하는 것을 좋아하지 않았다.
　「내일이 축일인가?」 내가 물었다. 「등이 밝혀져 있는데……」
　「아니, 축일은 무슨…… 바냐, 그러지 말고 앉으세요, 피곤하시겠어요. 차 드릴까요? 아직 안 마셨지요?」
　「앉읍시다, 나따샤. 차는 마셨소.」
　「당신은 어디에서 오시는 길이세요?」
　「그들에게서.」 나는 그녀와 있을 때 그녀의 부모님 댁을 언제나 그렇게 불렀다.

「그들에게서? 거기에 어떻게 갔었죠? 당신 스스로 들렀나요, 아니면 불려 갔나요?」

그녀는 나에게 질문을 퍼부었다. 그녀의 얼굴은 흥분 때문에 더 창백해졌다. 나는 나와 노인의 만남, 그녀 어머니와의 대화, 메달을 둘러싸고 벌어진 정황을 그녀에게 이야기해 주었다. 나는 주변 상황까지 곁들여 자세히 들려주었다. 나는 그녀 앞에서 그 어떤 것도 숨기지 않았다. 그녀는 잔뜩 긴장하여 내 말을 한 마디 한 마디 놓치지 않고 들었다. 그녀의 눈에서 눈물이 반짝였다. 메달 사건이 그녀를 강하게 감동시켰다.

「잠깐, 잠깐, 바냐.」 내 말에 자주 끼어들며 그녀가 말했다. 「자세히, 더, 더, 가능한 한 자세히 말해요, 당신은 그렇게 자세하게 이야기하지 않고 있어요!」

나는 그녀가 계속해서 자세한 것을 요구함에 따라 끊임없이 대답하며 이야기를 두세 차례 반복했다.

「당신은 정말로 그가 나에게 다녀갔을 것이리고 생각하세요?」

「몰라, 나따샤, 종잡을 수가 없어. 그가 당신에 대해 걱정하고 당신을 사랑한다는 것은 분명해, 하지만 그가 당신에게 다녀갔는지, 그것은…… 그것은…….」

「그가 메달에 입을 맞추었나요?」 그녀가 내 말을 끊었다. 「그가 입을 맞추면서 무엇이라고 하던가요?」

「의미 없이, 탄성만, 당신을 최고의 애칭으로 불렀지, 그렇게 당신을 불렀지…….」

「불렀다고요?」

「그래.」

그녀는 조용히 울기 시작했다.

「가엾은 분들!」 그녀가 말했다. 「만일 아버지께서 모든 것을 아신다면,」 그녀가 짧은 침묵 뒤에 덧붙였다. 「놀랄 일은 아니지. 아버지는 알료샤의 아버지에 대해서도 많은 정보를 수집하셨으니까.」

「나따샤,」 내가 조심스럽게 말했다. 「그들에게 돌아가요……」

「언제요?」 그녀가 창백해지더니 자리에서 보일 듯 말 듯 어깨를 들썩이며 물었다. 그녀는 내가 당장 가라고 말한 줄로 생각했다.

「아니에요, 바냐.」 그녀가 내 어깨에 양손을 올려놓고 슬프게 미소 지으며 덧붙였다. 「아니에요, 사랑하는 이여. 당신은 항상 이 이야기로 돌아오는군요. 하지만…… 이것에 대해 말하지 않는 게 좋겠어요.」

「그럼, 이 몸서리나는 불화는 절대 끝나지 않을 건가!」 내가 슬프게 외쳤다. 「정말로 당신은 당신이 먼저 첫걸음을 떼지 못할 만큼 그렇게 오만하오? 당신이 첫걸음을 떼야 해. 당신이 먼저 시작해야 해. 아버지는 당신을 용서하기 위해 단지 당신의 첫걸음을 기다리고 계신지도 몰라……. 그는 당신 아버지야, 그런데 당신한테서 모욕을 받은 거야! 그의 자존심을 존중해 줘요, 그것은 정당하고 자연스러운 것이야! 당신은 그의 자존심을 존중해야 해. 시도해 봐, 그는 당신을 무조건 용서하실 거요.」

「무조건이라고요! 그건 불가능해요. 나를 나무라지 말아요, 바냐, 헛일이에요. 나는 여러 날 밤을 생각했고 지금도 생각하고 있어요. 부모님들로부터 떠나온 후 그 생각을 안 한 날이 아마 하루도 없었을 거예요. 그리고 우리가 얼마나 자주 그 일에 대해 이야기를 나누었던가요! 당신 자신도 이것이 불가능하다는 것을 아시잖아요!」

「시도해 봐!」

「아니에요, 내 친구여, 못해요. 내가 시도한다면, 그는 나에 대해 더욱 냉혹하게 할 거예요. 영원히 떠나 버린 것을 돌아오게 할 수는 없어요. 그리고 결코 되돌릴 수 없는 것이 무엇인지 아세요? 내가 그들과 함께 보낸 어린 시절, 그것은 다신 돌아오지 않는 거예요. 만약 아버지께서 나를 용서하신다 해도, 그는 지금 나를 알아보지 못할 거예요. 그는 아직도 소녀 때의 나를, 커다란 아이를 사랑하고 있는 거예요. 그는 나의 어릴 적 순박함을 아꼈어요. 내가 아직 일곱 살짜리 계집아이였을 때 그의 무릎 위에 앉아 그에게 동요를 불렀을 때처럼, 여전히 귀여워하며 그는 머리를 쓰다듬었어요. 어린 시절부터 최근까지도 그는 내 침대로 와서 밤 인사로 성호를 그어 주었어요. 우리의 불행이 있기 한 달 전, 그는 나 몰래 나에게 줄 귀고리를 샀고(그러나 나는 모든 것을 알고 있었죠), 내가 그 선물을 받고 얼마나 기뻐할까 상상하며 어린아이처럼 기뻐했어요. 그러고는 내가 이미 오래전에 귀고리 구입에 대해 알고 있었다는 것을 듣고는 모두에게, 특히 나에게 몹시 화를 냈어요. 내가 집을 나오기 사흘 전에 그는 내가 슬퍼하는 것을 알아채고는 그 자신도 몹시 슬퍼했어요. (당신은 어떻게 생각하세요?) 그리고 나를 즐겁게 해주려고 나에게 극장표를 사줄 생각을 해냈어요! 반복하는데, 그가 알았고 사랑했던 건 그 어린 소녀예요. 그는 내가 언젠가 성인이 될 것이란 사실을 생각하려 하지도 않았어요……. 그런 생각은 해보지도 않았다고요. 지금 내가 만일 부모님께 돌아간다면, 그는 나를 알아보지 못할 거예요. 아버지가 나를 용서하신다 해도 그가 만나는 사람은 누구겠어요? 나는 이미 예전의 그 나따샤가 아니에요, 어린애가 아니에요. 난 많은 것을 겪었어요. 만일 내가 그를 기쁘게 해드린다 해도, 그는 과거의 행복을 동경할 것이고, 내가 이미 옛날과 똑같은, 어린애로서 사랑하던 때의 나따샤가 아니라서 슬퍼할 거예요. 옛 것은 언제나 더 아름다워 보이죠! 추억은 쓰라린 법이에요! 오, 과거는 얼마나 아름다운가요, 바냐!」 그녀는 이렇게 외치고, 가슴으로부터 고통스럽게 토해 놓은 이 탄식에 취해서 자신의 말을 중단했다.

「당신이 말한 것은 모두 사실이오.」 나는 말했다. 「나따샤, 물론, 그는 이제 당신을 새로이 인식하고 다시금 사랑해야만 할 것이오. 중요한 것은 새로이 인식해야 한다는 것이지. 그럼, 그는 당신을 다시 사랑하게 될 거요. 당신은 정말로 그가 당신을 다시 받아들이지 못하고 이해하지 못할 거라고 생각하오, 그가, 그토록 관대한 마음을 가진 그가!」

「아, 바냐, 그렇게 말하지 말아요! 나한테 무슨 특별히 이해할 것이 있나요? 나는 그런 뜻으로 말하지 않았어요. 보세요, 또 하나가 있어요. 아버지의 사랑에도 또한 질투가 섞여 있어요. 그가 모욕을 느낀 건 나와 알료샤의 관계가 시작되고 결정적 순간에 이르렀는데도, 자기는 몰랐고 내다보지 못했기 때문이에요. 그는 예견하지도 못했다는 것을 깨닫고 있고, 우리 사랑의 불운한 귀결, 즉 나의 도주를 배은망덕하게도 내가 모든 것을 비밀로 한 탓으로 돌리고 있어요. 나는 내 사랑이 싹틀 때부터 그에게 가지 않았어요. 나는 그에게 내 마음의 모든 움직임을 고백하지 않았어요. 그러기는커녕 나는 내 품속에 모든 것을 감추고 그에게 숨겼어요. 그리고 사랑의 귀결, 즉 내가 그들을 떠나 알료샤 옆으로 온 것 그 자체보다도 사실을 숨겼다는 것이 은밀히 그를 더 괴롭히고 모욕을 주는 것이었다고 확신해요. 그가 아버지로서 나를 뜨겁게 그리고 사랑스럽게 맞아 준다고 해도 적개심의 불씨는 남아 있을 거예요. 나를 맞이한 다음날 또는 그 다음날부터 비탄, 오해, 비난이 시작될 거예요. 덧붙여 그는 나를 무조건 용서하지는 않을 거예요. 나는 그에게 말씀드리겠어요, 진실을 말씀드리겠어요, 내가 얼마나 그를 괴롭혔는지, 그에게 얼마만큼 죄를 지었는지 깨닫고 있노라고. 그가 만일 나와 알료샤 사이의 이 모든 행복이 나에게 얼마만한 가치가 있었는지, 내가 어떤 고통을 몸소 겪었는지 이해하고 싶어하지 않는다면, 비록 고통스럽더라도 나는 내 아픔을 참을 것이며, 모든 것을 견뎌 낼 거예요. 그래도 이것들은 그에게 시원찮을 거예요. 그는 나에게 불가능한 보상을 요구할 거예요. 그는 내가 벌인 일을 저주할 것을, 알료샤를 저주할 것을 그리고 그에 대한 나의 사랑을 후회하기를 요구할 거예요. 그는 불가능한 것을, 과거를 되돌리고 우리의 삶에서 지난 반년을 지워 버리기를 원해요. 그러나 나는 아무도 저주하지 않을 것이고 후회할 수도 없어요……. 일어난 일은 일어나야 했던 거예요……. 아니, 바냐, 지금 돌아가는 것은 안 돼요. 아직 때가 되지 않았어요.」

「그때가 언제 올까?」

「몰라요……. 우리는 다시 우리의 미래의 행복을 어떻게든 고통을 통해 얻어야 해요. 그것을 무언가 새로운 고통을 통해서 획득해야 한다는 것이죠. 모든 것은 고통을 통해 깨끗해져요……. 오, 바냐, 삶 속에는 참으로 많은 고통이 있어요!」

나는 침묵한 채 골똘히 그녀를 바라보았다.

「왜 나를 그렇게 보세요, 알료샤, 아니 바냐?」 실수를 하고 그 실수에 미소 지으며 그녀가 물었다.

「나는 지금 당신의 미소를 보고 있는 거요, 나따샤. 어디에서 그것을 얻었소? 전엔 당신에게 그런 미소가 없었어.」

「내 미소가 어때서요?」

「옛날 어린 시절의 순박함이 아직 거기에 들어 있어……. 그러나 당신은 웃을 때 가슴에 강한 고통을 동시에 느끼는 것 같소. 그래 말랐어, 나따샤, 머리가 더 무성해진 것 같아……. 무슨 옷을 입고 있는 거요? 이 옷은 부모님과 함께 있을 때 지은 거잖소?」

「나를 너무나 사랑해 주는군요, 바냐!」 그녀는 나를 상냥하게 바라보며 대답했다. 「근데, 당신은? 당신은 지금 무엇을 하시나요? 일은 어떻게 되어 가나요?」

「변함없소. 여전히 소설에 매달려 있고. 어렵고, 잘되지 않아요. 영감이 사라졌어. 그런 것 없이도 쓸 수 있다면, 아마 흥미 있는 것이 나올지도 몰라요. 하지만 좋은 생각을 망치는 게 안타까워. 이것은 내가 애호하는 것 중의 하나요.[49] 하지만 기한까지는 꼭 잡지에 넘겨야 해요. 나는 이미 소설을 덮어 두고 가능한 한 빨리 단편을 구상할까 생각했지, 바로 가볍고, 우미(優美)하고 그리고 결코 음울한 경향이 없는…… 절대적으로…… 모두들 즐길 수 있고 유쾌해질!」

「가엾은 일벌레! 스미트는 어때요?」

---

[49] 언제나 돈에 쪼들리고 시간에 쫓기던 도스또예프스끼는 자신의 작품에 충분히 정성을 쏟을 수 없다는 두려움을 항상 품고 있었다.

「그는 세상을 떠났소.」

「그의 영(靈)이 당신에게 오지 않았나요? 저는 지금 심각하게 말하는 거예요, 바냐. 당신은 병이 들었어요, 당신의 신경은 쇠약해졌고, 당신은 여전히 이상한 환상을 가지고 있어요. 당신이 나에게 그 셋집을 얻었다고 이야기할 때, 나는 이 모든 것을 알아챘어요. 어떤가요, 집이 습하고 추하죠?」

「그래! 이야깃거리가 또 있어요, 오늘 저녁…… 아니, 나중에 이야기하겠소.」

그녀는 이미 내 말을 듣지 않고 깊은 생각에 잠겨 앉아 있었다.

「내가 그때 그들로부터 어떻게 떠나올 수 있었는지 모르겠어요. 내가 열병에 걸렸었나 봐요.」 마침내 그녀는 대답을 기다리지 않는 표정으로 나를 바라보며 말했다.

내가 이 순간 그녀에게 말을 했더라도 그녀는 내 말을 듣지 않았을 것이다.

「바냐, 중요한 일이 있어 와달라고 했어요.」 거의 들리지도 않게 그녀가 속삭이듯 말했다.

「무슨 일이오?」

「그와 헤어질 거예요.」

「이미 헤어진 거요, 아니면 이제 헤어질 거요?」

「이 생활을 끝내야겠어요. 나는, 모든 것을, 지금 나를 압박하는 것과 이제까지 당신께 감추어 왔던 모든 것을 이야기하려고 당신을 불렀어요.」 그녀는 나에게 비밀스러운 의도를 털어놓을 때 늘 이런 식으로 시작했는데, 이 비밀이란 것은 거의 언제나 내가 이미 그녀로부터 직접 들어 알고 있는 것이었다.

「아하, 나따샤, 그렇게 말하는 건 이미 수없이 들었소! 물론 당신들은 결코 함께 살 수 없소. 당신들의 관계는 무언가 기이한 데가 있기 때문이오. 당신들 사이에는 아무런 공통점이 없어요. 하지만…… 당신 힘이 닿겠소?」

「전에는 단지 그럴 의도였어요, 바냐, 그러나 지금은 완전히 결심했어요. 나는 그를 끝없이 사랑해요, 하지만 그런 가운데 내가 그의 첫 번째 적(敵)이라는 것이 밝혀졌어요. 내가 그의 미래를 파괴하고 있어요. 그를 자유롭게 해주어야만 해요. 그는 나와 결혼할 수 없어요. 그는 아버지의 뜻을 거역할 힘이 없어요. 나도 그를 묶어 두길 원치 않아요. 그래서 그가 그 여자에게 빠졌다는 것이 심지어 기쁘기까지 해요. 나와 헤어지는 것이 쉬워질 거예요. 그렇게 해야만 해요! 이것은 나의 의무예요……. 내가 그를 사랑한다면 모든 것을 그를 위해 희생해야만 하고, 그에게 내 사랑을 보여 주어야만 해요, 이것은 내 의무예요! 그렇지 않겠어요?」

「그러나 당신은 그를 설득하지 못할 거요.」

「설득하지 않을 거예요. 나는 그를 전처럼 대할 거예요, 설사 그가 이 순간 들어온다 하더라도. 하지만 나는 그가 아무런 양심의 가책 없이 나를 떠날 수 있도록 좋은 방법을 찾아야만 하겠어요. 이것이 나를 괴롭히는 것이에요. 도와주세요. 나에게 무엇이든 조언해 줄 수 있겠지요?」

「한 가지 방법밖에는 없지.」 내가 말했다. 「그를 사랑하는 마음을 완전히 거두고 다른 사람을 사랑하는 것이오. 이 방법이 성공하기는 어려워. 당신은 그의 성격을 알잖소? 그는 닷새 동안이나 당신에게 오지 않았잖소. 그가 당신을 떠났다고 생각한다면, 당신은 그에게 당신이 스스로 그를 떠났다고 쓰기만 하면 돼요. 그러면 그는 곧 당신에게 달려올 거요.」

「왜 당신은 그를 사랑하지 않죠, 바냐?」

「내가!」

「그래요, 당신, 당신은! 당신은 그의 적이에요, 비밀스러운 동시에 공개적인! 당신은 그에 대해 말할 때 늘 복수심을 가지고 말하잖아요. 나는 당신이 그를 모욕하고 비방하면서 가장 큰 희열을 느끼는 것을 수없이 인지했어요! 그래요, 비방하는 것, 나는 진실을 말하는 거예요!」

「당신은 이미 그것을 수차례 말했소. 됐어, 나따샤! 이 이야기는 그만 합시다.」

「나는 다른 집으로 이사하고 싶어요.」 그녀가 잠시 후 다시 입을 열었다. 「화내지 마세요, 바냐…….」

「무슨 소용이 있겠어, 그는 다른 집으로도 올 거요, 나는 화내지 않을 거요.」

「사랑은 강해요, 새로운 사랑이 그를 붙들 거예요. 그가 나에게 돌아온다 해도 일시적인 걸 거예요. 당신은 어떻게 생각하세요?」

「모르겠소, 나따샤, 모든 것이 극도로 모순적이야. 그녀와 결혼하기를 원하기도 하고 당신을 사랑하기도 원한다니. 그가 이것들을 함께 할 수 있다고 믿고 있으니.」

「그가 그녀를 사랑한다는 것을 분명히 알 수 있다면, 나는 쉽게 결심할 텐데……. 바냐! 나한테 아무것도 감추지 말아요! 무엇인가 나에게 말하고 싶지 않은 것을 알고 있는 게 있나요?」

그녀는 불안하고 캐묻는 듯한 시선으로 나를 바라보았다.

「아무것도 모르오, 내 친구여, 정말이오. 당신에게 나는 늘 솔직했지 않소. 그런데 내가 생각하는 게 있어. 아마 그가 백작 부인의 양녀에게 우리가 생각하는 것처럼 그렇게 깊게 빠져 있는 것은 아니지 않을까 하고. 혹 공상이…….」

「그렇게 생각해요, 바냐? 맙소사, 내가 그것을 분명히 알았다면! 오, 지금 이 순간 그를 볼 수 있다면, 단지 그를 보기만이라도 한다면. 그의 얼굴을 보면 모든 것을 알 수 있을 텐데! 그런데 그가 없어요! 그가 없어!」

「그를 기다리는 거야, 나따샤?」

「아니, 그는 그녀와 있어요, 내가 알아요. 내가 알아보러 사람을 보냈었어요. 그녀도 얼마나 보고 싶은지……. 들어 봐요, 바냐, 쓸데없는 소리예요. 그러나 내가 그녀를 보는 게, 어디선가 그녀와 만나는 게 절대로 불가능한 걸까요? 어떻게 생각하세요?」

그녀는 내 대답을 초조한 마음으로 기다렸다.

「보는 것은 가능해요. 그러나 단지 보기만 하는 것은 별로 의미가 없어.」

「그녀를 보는 것만으로도 나에게는 충분해요. 그러면 내가 모든 것을 추측할 수 있을 테니까. 들어 보세요, 나는 바보가 되어 버렸어요. 나는 여기서 왔다 갔다 하는데, 언제나 혼자, 언제나 혼자예요. 그리고 언제나 생각해요. 생각이 회오리바람처럼 어지러워요! 나는 한 가지를 생각해 냈어요, 바냐. 당신이 그녀와 알고 지낼 수는 없을까요? 백작 부인도 당신의 소설을 칭찬했어요(당신이 말해 주었잖아요). 당신은 이따금 R공작 댁의 무도회에 가잖아요. 그녀도 거기에 가요. 거기서 그녀에게 당신을 소개하세요. 아마 알료샤가 당신을 그녀에게 소개할 수도 있을 거예요. 그러면 당신은 나에게 그녀의 모든 것을 이야기해 줄 수 있을 거예요.」

「나따샤, 내 벗이여, 이 일에 관한 이야기는 다음 기회로 미룹시다. 묻고 싶은데, 당신은 이별을 견디기에 충분한 힘이 있다고 생각해요? 지금 자신을 돌아봐요. 당신은 진정 침착하오?」

「충 — 분 — 해 — 요!」그녀가 들릴락 말락한 소리로 대답했다.「모든 것이 그를 위해서예요! 내 온 삶을 그를 위해서 바칠 거예요! 그러나 있잖아요, 바냐. 그가 지금 그녀와 있고 나를 잊은 채 그녀 옆에 앉아서 이야기하고 웃겠지 하고 생각하면 못 참겠어요. 여기에 앉았을 때처럼, 기억하죠……. 그는 그녀의 눈을 똑바로 들여다볼 거예요. 그는 늘 그렇게 보죠. 지금 그에게는 내가 이곳에…… 당신과 함께 있다는 생각이 떠오르지도 않을 거예요.」

그녀는 말을 끝맺지 못하고 낙담해서 나를 바라보았다.

「하지만 나따샤, 당신은 방금, 바로 지금 말하기를…….」

「우리는 동시에, 둘이 동시에 헤어지려 해요!」그녀가 반짝이는 시선으로 내 말을 막았다.「나 스스로 그를 축복해 주겠어요. 그러나 바냐, 괴로워요. 그가 먼저 나를 잊는다면. 아, 바냐 어쩌면 이렇게 힘들죠! 저 스스로도 제 자신을 모르겠어요. 머리는 이렇게 하라 하고 행동은 저렇게 되고! 내가 어떻게 될지!」

「됐어요, 됐어요, 나따샤, 진정해요!」

「벌써 닷새나 되었어요, 매시간, 매분…… 꿈에서조차 언제나 그를 생각해요! 바냐, 그리로 갑시다, 나와 동행해 주세요!」

「됐어, 나따샤.」

「아니에요, 가요! 나는 이러려고 당신만을 기다렸어요, 바냐! 이미 사흘이나 생각했어요. 바로 이 일을 위해 당신에게 쪽지를 썼던 것이고……. 같이 가주어야만 해요. 당신은 이것을 거절해서는 안 돼요……. 나는 당신을 기다렸어요…… 사흘을……. 거기에 오늘 밤 무도회가…… 그는 거기에…… 갑시다!」

그녀는 거의 발열 상태에 이르렀다. 현관에서 소음이 들렸다. 마브라가 누구와 실랑이를 하는 듯했다.

「기다려요, 나따샤, 누구요?」 내가 물었다. 「들어 봐요!」

그녀는 미심쩍은 미소를 지으며 잠시 귀를 기울였다가 갑자기 몹시 창백해졌다.

「맙소사! 거기 누구지?」 그녀가 거의 들리지 않는 목소리로 중얼거렸다.

그녀는 나를 잡고자 했으나, 나는 현관의 마브라에게 나갔다. 맞았다! 알료샤였다. 그는 무엇인가에 대해 마브라에게 캐물었고, 그녀는 그를 안으로 들여보내지 않으려고 했다.

「당신은 어디서 오시는 길인가요?」 그녀가 그럴 권한이라도 있는 듯 말했다. 「무엇이라고요? 어디를 돌아다녔어요? 가세요, 가세요! 나를 매수하지는 못해요! 해보세요. 내가 뭐라 대답하겠어요?」

「나는 아무도 두렵지 않아! 나는 들어가겠어!」 알료샤가 약간 당황해서 말했다.

「들어가 보세요! 당신은 매우 민첩하시죠!」

「들어가겠어! 아! 당신도 여기 계셨군요!」 그가 나를 보고 말했다. 「당신이 여기 계시다니 정말 잘된 일이네요! 자, 나도 여기 왔어요. 보세요, 지금 내가 어떻게…….」

「자, 어서 들어오시오.」 내가 말했다. 「무엇을 두려워하십니까?」

「아무것도 두렵지 않아요, 정말입니다. 왜냐하면 나는 하느님께 맹세코 잘못한 일이 없거든요. 당신은 내가 잘못한 일이 있다고 생각하시나요? 곧 내가 잘못이 없음을 입증해 보여 드리겠소. 나따샤, 들어가도 되오?」 그는 닫힌 문 앞에 서서 대담한 척하며 소리 질렀다.

그러나 아무 대답도 들리지 않았다.

「이것이 무엇을 의미하는 겁니까?」 그가 불안해 하며 물었다.

「아무것도, 그녀는 금방 거기에 있었소.」 내가 대답했다. 「아마도 무엇인가……」

알료샤는 조심스럽게 문을 열고 소심하게 방 안을 둘러보았다. 아무도 없었다.

문득 그는 방구석에 놓인 장식장과 창문 사이에서 그녀를 발견했다. 그녀는 그곳에, 마치 몸을 숨긴 듯, 반쯤 정신이 나가서 서 있었다. 나는 이 일을 생각하면, 지금도 웃지 않을 수 없다. 알료샤는 천천히 조심스럽게 다가갔다.

「나따샤, 뭐 해요? 안녕, 나따샤.」 그가 그녀를 다소 놀라운 듯이 바라보며 수줍게 말했다.

「아니오, 아무것도 아니에요!」 그녀는 마치 무슨 잘못이라도 한 듯 몹시 당황해서 대답했다. 「당신…… 차 좀 드릴까요?」

「나따샤, 들어 봐요……」 알료샤가 완전히 침착성을 잃고 말했다. 「당신은 아마도 내가 잘못한 일이 있다고 믿는가 본데……. 하지만 난 잘못한 것이 없소. 나는 전혀 잘못한 것이 없소! 자, 봐요, 내가 지금 말해 주겠소.」

「하지만 왜요?」 나따샤가 중얼거렸다. 「아니, 아니, 필요 없어요……. 손이나 주세요. 그리고…… 그 일은 끝났어요……. 언제나처럼…….」 그리고 그녀는 구석에서 나왔다. 홍조가 그녀의 얼굴에 나타났다.

그녀는 알료샤를 보는 것이 두려운 듯 눈길을 깔았다.

「오, 맙소사!」 그는 열정적으로 소리쳤다. 「내가 잘못한 일이 있다면 이제부터는 그녀를 감히 보지도 못하겠군! 보세요, 보세요!」 그가 내 쪽을 향하며 소리쳤다. 「자, 그녀는 내가 잘못이 있다고 여기고 있어요. 모든 것이 나에게 불리하게 되어 있어요, 모든 징후가 나에게 나쁘게 되어 있어요! 나는 닷새 동안 오지 않았어요! 내가 그 처녀에게 가 있었다는 소문이 났어요. 그리고 무슨 일이 일어났나요? 그녀는 나를 용서하는 거예요! 그녀는 〈손을 주세요, 그리고 그 일은 끝났어요!〉 하고 말하는 거예요. 나따샤, 내 사랑, 나의 천사, 나의 천사! 나는 죄가 없어요, 당신은 그것을 알아야 해요! 나는 도대체 죄가 없어요! 그 반대예요! 그 반대!」

「하지만…… 하지만 당신은 방금 거기에 있었잖아요……. 당신은 그리로 초대받았잖아요……. 그런데 어떻게 여기 오셨어요? 며…… 몇 시죠?」

「열 시 반! 난 정말 거기에도 갔었소……. 하지만 나는 아프다고 말하고 나왔소. 내가 자유로운 것도, 내가 그들로부터 나와 당신에게로 올 수 있었던 것도 이 닷새 동안에 처음이오, 나따샤. 다시 말하면 내가 더 일찍 올 수도 있었으나, 일부러 오지 않았소! 왜냐? 이제 알게 될 거요, 설명하리다. 나는 그걸 설명하려고 왔소. 이번만은 신께 맹세코 당신 앞에 아무런 죄를 짓지 않았소, 아무런! 아무런!」

나따샤는 머리를 들고 그를 바라보았다……. 그러나 알료샤의 시선은 솔직함으로 빛났다. 그의 얼굴은 믿지 않을 수 없을 만큼 너무나 기쁘고, 정직하고 유쾌했다. 나는 그들이 여러 차례 과거에 유사한 경우가 발생했을 때 화해하던 것처럼 그렇게 소리를 지르며 서로의 품에 달려들 거라고 생각했다. 그러나 나따샤는 마치 행복에 겨운 듯 머리를 가슴께로 떨구고 갑자기…… 조용히 울기 시작했다. 이 시점에서 알료샤는 자제할 수 없었다. 그는 그녀의 발 아래 몸을 던지고, 그녀의 팔과 다리에 입 맞추었다. 그는 극도로 흥분한 것 같았다. 나는 그녀에게 안락의자를 밀어 주었다. 그녀는 거기에 앉았다. 그녀는 서 있을 수가 없었다.

2
제2부

1

잠시 후 우리 모두는 정신 나간 사람처럼 웃었다.

「이야기하게 해줘요.」 알료샤의 낭랑한 음성이 우리 모두의 소리를 덮어 버렸다. 「당신들은 생각하죠, 이 모든 것이 전과 동일한 것이라고…… 내가 사소한 일로 왔다고…… 나에게 아주 재미있는 일이 있음을 말해 주겠소. 자 이제 조용하시오!」

그는 무척 이야기를 하고 싶어했다. 그가 중요한 소식을 가지고 있다는 것을 그의 표정으로 보아 알 수 있었다. 그러나 중요한 소식을 갖고 있다는 천진한 자신감에서 오는 거드름이 곧 나따샤로 하여금 웃음을 터뜨리게 했다. 나는 무의식적으로 그녀를 따라 웃었다. 그리고 그가 우리에 대해 성을 내면 낼수록, 우리는 더 많이 웃었다. 알료샤의 노여움과 어린아이 같은 낙담은 마침내 우리를, 고골의 해군 소위에게 그랬듯[50] 사람을 포복절도시키기 위해 단지 손가락만 들어도 되는 정도에까지 우리를 이끌었다. 부엌에서 나오던 마브라는 문 옆에 서서 심각한 불만을 얼굴에 담고 우리를 바라보

---

50 고골의 『결혼』에서 제바긴이 잘 웃는 버릇이 있는 해군 소위 뻬뚜호프에 대해 이야기하는 것을 말한다.

았다. 그녀는 나따샤가 마치 이 닷새 동안 즐겁게 그를 기다린 듯, 알료샤에게 마땅한 주의를 주지 않은 것과 오히려 모두 매우 유쾌해 있는 것에 화가 나 있었다.

마침내 나따샤가, 우리가 알료샤를 모욕하고 있다는 것을 느끼고 웃음을 간신히 멈추었다.

「무슨 이야기를 하고 싶은 건가요?」 그녀가 물었다.

「사모바르를 준비할까요?」 손톱만큼의 경의도 없이 마브라가 알료샤의 말을 막으며 물었다.

「가게, 마브라, 저리 가.」 그녀를 서둘러 쫓아 보내려 양팔을 흔들며 그가 대답했다. 「내가 벌어진 모든 일, 벌어지고 있는 모든 일, 그리고 벌어질 모든 일을 말해 주겠소. 왜냐하면 나는 이것들을 죄다 아니까. 내 벗들이여, 당신들이 내가 지난 닷새 동안 어디에 있었는지 알고 싶어한다는 것을 알고 있소. 내가 바로 이것을 말하려는 거요. 그러나 당신들이 내게 기회를 안 준 거요. 그럼, 첫째, 나는 당신을 이 시간 내내 속였소, 나따샤, 벌써 오랫동안 속였고, 이것이 가장 중요한 거요.」

「날 속였다고요?」

「그래, 속였소, 벌써 한 달 내내, 이미 아버지가 도착하시기 전에 시작했소. 이제 고백의 시간이 왔소. 한 달 전 아버지께서 아직 오시기 전에, 나는 갑자기 그에게서 장문의 편지 한 통을 받았는데 내가 이것을 당신들한테 숨겼소. 편지 속에서 그는 직접적이고 간단하게, 심지어 놀랄 만큼의 진지한 어조로, 내 중매 건이 이미 끝났고 내 신붓감은 완벽함 그 자체라고 설명했소. 물론 나는 그녀에게 견줄 수 없지만 어쨌든 즉각 그녀와 결혼해야만 한다는 거요. 그리고 나에게 준

비해야만 한다, 모든 바보 같은 짓을 머릿속에서 지워 버려야 한다, 아울러 이것저것 등등. 이 바보 같은 짓이 무엇인지는 이미 아는 일이고. 이것이 내가 받아 감췄던 편지요.」

「완전히 감추지는 않았어요!」 나따샤가 그의 말을 끊었다. 「저런 허풍을! 모든 것을 우리에게 말했다는 것이 밝혀질 거예요. 나는 아직도 당신이 어떻게 그렇게 온순하고 부드러워졌는지를, 그리고 마치 당신이 무엇인가 과실을 범한 것처럼 나로부터 전혀 떠나려 하지 않았다는 것을, 그리고 당신이 어떻게 우리에게 그 편지의 내용을 단편적으로 이야기해 주었는지를 기억해요.」

「그럴 리 없어, 아마 중요한 것은 이야기하지 않았을 거야. 아마도 당신들 둘이 무엇인가 알아챘을 수도 있겠지만 그건 당신들 일이고 나는 말하지 않았어. 나는 그것을 숨겼고 무척 괴로웠소.」

「나는, 알료샤 당신이 그때 매순간 나의 조언을 구하고 나에게 모든 것을 말했던 것을 기억하오. 물론 부분적으로, 그리고 추측의 형태로.」 나는 나따샤를 바라보며 덧붙였다.

「모든 것을 다 말했어요! 허풍떨지 마세요!」 그녀가 받아 말했다. 「당신이 무엇을 감출 수 있단 말인가요? 당신이 누군가를 기만할 수 있나요? 마브라조차 모두 알아요. 너도 알고 있지, 마브라?」

「그럼요, 어찌 모를 수 있겠어요!」 마브라가 우리 쪽으로 머리를 들이밀고 대답했다. 「모든 것을 처음 사흘 동안에 이야기하셨죠. 당신은 간계에는 능숙치 못해요!」

「푸, 당신들과 이야기하면 참으로 화가 나요! 당신은 악의로 이 모든 짓을 하는 거죠, 나따샤! 그리고 자네, 마브라 역시 혼동하고 있는 거야. 나는 내가 그때 미친 사람 같았던 것을 기억해요. 기억하지, 마브라?」

「어찌 기억하지 못하겠어요. 당신은 지금도 실성한 사람 같아요.」

「아니오, 아니야. 나는 그런 얘기가 아냐. 기억하시오! 그때 우리한테 마침 돈이 없었어. 그리고 자네는 내 은제 담뱃갑을 전당포에 잡히러 갔었어. 그런데 중요한 것은, 명심해 둬, 마브라, 자네는 내 앞에서 끔찍하게도 모든 것을 망각하고 있어. 모두 나따샤가 자네에게 가르쳐 준 것이지. 좋아, 내가 그때 모든 것을 당신들에게 단편적으로 이야기해 주었다고 치지요(이제 기억 나는군). 하지만 어조, 편지의 어조는 당신들이 몰라요. 편지에서 중요한 것은 바로 그 어조예요. 나는 이것을 말하는 거요.」

「그래, 어떤 어조인데요?」 나따샤가 물었다.

「들어 봐요, 나따샤, 당신은 마치 농담할 때처럼 묻고 있어요. 농담하지 말아요. 단언하건대, 이것은 아주 중요해요. 내가 낙담할 정도의 어조거든요. 아버지는 한번도 나한테 그런 식으로 말씀하지 않았어요. 하늘이 무너지더라도 그의 기대가 실현될 거라는, 바로 그런 어조였소!」

「그래, 말해 보세요, 왜 당신은 그것을 나에게 숨기려 했나요?」

「아, 맙소사, 당신을 놀라게 하지 않기 위해서요. 나는 모든 것을 스스로 처리하려 했소. 편지를 받고 난 후 아버지가 오셨고 그리고 바로 내 고통이 시작되었지. 나는 그에게 확고하고 분명하고 진지하게 대답하려고 준비했는데, 모든 게 잘되지 않았어요. 그는 심지어 물어보지도 않았어요. 교활한 사람! 그 반대로 그는 모든 일이 결정되었고 우리 사이에는 어떤 의견 다툼이나 주저도 있을 수 없다는 듯이 행동했지요. 있을 수조차 없다는 듯이 말이오. 대단한 자신감이지요! 그는 나에게 매우 친절하고 우호적으로 대했소. 그래서 나는 그만 놀라고 말았지요. 당신이 그가 얼마나 기민한지 안다면, 이반 뻬뜨로비치! 그는 모든 것을 읽었고, 모든 것을 알아요. 당신이 그와 한번 마주치면, 그는 당신의 모든 생각을 마치 자신의 것인 양 알지요. 틀림없이 그것 때문에 사람들은 그를 예수회 교도라고 부르나 봐요. 나따샤는 내가 그를 칭찬하는 것을 좋아하지 않죠. 화내지 말아요, 나따샤. 그런데 말이죠……, 아 그건 그렇고! 그가 처음엔 나에게 돈을 주지 않았잖아요, 그런데 지금은 주었어요, 바로 어제. 나따샤! 나의 천사여! 이제 당신의 가난은 끝이 났어요! 자, 보아요! 그가 지난 반년 동안 별로 줄여 버렸던 용돈을 어제 다 주었어요. 얼만지 보시오. 나는 아직 세어 보지도 않았소. 마브라, 보게, 얼마 만에 보는 돈인가! 이제 우리는 눈가탁과 난주를 저당잡히지 않아도 될 거요!」

그는 주머니에서 꽤 두터운 지폐 뭉치를, 대략 1천5백 루블쯤 되는 돈 다발을 꺼내어 상 위에 놓았다. 마브라는 기쁨에 차 그것을 바라보며 알료샤를 칭찬했다. 나따샤는 계속 이야기하도록 그를 재촉했다.

「그래서, 무엇을 할까 하고 생각했지.」 알료샤가 계속했다. 「어떻게 내가 그의 생각에 저항할 수 있을까요? 나는 당신들 둘에게 맹세해요, 만일 그가 나에게 좋지 않게 대했다면, 그렇게 선량하게 대하지 않았다면, 나는 아무것도 생각하지 않았을지 몰라요. 나는, 나는 더 이상 원치 않으며, 이미 성인이라고 그에게 단호히 말했을 거요. 그러고는 그것으로 그만이지요! 내 주장을 내세웠을 거라고 믿어 줘요. 그럼에도 불구하고 내가 그에게 무엇이라고 말해야 했을까요? 하지만 나를 비난하지 말아요. 당신은 불만인 것 같소, 나따샤. 왜 당신들은 서로 눈짓을 교환하지요? 당신들은 아마도 〈그것 봐, 그는 농락당했으며 확고함은 가지고 있지도 않다〉고 생각하죠. 나에게는 확고함이 있어요, 정말로, 당신들이 생각하는 것보다 더 강한! 내 상황에도 불구하고 나는 이내 스스로에게, 이것은 나의 의무다, 나는 아버지에게 모든 것을 말씀드려야 한다고 다짐했죠. 그리고 마침내 다 말씀드렸고 아버지께서 나의 말을 들으셨다는 것이 그 증거입니다.」

「그럼, 당신은 그에게 무슨 말을 했다는 건가요?」 나따샤가 흥분해서 물었다.

「나는 어떤 다른 여자를 원치 않으며, 나에게는 이미 여자가, 바로 당신이 있다는 것을. 다시 말해 나는 이것을 이제까지는 똑바로 말하지 않았으나, 나는 그에게 이것을 암시했고 내일 말씀드릴 거요. 나는 그렇게 결심했소. 우선 나는 돈을 보고 결혼하는 것은 수치스럽고 천한 일이며, 우리가 자신을 귀족이라고 생각한다면 이 일은 완전히 바보 같은 일이라고 말씀드렸소(나는 그와 형제처럼 완전히 터놓고 말했어요). 그 다음 나는 그에게 바로 내가 제3계급 tiers état이며, 제3계급, 이것이 중요한 것 tiers état c'est l'essentiel이라고, 나는 모든 사람들과 비슷한 것이 자랑스럽고 누구와도 특별히 구별되기를 원치 않는다고 밝혔소……. 한마디로 모든 건전한 사상들을 피력했지. 나는 열렬하고 재미있게 말했소. 나도 스스로에게 놀랐다오. 나는 마침내 그의 관점에 서서도 이 점을 입증했습니다. 나는 우리가 무슨 공작이냐고 똑바로 말했어요. 오로지 출생에 의해서만 그렇다, 하지만 우리가 실제로 무슨 공작다운 것을 가지고 있느냐고요. 첫째, 우리는 특별한 부를 지니고 있지 않습니다. 그러나 부가 중요합니다. 오늘날 첫째가는 공작은 로스차일드[51]입니다. 둘째, 진실한 상류 사회에서 오랫동안 우리의 명성이 울려 퍼지지 않았습니다. 세묜 발꼬프스끼 백부가 마지막이었는데, 그도 모스끄바에서만 알려져 있었어요. 그것도 그가 자신의 마지막 농노 3백 명을 탕진했다는 것을 통해서. 만일 아버지가 돈을 벌지 못했다면, 그의 손자들은 아마 직접 땅을 갈았을 텐데, 그런 공작이 정말 어디에 있느냐고 했소. 우리가 거만을 떨 하등의 이유가 없습니다. 한마디로 나는 나한테 쌓여 있던 모든 것을 다 말했소. 모든 것을 열렬하고 솔직하게, 심지어 이것저것을 덧붙이기도 했소. 그는 반박하지 않고 단지 나인스끼 백작의 집에 더 이상 발을 들여놓지 않는 것에 대해 나를 책망했을 뿐이오. 그리고 내 대모(代母)인 K공작 부인의 총애를 구해야 한다고 말했소. 더불어 만일 K공작 부인이 나를 잘 맞아 주면 어디서나 사람들이 나를 잘 맞이할 것이며, 나의 앞길이 트인다는 뜻이라며 나를 설득하기 시작했소. 이 모두는 내가 나따샤 당신과 관계를 가진 이후 다른 모든 관계를 중단한 것에 대한 일종의 경고요. 그는 이것을 당신의 영향이라고 여기고 있소. 그러나 그는 이제까지 터놓고 당신에 대해 이야기한 적은 없소. 그는 분명 그것을 회피해요. 우리는 둘 다 꾀를 쓰고, 서로를 엿보며 속이고 있지만, 행운의

---

51 19세기 중반 여러 유럽 국가의 채권자였던 로스차일드 은행가 집안을 말한다.

날이 우리에게 다가올 것이라고 믿읍시다.」

「좋아요. 이 일이 어떻게 끝날까요? 그가 결심한 것이 무엇이지요? 그것이 중요한 거예요. 당신은 수다쟁이예요, 알료샤……」

「난 모르겠소. 그가 무엇을 결정했는지 완전히 파악할 수는 없소. 그리고 나는 수다쟁이가 아니오. 나는 사실을 말한 거요. 그는 아무것도 확실하게 이야기하지 않았소. 대신 나의 모든 진술에 대해 미소만 지었소, 마치 내가 딱하다는 듯한 미소를. 나는 그것을 모욕적으로 느꼈지만 부끄러워하지 않았소. 그는 이렇게 말했소. 〈나는 너와 전적으로 동감이다, 하지만 이제 나인스끼 백작 댁에 가자, 거기서는 이런 것에 대해 말하지 말아라. 나야 너를 이해한다만 그들은 너를 이해하지 못할 거야.〉 그 자신도 도처에서 환영만 받은 것 같지는 않았소. 그는 뭔가로 원망을 사고 있는 듯했어요. 나의 아버지는 지금 상류 사회에서 거의 사랑을 받지 못하고 있어요! 백작은 처음에 나를 매우 거만하게 대했어요, 아주 고자세로, 마치 내가 자기 집에서 성장한 것을 잊기라도 한 듯이, 그리고 가까스로 생각해 내기 시작했소! 그는 내가 배은망덕하다고 나한테 화를 냈어요, 그런데 정말 내가 배은망덕했던 것은 아니오. 그의 집에서는 지독히 따분했기 때문에 나는 그 집에 더 이상 가지 않았던 것이오. 그는 아버지도 매우 심드렁하게 맞았소, 너무나 심드렁하게. 아버지가 왜 그 집과 왕래하는지 도대체 이해하지 못할 만큼 그렇게 심드렁하게. 이 모든 것이 나를 화나게 했소. 가엾은 아버지는 그 앞에서 허리를 굽혔지요. 나는 이 모든 것이 나를 위해서라는 걸 알아요, 하지만 나한테는 이런 것이 필요 없어요. 나는 나중에 아버지께 내 모든 감정을 말하려 했지만 자제하고 입을 다물었소. 정말 뭐하러 그래요? 내가 그의 가치관을 바꾸지는 못해요, 단지 그를 화나게 할 뿐이오. 그 일이 아니더라도 이미 힘들어요. 〈그래, 머리를 써야지, 그들 모두를 계략에 넘어가게 하고, 백작으로 하여금 나를 만만히 보지 못하도록 해야지〉 하고 나는 생각했소. 무슨 일이 일어난 것 같소? 나는 이내 모든 것을 달성했소. 하루에 모든 것이 바뀌었다. 나인스끼 백작은 이제 어떤 자리에 나를 앉혀야 할지를 몰라요. 이 모든 것을 내가 했소, 나 혼자, 내 스스로의 계략을 통해. 아버지가 놀라서 머리 위로 손을 치켜 들 만큼!」

「들어 보세요, 알료샤, 우리에게 이야기를 해주셔야죠!」 나따샤가 참지 못하고 소리쳤다. 「나는 당신이 우리와 관계된 일에 대해 이야기하리라 생각했는데, 거기 나인스끼 백작 댁에서 당신이 얼마나 훌륭하게 행동했는가만 이야기하고자 하는군요. 나한테 그 백작이 무슨 상관이에요!」

「무슨 상관! 이반 뻬뜨로비치, 당신은 무슨 상관이냐고 하는 것을 들었지요? 그래요, 이 속에 가장 중요한 것이 있소. 알게 되면 당신도 놀랄걸. 이야기가 끝날 때쯤 모든 게 분명해질 거요. 단지 나한테 이야기할 시간만 주오······. 마침내, (그래, 내가 터놓고 말못할 게 뭐가 있어요!) 실은 나따샤, 그리고 이반 뻬뜨로비치 당신도 또한, 내가 아마도 정말 이따금 매우 분별없다는 것을 알 겁니다. 뭐 간단히 말해 바보 같다고 하죠(정말 이따금 그러기도 했지요). 그러나 보장하건대, 여기서 나는 많은 기민함을 보였죠······. 그래······, 그리고, 마침내, 지혜조차. 그래서 나는 당신들이 내가 늘 어수룩한 것은 아니라는 것에 대해 기뻐할 것이라고 생각했어요.」

「아하, 무슨 얘기예요, 알료샤, 그만두세요, 내 사랑!」

나따샤는 알료샤를 어리석다고 하는 것만큼은 참지 못했다. 내가 격식을 차리지 않은 채 알료샤가 바보 같은 짓을 했다고 증명할 때, 그녀가 나에게 말은 하지 않았지만, 얼마나 자주 나에게 화를 냈던가. 이것은 그녀의 아픈 부분이었다. 그녀는 알료샤를 비하하는 것을 못 견뎌 했다. 아마도 그녀가 스스로 그의 지적 능력이 제한되어 있다고 인정하고 있음으로 해서 더욱 그러했을 것이다. 그러나 자신의 생각을 결코 그에게 말하지 않았으며, 그의 자존심을 상하게 할까 봐 겁을 냈다. 그는 또 이런 경우엔 특별히 명민하여 언제나 그녀의 내밀한 감정을 읽어 냈다. 나따샤는 이것을 깨닫고 매우 슬퍼져서 이내 그를 구슬리고 얼러 주었다. 그런 까닭에 지금 그의 말이 그녀의 마음을 아프게 했던 것이다.

「됐어요, 알료샤, 당신은 단지 좀 경솔할 뿐, 당신이 말한 것처럼 그렇지는 않아요.」그녀가 덧붙였다. 「왜 당신은 스스로를 비하하세요?」

「좋아요, 그럼 끝까지 이야기하게 해주시오. 백작을 방문한 후 아버지는 몹시 기분이 안 좋으셨어요. 〈잠시만 기다려 주세요!〉 하고 나는 생각했지요. 그리고 나서 우리는 공작 부인에게로 갔어요. 나는 그녀가 이미 오래전부터 고령으로 정신이 없고 귀가 어두우며 개를 무척 사랑한다는 것을 들어서 알고 있었어요. 그녀에게는 한 무리의 개가 있고 그녀는 그것들에 쏙 빠져 있었어요. 이 모든 것에도 불구하고 그녀는 상류 사회에서 큰 영향력을 행사하고 있어요. 그래서 오만한 남자le superbe 나인스끼 백작조차 그녀의 집에선 대기실 antichambre에서 기다려야 하지요. 그래서 나는 길을 가며

차후의 행동 계획을 세웠죠. 내가 무엇을 토대로 했다고 당신들은 생각하십니까? 바로 모든 개들이 나를 좋아한다는 것이죠, 확실히! 나는 이것을 깨달았어요. 나한테 어떤 자력(磁力)이 있는 건지 내가 모든 동물을 사랑하기 때문인지는 모르겠어요. 하지만 개들이 나를 좋아한다는 것은 사실이에요. 자력에 관해 내가 당신에게 아직 이야기하지 않았지요, 나따샤, 우리는 최근에 영(靈)을 불러냈지요, 나는 점쟁이한테 갔었어요. 무척 재미있었어요, 이반 뻬뜨로비치. 나는 감명을 받았어요. 나는 율리우스 카이사르를 불러냈어요.[52]」

「어머나! 왜 율리우스 카이사르를 불렀어요?」 배꼽이 빠지도록 웃으며 나따샤가 외쳤다. 「멋지군요!」

「그래 왜…… 마치 내가 어떤…… 도대체 나에게는 뭐 율리우스 카이사르를 불러낼 권리가 없다는 거요? 그것이 뭐 어쨌는데 말이오? 저렇게 웃다니!」

「물론 아무 상관도 없어요……. 아, 내 사랑! 그래 율리우스 카이사르가 당신에게 뭐라고 하던가요?」

「아무 말도 하지 않았어요. 나는 단지 연필을 쥐었고 연필이 스스로 종이 위에 써 내려갔어요. 율리우스 카이사르가 쓴 거라고 말하더군요. 나는 안 믿어요.」

「그래, 뭐라고 썼나요?」

「그는 고골의 〈젖게 하라〉와 비슷한 것을 썼어요……. 그만 웃어요!」

「그럼, 공작 부인에 대해 말해 주세요!」

「당신들이 끊임없이 내 말을 끊고 있잖아요. 우리는 공작

---

[52] 이 시기에 러시아에서는 심령학이 매우 유행하고 있었다. 똘스또이는 『안나 까레니나』에서 그러한 경험들에 대해 말하고 있다.

부인 댁에 도착했어요. 나는 미미를 꾀는 것으로부터 시작했지요. 이 미미는 늙고 추하고 가장 불쾌한 개인데, 게다가 고집 세고 무는 버릇이 있지요. 공작 부인은 미미에게 쏙 빠져 있어요. 미미와 그녀는 동갑내기인 것처럼 보여요. 나는 사탕으로 미미를 유인하기 시작했고, 10분이 지나자 아무도 그 개에게 이제까지 가르쳐 주지 못했던 앞발 내미는 동작을 가르쳤어요. 공작 부인은 이내 흥분했어요, 흥분해서 거의 울 뻔했지요. 〈미미! 미미! 미미가 손을 주다니!〉 누군가가 왔어요. 〈미미가 앞발을 주네! 대자(代子)가 가르쳤어!〉 나인스끼 백작이 들어왔죠. 〈미미가 앞발을 줘요!〉 그녀는 거의 감동에 겨운 눈물을 담고 나를 보았어요. 그녀는 대단히 선한 사람이죠. 안됐어요. 나는 기회를 놓치지 않고 당장 그녀를 치켜세웠죠. 그녀의 담뱃갑에는 그녀가 아직 처녀였을 때 그린, 즉 60년 전으로 거슬러 올라가는 초상화가 들어 있죠. 이 담뱃갑이 바닥에 떨어졌어요. 나는 그것을 주워 올리며 그 그림의 주인공이 누군지 모르는 척하고 말했죠. 얼마나 아름다운 그림인가Quelle charmante peinture, 이상적인 미인이야! 이 말에 그녀는 이제 완전히 녹아 버렸지요. 그녀는 나와 이것저것, 내가 어디서 공부했는지, 누구네와 교류가 있는지, 내 머리가 얼마나 아름다운지, 등등 이런 식으로 이야기를 나누기 시작했소. 나 또한 그녀가 웃음을 자아내도록 만들고 그녀에게 추문을 이야기해 주었소. 그녀는 그런 것을 좋아하거든요. 그녀는 손가락으로 나를 위협하듯 했지만 즐겁게 웃었어요. 나를 보내며 그녀는 나에게 입도 맞추고 성호도 그어 주고 매일 와서 그녀의 기분을 전환시켜 달라고 부탁했어요. 백작은 나와 악수를 했는데 그의 눈은 아첨의

빛을 띠었지요. 아버지로 말하면, 당신들이 믿건 안 믿건 아버지는 가장 선하고 정직하고 고결한 사람인지라, 우리 둘이 집에 돌아왔을 때 그는 기쁨에 겨워 거의 눈물을 흘릴 지경이었지요. 그는 나를 껴안고 속마음을 털어놓았죠. 내가 그 이야기 가운데 많은 것을 잊어버릴 정도로 그는 경력, 인간관계, 돈, 결혼들에 관한 비밀스러운 생각들을 털어놓았죠. 그러면서 나에게 돈도 주었어요. 여기까지가 어제 일어난 일이에요. 내일 나는 다시 공작 부인에게 갈 테지만, 아버지는 하여간 가장 고결한 사람이지요, 그에 대해 나쁘게 생각하지 말아요. 그가 나를 당신과 떼어놓으려 하는 건 사실이지만, 나따샤, 그것은 그가 눈이 멀어서 그런 것이고 당신에게는 없는 까쨔의 수백만 루블을 원하기 때문이오. 그는 그것을 나 하나만을 위해 원하고, 단지 당신을 모르는 까닭에 당신에게 부당하게 하는 거요. 어떤 아버지가 아들의 행복을 원치 않겠소? 그가 수백만 루블의 돈 속에서 행복을 찾는 데 익숙해 있다면, 이것은 그의 잘못이 아니오. 모든 사람들이 그래요. 바로 이 점에서 그를 볼 필요가 있소, 그러면 즉시 그가 정당하다고 밝혀질 거요. 나는 나따샤, 당신에게 이 점을 확신시키기 위해서, 의도적으로 서둘러 왔소. 왜냐하면 나는 당신이 그에 대해 편견을 가지고 있다는 것을 알기 때문이오, 물론 당신 잘못은 아니지만. 당신을 책망하는 것은 아니오……」

「그러니까 당신이 공작 부인의 총애를 얻게 되었다는 것이 당신에게 있었던 일의 전부예요? 당신의 술책이란 것이 그게 전부예요?」 나따샤가 물었다.

「천만에! 무슨 소리를! 이것은 시작일 뿐이오……. 나는 공작 부인을 통해 아버지를 손안에 넣었기 때문에 공작 부인 이 야기를 한 거요, 내 진짜 이야기는 아직 시작도 하지 않았소.」

「그럼 이야기해 보세요!」

「오늘 또 하나의 사건이 있었소, 아주 기이하기까지 한. 아직까지도 나는 충격 속에 있소.」 알료샤가 계속했다. 「설사 아버지와 백작 부인 사이에 내 결혼에 관한 결정이 있었다 해도, 아직까지 공식적으로 아무것도 결정된 것이 없으니 그 이야기를 지금 당장 없었던 이야기로 한다 해도 아무런 스캔들이 되지 않는다는 것을 알아 두어야 할 필요가 있소. 나인스끼 백작만은 모든 걸 알지만 그는 친척이나 보호자로 간주되니까요. 그뿐 아니라 이 두 주 동안 난 까쨔와 매우 자주 만났지만, 바로 어제 저녁까지 우리는 장래, 즉 결혼에 대해 그리고…… 음, 사랑에 대해 한마디도 나누지 않았소. 그 외에도 사전에 우리는 K공작 부인에게서 동의를 구하게 되어 있는데, 그녀에게서는 모든 강력한 비호와 수만금의 부를 기대하고 있소. 그녀가 말하는 것을 사교계도 말할 거요, 그녀에게는 그러한 영향력이 있소……. 그녀는 즉각 나를 사교계에 데려가서 보호하기를 원하오. 그러나 특히 이러한 방식을 고집하는 사람이 까쨔의 양모인 백작 부인이오. 공작 부인은, 아마 그녀가 외국에서 벌인 사건 때문인지 아직 백작 부인을 받아들이지 않고 있고, 공작 부인이 받아들이지 않으면 다른 이들도 받아들이지 않는다는 것이 문제지요. 그래서 백작 부인에겐 까쨔와의 약혼 건이 좋은 기회인 셈이기에, 처음엔 이 결혼에 반대했던 백작 부인도 이제 내가 공작 부인의 호감을 사는 데 성공한 것에 대해 대단히 기뻐합니다. 그러나 그것은 부수적인 것이고 중요한 것은 이겁니다. 나는 까쩨리나 표도로브나를 작년부터 알고 지냈소. 하지만 나는 그때 아직 어린아이였고 아무것도 이해하지 못했소. 그래서 그때 그녀를 주의 깊게 보지는 않았소……」

「간단해요, 당신은 그때 나를 더 사랑했어요.」 나따샤가 말을 끊었다. 「그래서 당신은 그녀를 알아보지 못했지만 지금은……」

「됐어요, 나따샤.」 알료샤가 후끈 달아 소리쳤다. 「당신은 완전히 잘못 생각하고 있고 나를 모욕하고 있어요! 나는 당신에게 반박조차 하지 않겠소. 계속 들어 보시오, 모든 것을 알게 될 거요……. 오, 만일 당신이 까쨔를 알았더라면! 당신이 만일 그녀가 부드럽고, 맑고, 마음씨 고운 사람이란 것을 안다면! 하지만 알게 될 거요, 단지 끝까지 들어요! 두 주 전, 그들이 돌아왔을 때 아버지가 나를 까쨔에게 데려갔어요. 나는 그녀를 자세히 뜯어보았소. 나는 그녀도 나를 자세히 보고 있다는 것을 깨달았소. 내 호기심이 발동했지. 나에게 그녀를 좀 더 가까이 알아보고 싶은 특별한 이도가 있었음을 말하지는 않겠소. 그 의도는 나를 매우 감동시켰던 아버지의 편지를 받고 난 다음에 생긴 것이오. 그녀에 대해 아무것도 말하지 않겠소, 그녀를 칭찬하지도 않을 것이오, 다만 한 가지만 말하겠소. 그녀는 그 세계에서는 명백한 예외적 인물이었소. 그녀는 매우 특별한 품성을 지니고 있고, 매우 강하고 진실된 마음씨를 가지고 있었소. 바로 자기의 깨끗함과 진실함을 바탕으로 한 강한 사람이어서, 그녀는 겨우 열일곱 살임에도 불구하고, 나는 그녀에 비해 그냥 어린 소년이고 그녀의 손아래 동생뻘밖에 되지 않는 듯했소. 또 다른 하나를 깨달았는데, 그녀는 무겁고 비밀스러운 고뇌를 가진 듯 보였소. 그녀는 말수가 적어요. 집에서는 늘 침묵을 지켜요, 마치 겁을 먹은 것처럼요……. 뭔가를 숙고하는 듯해요. 그녀는 나의 아버지를 두려워하는 듯해요. 계모는 사랑하지 않아요. 나는 이것을 눈치 챘지요. 백작 부인은 분명한 목적 하에, 자기의 양녀가 자신을 끔찍이 사랑한다는 말을 퍼뜨리는데 이것은 사실이 아니에요. 까쨔는 그녀와 이 점에 합의한 듯, 단지 아무 이의 없이 그녀를 따를 뿐이죠. 나흘 전, 모든 관찰이 끝난 후 나는 내 계획을 실행하기로 결심하고 오늘 저녁 그것을 실행에 옮겼소. 그러니까 까쨔에게 모든 것을 말하고, 그녀에게 모든 것을 고백하고, 그녀를 우리 편으로 끌어들이고, 그 다음 한번에 모든 일을 끝내는 것이지요…….」

「어떻게! 무엇을 말하고 무엇을 고백한다는 거죠?」 나따샤가 초조해서 물었다.

「모든 것을, 전부 다.」 알료샤가 대답했다. 「나는 이 생각을 불어넣어 주신 하느님께 감사드려요. 그러나 들어 봐요, 들어 봐요! 나흘 전에 나는 당신들과 거리를 두고 혼자서 이 일을 끝내기로 결심했어요. 내가 당신들과 있었더라면, 나는 흔들렸을 테고, 당신들 말을 들었을 테고, 결코 결심을 하지 못했을 거요. 그러나 나는 혼자서 매순간 〈나는 끝내야만 한다〉고 스스로를 확신시켜야 했던 상황에서 용기를 끌어 모아 끝을 봤어요! 나는 해결을 본 후 당신들에게 돌아오리라 스스로 다짐했소. 해결을 보고 돌아온 것이오!」

「어떻게, 어떻게? 일이 어떻게 됐어요? 빨리 말해 보세요!」

「아주 간단해요! 나는 그녀에게 똑바로, 솔직하고 용감하게 다가갔지요……. 그러나 우선 나는 이 일에 앞서 일어난 어떤 사건에 대해 말해야겠소. 이 사건 때문에 나는 큰 감동을 받았소. 우리가 나가려던 참에 아버지가 무슨 편지를 받았소. 나는 그 순간 그의 서재에 들어서다가 문 옆에 멈추어 섰소. 그는 나를 보지 못했소. 그는 그 편지에 깊은 감동을 받아서 혼잣말을 하며 무엇인가 외치고, 정신없이 자기 방을 이리저리 걸어 다니다 마침내 갑자기 웃음을 터뜨릴 정도였는데, 그러면서도 손에 그 편지를 내내 쥐고 있었소. 나는 심지어 들어가는 것이 겁나서 잠시 멈췄다가 들어갔소. 아버지는 무엇인가로 무척 기뻐하셨소, 무척. 그는 나에게 아주 이상스러운 태도로 말씀하셨소. 그 다음 갑자기 말을 멈추고, 아직 너무 이른 시간이었는데도 나에게 곧 떠날 채비를 하라고 명령했소. 그 집에는 오늘 다른 사람은 없었소, 오로지 우리뿐이었소, 나따샤, 당신은 거기서 무도회가 개최된다고 생각했는데 잘못 안 거요. 당신에게 잘못된 정보가 전달된 것이오……」

「아하, 딴 데로 새지 말아요, 알료샤, 제발. 당신이 까짜에게 모든 것을 어떻게 말했는지를 말하세요!」

「다행히 그녀와 나 단둘이 두 시간 동안 함께 있었소. 나는 그녀에게 간단히, 비록 사람들이 우리를 짝지우기를 원하지만 우리의 결혼은 불가능하다고 밝혔소. 그리고 나의 가슴속에 그녀에 대한 애모의 정이 가득하고 그녀만이 나를 구원할 수 있다는 것을 말했소. 그 다음 나는 그녀에게 모든 것을 폭로했소. 생각해 보시오. 그녀는 우리의 이야기를, 당신과 나의 관계를 전혀 모르고 있었소, 나따샤! 만일 당신이 그녀가 얼마나 혼란스러워했는지 봤다면. 처음엔 심지어 질겁을 하더군요. 얼굴이 온통 창백해졌소. 나는 그녀에게 우리의 이야기를 모두 들려주었소. 어떻게 당신이 나를 위해 집을 나왔는지, 어떻게 우리끼리만 사는지, 지금 우리가 어떤 고통과 공포 속에서 살고 있는지, 그리고 그녀 스스로 우리 편에 서서 나에게 시집가지 않겠노라 자신의 계모에게 똑똑히 말하도록, 우리가 지금 그녀에게 의지하고 있다는 것을(나는 당신의 이름으로도 말했소, 나따샤), 이것에 우리의 구원이 달려 있고 우리는 더 이상 다른 어느 곳으로부터도 도움을 기다릴 곳이 없다는 이야기를 들려주었소. 그녀는 큰 흥미와 깊은 관심을 가지고 들었소. 그 순간 그녀가 어떤 눈을 하고 있었는지 아오! 그녀의 모든 영혼이 마치 눈으로 옮아 온 듯 여겨졌소. 그녀는 매우 푸른 눈을 가지고 있소. 그녀는 내가 자신을 의심하지 않은 것에 대해 고마워했고, 모든 힘을 다해 우리를 돕겠다고 약속했소. 그 다음 당신에 대해 묻기 시작했고, 당신과 몹시 사귀고 싶다고 말했으며, 벌써 당신을 언니처럼 사랑하며 당신도 그녀를 동생처럼 사랑해 주기를 바란다고 전해 달라고 부탁했소. 그리고 내가 벌써 나흘 이상 당신을 보지 못한 것을 알고는 이내 나를 당신에게 가라고 쫓아 보냈어요……」

나따샤는 감격했다.

「어쩜 당신은 이런 감격스러운 이야기를 두고 귀가 어두운 공작 부인 집에서 세운 공적을 이야기하다니! 아, 알료샤, 알료샤!」 그녀가 비난조로 그를 바라보며 외쳤다. 「까쨔는 어때요? 당신을 보낼 때 기쁘고 유쾌했나요?」

「그렇소, 그녀는 자신이 좋은 일을 했다는 것에 대해 기뻐했지만, 울었어요. 왜냐하면 그녀도 나를 사랑하기 때문이오, 나따샤! 그녀는 이미 나를 사랑하기 시작했다는 것을 고백했소. 그녀는 사람들을 많이 만나지 않는데, 내가 오래전부터 그녀의 마음에 들었던 거요. 그녀는 특히 나를 높이 평가하는데, 그것은 그녀 주위의 모든 것이 술책과 허위로 싸여 있기 때문이오. 한데 나는 그녀에게 진실하고 솔직한 사람으로 보였기 때문이오. 그녀는 일어나서 말했소. 〈그럼, 하느님께서 당신과 함께하시길, 알렉세이 뻬뜨로비치, 저는 생각하기를······.〉 그녀는 끝까지 말을 잇지 못하고 울면서 가버렸소. 우리는 결정했소. 내일 그녀는 계모에게 나와 결혼하길 원치 않노라 말씀드리고, 나는 아버지에게 단호하게 서슴지 않고 모든 것을 말씀드려야 한다고 말이오. 그녀는 내가 좀 더 일찍 아버지에게 말씀드리지 않았다고 나를 비난했소. 〈정직한 사람은 아무것도 두려워해서는 안 됩니다!〉라면서. 그녀는 그렇게 고결하오. 그녀는 나의 아버지도 또한 좋아하지 않소. 그녀는 그가 교활하고 돈을 밝힌다고 말했소. 내가 아버지를 변호했으나 내 말을 믿지 않았소. 만일 내가 내일 아버지에게서 소기의 성공을 거두지 못한다면(그녀는 아마 성공하지 못한 거라 여기고 있소), 내가 K공작 부인의 도움을 청하는 것으로 그녀는 의견을 같이했소. 그러면 아무도 감히 거역하지 못할 테니. 나는 그녀와 남매처럼 지내기로 약속했소. 오, 만일 당신이 그녀가 얼마나 불행한지, 계모와 사는 자신의 삶과 이 모든 환경을 얼마나 혐오감을 가지고 보는지 안다면······. 그녀는 나를 두려워하기라도 하는 듯 내게 똑바로 이야기하지 않았소, 그러나 나는 몇 마디 말에서 그것을 감지해 냈소. 나따샤, 내 사랑! 당신을 만난다면 그녀는 당신에게 넋이 나갈 텐데! 그녀는 참으로 선량한 마음을 가지고 있어요! 그녀와 함께 있으면 그렇게 편안할 수가 없어! 당신들 둘은 자매가 되도록 창조되었으니 서로서로 사랑해야만 하오. 나는 내내 이것을 생각했어요. 그리고 실제로 내가 당신들 둘을 만나게 하고 그 옆에 서서 당신들을 황홀하게 바라보게 된다면. 다르게 생각하지 말아요, 나따샤, 그리고 그녀에 대해 말하는 것을 허락해 줘요. 나는 바로 당신과 그녀에 대해 이야기하고 싶소, 그녀와 당신에 대해. 당신은 내가 당신을 다른 어느 누구보다 사랑한다는 것을, 그녀보다 더 사랑한다는 것을 알지 않소……. 당신은 나의 전부요!」

나따샤는 조용히, 사랑스럽지만 어쩐지 슬픈 표정으로 그를 바라보았다. 그의 말은 그녀를 기쁘게 한 듯했고 동시에 그녀를 괴롭힌 듯했다.

「그리고 오래전, 이미 두 주일 전에 나는 까쨔의 진가를 인정하게 됐소.」 그가 계속했다. 「나는 매일 저녁 그들에게 갔었소. 집으로 돌아올 때는 줄곧 당신들 둘을 생각했고, 당신들 서로를 비교해 보았소.」

「그래, 우리 둘 중 누가 더 낫던가요?」 나따샤가 빙긋 웃으며 물었다.

「어떤 때는 당신이, 어떤 때는 그녀가. 그러나 당신이 언제나 승자였소. 그러나 그녀와 이야기를 나눌 때 나는 좀 더 나아지고, 좀 더 현명해지고, 어쩐지 더 고상해지는 듯함을 느끼오. 그러나 내일, 내일 모든 것이 결정될 것이오!」

「당신은 그녀가 딱하지 않나요? 그녀는 당신을 사랑하고, 당신도 그 점을 눈치 챘다고 했잖아요?」

「그래요, 그녀가 안됐어요, 나따샤! 하지만 우리 셋은 모두 사랑할 것이고, 그러고 나서…….」

「그 다음은 안녕이지!」 나따샤가 속으로 말하듯 조용히 말했다. 알료샤는 놀라서 그녀를 바라보았다.

그러나 우리의 이야기는 돌연 전혀 예기치 않은 방식으로 끊겼다. 대기실로도 사용되는 부엌에서 마치 누가 들어오는 듯한 가벼운 소음이 들렸다. 잠시 후 마브라가 문을 열고는 알료샤에게 살짝 머리를 끄덕여서 그를 불렀다. 우리는 모두 그녀 쪽을 바라보았다.

「지금 누가 당신을 기다리고 있어요, 어서.」 그녀가 비밀스럽게 속삭였다.

「누가 이 시간에 나를 찾지?」 알료샤가 놀라서 우리를 바라보며 말했다. 「가네!」

부엌에는 공작의, 그러니까 그의 아버지의 하인이 제복을 입고 서 있었다. 그는 공작이 집으로 돌아가면서 나따샤 집 앞에 마차를 세우게 하고, 알료샤가 와 있는지 알아보러 자기를 올려 보냈다고 말했다. 용무를 밝히고 하인은 이내 나갔다.

「이상하네! 전에는 전혀 없던 일이야.」 알료샤가 당황해서 우리를 보며 말했다. 「무슨 일일까?」

나따샤는 근심스럽게 그를 바라보았다. 갑자기 마브라가 다시 방문을 열었다.

「공작님께서 직접 오세요!」 그녀가 급히 속삭이듯 말하고 곧 몸을 숨겼다.

나따샤는 창백해져서 자리에서 일어났다. 그녀의 눈이 이글거렸다. 그녀는 탁자에 가볍게 몸을 기대서서 완전히 곤혹스러운 표정으로 예기치 않은 손님이 들어올 문을 바라보았다.

「나따샤, 걱정하지 마요, 내가 함께 있잖소! 그가 당신을 모욕하도록 내버려 두진 않겠소.」 흥분하긴 했으나 침착함을 잃지 않은 알료샤가 속삭였다.

문이 열리고 발꼬프스끼 공작이 몸소 문지방 위에 나타났다.

2

그는 빠르고 주의 깊은 시선으로 우리를 둘러보았다. 이 시선만으로는 그가 적으로서 왔는지 친구로서 왔는지 알아낼 수가 없었다. 그러나 그의 외관을 자세히 묘사하겠다. 이날 저녁, 그는 나에게 특히 강한 인상을 주었다.

나는 전에도 그를 본 적이 있었다. 그는 마흔다섯 가량, 그보다 많아 보이지는 않는 사람으로, 얼굴이 반듯하고 매우 잘생긴 사람인데 얼굴 표정은 상황에 따라 바뀌었다. 그 표정은 갑작스럽고 완전하게, 마치 일종의 용수철이 갑작스레 수축하듯, 가장 유쾌한 모습으로부터 가장 무뚝뚝하고 불만스러운 표정에 이르기까지 비상한 빠르기로 변화했다. 약간 거무스름한 달걀형 얼굴, 가지런한 치아, 작고 다분히 얇은 입술, 예쁘게 콧날이 선 곧고 다소 긴 코, 아직 미세한 주름조차 보이지 않는 높은 이마, 회색빛의 꽤 큰 눈, 이 모든 것이 그를 거의 미남으로 보이게 했다. 그러나 그의 얼굴은 유쾌한 인상을 주지는 못했다. 이 얼굴은 그 표정이 진실해 보이지 않고, 언제나 가장한 것처럼 부자연스럽고 빌려 온 것 같아, 보는 사람으로 하여금 거부감을 일으켜서 진짜 얼굴 표정을 볼 수 없을 것이라는 일종의 근시안적 확신이 들게 한다. 그를 주의 깊게 보면, 사람들은 그가 언제나 쓰고 있는 저 가면 뒤에 악하고, 교활하고, 가장 이기적인 그 무엇이 숨어 있지 않나 의심하게 될 것이다. 무엇보다 그의 아름다운, 회색의 커다란 눈이 주의를 끌었다. 그 눈만큼은 그가 자신의 의지대로 할 수 없는 유일한 것인 듯했다. 그가 부드럽고 우호적인 눈빛을 지어 보이려 해도, 그의 눈빛은 마치 이분화된 것 같았다. 부드럽고 우호적인 것 사이에, 잔혹하고 의심을 품고 탐색하는 듯한 악한 빛이 번쩍거렸다. 그는 상당히 키가 크고, 몸이 좋으며, 약간 말라서 실제보다 젊게 보였다. 그의 짙고 부드러운 금발은 아직 새치조차 보이지 않았다. 그의 귀와 손, 그리고 다리는 놀랍도록 잘생겼다. 완전한 귀족적 아름다움이었다. 그는 언제나 세련된 우아함과 신선함이 풍기도록 옷을 입었다. 게다가 약간 젊은이처럼 옷을 입었는데, 그것들은 그에게 썩 잘 어울렸다. 그는 알료샤의 형처럼 보였다. 적어도 그를 결코 그렇게 성숙한 아들의 아버지라고 보기는 어려웠다.

그는 곧바로 나따샤에게 다가가서 그녀를 뚫어지게 바라보며 말했다.

「내가 이 시간에 예고도 없이 당신에게 온 것은, 물론 일상적인 법도에 어긋나는 기이한 일이오. 그러나 적어도 내 행동의 유별남을 나 자신이 잘 알고 있다는 것을 믿어 주었으면 좋겠소. 나도 내가 만나고자 하는 사람이 누구인지 아오. 그리고 당신이 명민하고 너그러운 사람이라는 것도 아오. 10분만 시간을 주시오, 그러면 당신은 나를 이해하고 내 행동을 인정할 거라 생각하오.」

그는 이 모든 것을 공손하게 말했지만, 그 속에는 힘과 엄격함이 담겨 있었다.

「앉으세요.」 나따샤가 아직 처음의 혼란과 약간의 놀라움을 벗어나지 못한 채 말했다.

그는 가볍게 고개를 숙이고 앉았다.

「무엇보다 저 애에게 두어 마디 할 수 있게 해주시오.」 그는 자기 아들을 가리키며 말했다. 「알료샤, 네가 나를 기다리지도 않고 심지어 작별 인사도 나누지 않은 채 떠나자마자, 백작 부인에게서 까쩨리나 표도로브나가 몸이 좋지 않다는 기별이 왔다. 백작 부인이 까쩨리나에게 급히 가려고 했는데, 까쩨리나 표도로브나가 심란하고 몹시 흥분해서 우리에게로 왔더구나. 그녀는 너의 아내가 될 수 없다고 우리에게 단호히 말했다. 그녀는 또한 수도원에 들어가겠노라고 선언하며, 네가 그녀에게 나딸리야 니꼴라예브나를 사랑한다고 고백하고 자신에게 도움을 청했다고 말하더구나. 까쩨리나 표도로브나의 이런 갑작스러운 고백은, 더욱이 그런 기막힌 고백은 물론 네가 그녀와 나누었던 매우 기이한 대화에 의해 야기된 것일 게야. 그녀는 거의 제정신이 아니었어. 내가 얼마나 큰 충격을 받고 놀랐는지 이해하겠지. 지금 지나가면서 당신 방에 불이 켜져 있는 것을 보았소.」 그는 나따샤 쪽을 향하며 말을 계속했다. 「그때 오랫동안 나를 따라다니던 생각이 나를 사로잡아 그 충동을 이기지 못하고 당신께 들어오게 되었소. 무엇 때문에? 곧 말씀드리겠지만, 내 이야기가 어느 정도 신랄하더라도 놀라지 말기를 우선 부탁하오. 이 모든 것은 아주 돌연히······.」

「저는 당신이 말씀하시는 것을 이해하고 격에 맞게······ 인정할 수 있기를 기대합니다.」 나따샤가 더듬으며 말했다.

공작은 마치 한순간에 그녀의 전부를 캐려는 듯 그녀를 응시했다.

「나도 당신의 밝은 판단력을 기대하오.」 그가 계속했다. 「그리고 내가 지금 당신에게 왔다면, 그것은 내가 누구와 볼일이 있는지를 알고 있기 때문이오. 나는 당신을 오래전부터 알고 있소. 그리고 그 언젠가 당신을 부당하게 대했고 당신에게 못할 짓을 했소. 잘 들어 보시오. 당신은 나와 당신 아버지 사이에 오랜 불화가 있음을 알 거요. 나는 자신을 변호하고 싶진 않소. 아마도 내가 지금까지 생각해 온 것보다 더 그에게 잘못한 건지도 모르겠소. 그러나 설령 그렇더라도 나 자신이 사기를 당했소. 나는 의심이 많은 사람이란 것을 스스로 잘 알고 있소. 나는 좋은 것보다 나쁜 것을 상상하는 경향이 있소, 내 메마른 마음에 들어 있는 불행한 성격 탓이지. 그러나 나는 자신의 결함을 감추려고 하지는 않소. 나는 모든 비방을 믿었고 그래서 당신이 부모 집을 뛰쳐나왔을 때 알료샤가 걱정되어 두려웠소. 그러니 나는 그때 아직 당신을 몰랐었소. 난 정보를 모았고 조금씩조금씩 완전히 안심하게 되었소. 나는 관찰하고 조사한 끝에 마침내 내 의심이 근거 없는 것이었다는 확신을 얻었소. 나는 당신이 당신 가족과 왕래를 끊었다는 것을 알았소. 또한 당신의 아버지가 당신과 내 아들과의 혼인을 전적으로 반대하고 있다는 것도 알게 되었소. 그리고 또 하나, 알료샤에 대한 영향력, 말하자면 알료샤에 대해 당신이 가진 힘을 아직까지 행사하지 않았다는 것과 그에게 혼인을 강요하지 않았다는 것, 이 한 가지만으로도 당신은 자신의 훌륭한 점을 보여 주었소. 어쨌든 그때 내가 모든 힘을 기울여 당신과 내 아들이 결혼할 모든 가능성을 없애려고 결심했었음을 전적으로 인정하는 바이오. 나도 아오, 내가 지나치게 솔직하게 말하고 있다는 것을 압니다. 하지만 이 시간, 나의 솔직함이 무엇보다 필요하오. 당신이 끝까지 듣는다면 내 말에 동의할 것이오. 당신이 집을 나온 지 얼마 안 되어 나는 뻬쩨르부르그를 떠났소. 그러나 나는 이미 알료샤를 걱정하지 않았소. 당신의 고귀한 자존심에 기대를 걸었던 것이오. 나는 우리 가족 간의 불미스러운 일이 해결되기 전에는 당신 자신이 결혼을 원치 않을 거라고 생각했소. 그리고 당신이 알료샤와 나 사이의 화목을 깨기를 원치 않으리라 생각했소, 왜냐하면 내가 그와 당신의 결혼을 결코 허락하지 않았을지도 모르기 때문이오. 또한 당신이 당신에 대해, 공작 신분의 신랑을 구했고 우리 가문과 관계를 맺었다는 이런 저런 말이 나오는 것을 원치 않으리라 생각했소. 오히려 그 반대로 당신은 우리에 대해 경멸을 나타냈소. 그리고 어쩌면 내가 스스로 내 아들과 결혼하는 영광을 우리에게 베풀어 달라고 당신에게 요청하러 오는 순간을 기다렸는지도 모르겠소. 그러나 나는 완고하게 당신의 적으로 남아 있었소. 나는 자신을 변호하고 싶지는 않소, 하지만 당신에게 내 행동의 근거를 숨기고 싶지는 않소. 그 근거란 당신이 고귀한 가문의 출신도 아니고 부자도 아니라는 거요. 나는 재산을 가지고 있소. 그건 사실이오만, 우리는 더 많은 것이 필요하오. 우리 가문은 영락했거든. 우리에게는 돈과 연줄이 필요하오. 백작 부인 지나이다 표도로브나의 양녀는 비록 연줄은 가지고 있지 않지만, 매우 부유합니다. 내가 약간만 지체했더라도, 다른 구혼자가 나타나서 우리에게서 그 처녀를 가로채 갔을 거요. 그러나 이런 기회를 잃어버릴 수는 없소,

그래서 비록 알료샤가 아직 어리지만, 그를 결혼시키려고 결심한 거요. 보시오, 나는 아무것도 숨기지 않았소. 탐욕과 편견에 사로잡혀 아들을 좋지 않은 행동으로 유도하는 아버지를 경멸해도 좋소. 왜냐하면 아들을 위해 모든 것을 희생한 너그러운 처녀를, 그가 그녀에게 죄를 지었는데도 저버리게 하려는 것, 이것은 참으로 나쁜 짓이기 때문이오. 하지만 난 변명하지는 않겠소. 내 아들과 백작 부인 지나이다 표도로브나의 양녀와의 결혼을 의도하는 두 번째 이유는, 이 처녀가 최고의 사랑과 경의를 받을 만한 가치를 지니고 있기 때문이오. 그녀는, 비록 많은 점에서 아직 어리나, 아름답고 훌륭하게 양육되었고 좋은 성격을 가지고 있으며, 매우 똑똑하오. 알료샤는 의지가 약하고, 경솔하며, 지나치게 비이성적이오, 스물두 살임에도 아직 완전히 어린아이요. 그는 단 한 가지의 덕성을 가졌는데 바로 선한 마음씨요. 한데 이것은 그의 다른 결점과 연결되면 매우 위험한 것이오. 나는 이미 오래 전부터 그에 대한 내 영향력이 줄어들기 시작했다는 것을 인지했소. 젊음의 혈기와 탐닉이 우위를 차지하여, 심지어 몇몇 참된 의무를 뒷전으로 물리기까지 하고 있소. 나는 아마 그를 매우 열렬히 사랑하나 보오, 하지만 이미 나 혼자만의 가르침으로는 충분치 않게 되었음을 확신하오. 그는 즉각 누군가의 지속적이고 자애로운 보살핌을 받아야만 하오. 그는 천성이 종속적이고 연약하며 애정이 깊어서, 명령을 하는 것보다 사랑하고 복종하기를 더 좋아하지요. 그는 평생을 그렇게 있을 것이오. 까쩨리나 표도로브나에게서 아들의 짝으로 바라 왔던 이상적인 배우자상을 보았을 때 내가 얼마나 기뻤을지 상상할 수 있을 것이오. 그러나 너무 늦어 있었소. 그에게는 이미 다른 영향력이 확고히 작용하고 있었소. 바로 당신의 영향력 말이오. 나는 한 달 전 뻬쩨르부르그로 돌아왔을 때 그를 자세히 관찰했소. 그리고 놀랍게도 그가 바람직한 방향으로 현저히 변화한 것을 알았소. 경솔함과 유치한 면은 여전히 남아 있었지만 어떤 고귀한 감수성이 힘을 얻었더군요. 그는 장난감 말고 다른 것들, 즉 고상하고 고귀하고 명예로운 것들에 흥미를 가지기 시작했소. 그의 생각은 별나고 불안하고 이따금 불합리하지만, 그의 희망, 그의 의욕, 그의 마음은 더 나아졌소. 이것들은 모든 것의 토대가 되리라 생각하오. 그의 모든 이러한 나아진 것들은 의심의 여지없이 당신으로부터 비롯된 거요. 당신이 그를 변화시켰소. 고백하건대, 그때 내 머릿속에는 다른 어느 누구보다도 당신이 그를 행복하게 해줄 수 있을 것이란 생각이 스쳐 갔소. 그러나 나는 이 생각을 몰아냈소, 거부했던 거요. 나는 무슨 일이 있든지 그를 당신으로부터 벗어나게 해야만 했소. 그래서 나는 행동을 시작했고 목표에 다다랐다고 생각했소. 한 시간 전만 해도 승리는 나의 것이라 생각했소. 그러나 백작 부인 댁에서 일어난 사건이 단번에 나의 추측을 뒤엎어 버렸소. 무엇보다 뜻하지 않은 사실이 나를 놀라게 했소. 바로 알료샤의 불가사의한 진지함, 당신에 대한 강한 애착, 그 애착의 집요함과 생명력이오. 다시 말하지만, 당신이 그를 결정적으로 변화시킨 거요. 오늘 나는 갑자기 그의 변화가 내 생각보다 더 진전되어 있음을 보았소. 오늘 그는 내 앞에서 내가 결코 기대하지 않았던 분별력을 보여 주었고, 동시에 비상한 섬세함, 통찰력을 보여 주었소. 그는 그가 어렵다고 생각한 상황으로부터 빠져나오기 위해 가장 믿을 만한 길을 선택했소.

그는 인간 마음의 가장 고귀한 능력에 호소했소, 즉 악을 용서하고 선으로 갚는 그 능력 말이오. 그는 자신이 아픔을 안겨 준 바로 그 존재의 의지에 자신을 내맡기고, 그녀에게 동정과 도움을 요청하였소. 그는 이미 자신을 사랑하기 시작한 여인에게, 바로 그녀에게 연적이 있다고 고백함으로써 그 여인의 자존심을 건드렸고, 동시에 그녀에게 연적에 대한 동정, 그리고 자신에 대한 용서와 형제애를 발휘할 것을 약속하게 만들었소. 무례함을 범하지 않고 모욕감을 불러일으키지도 않으며 그러한 해결의 수순을 밟는 것은, 가장 능란하고 현명한 사람들이 아니라 그와 같은 신선하고, 깨끗하고, 잘 인도된 마음의 소유자가 할 수 있는 일이오. 나딸리야 니꼴라예브나, 나는 오늘 당신이 그의 오늘 행위에 대해 아무 말이나 충고도 하지 않았다고 확신하오. 당신은 아마도 이 모든 것을 바로 지금 그의 입을 통해 들었을 것이오. 내가 틀리지 않았다고 생각하오만, 그렇지 않소?」

「틀리지 않으셨습니다.」 나따샤가 대답했다. 그녀의 얼굴은 온통 붉어졌고 눈은 마치 영감을 받은 듯 어떤 특이한 광채로 빛났다. 공작의 달변이 효력을 발휘하기 시작했다. 「저는 닷새 동안이나 알료샤를 보지 못했어요.」 그녀가 덧붙였다. 「이 모든 것은 그가 직접 생각하고 스스로 실행에 옮긴 것입니다.」

「확실히 그렇군.」 공작이 확인했다. 「그러나 어쨌든 그의 예기치 않았던 통찰력, 그의 결단력, 의무감에 대한 자각, 그리고 이 모든 고상한 의연함은 당신이 그에게 미친 영향의 결과이오. 이 모든 것을 나는 집으로 가는 길에 근본적으로 음미하고 숙고해 보았소. 이 생각을 하자 불현듯 나의 내부에서 결심을 위해 필요한 어떤 힘을 느꼈소. 백작 부인 댁에 대한 구혼은 이미 깨져 버려 회복할 수 없게 됐소. 설사 그것이 가능하다 할지라도 이제 더 이상 진행시킬 명분이 없소. 사실 난 당신이 그를 행복하게 해줄 수 있는 유일한 사람이란 것, 당신이 그의 진정한 안내자라는 것, 당신이 이미 그의 미래의 행복을 위해 기초를 쌓아 놓았다는 것을 확신했소! 나는 당신에게 아무것도 숨기지 않았고 지금도 숨기지 않고 있소. 나는 출세, 돈, 지위, 심지어 관등조차 사랑하오. 나는 이것들 중 많은 부분이 편견이란 걸 자각하고 있소. 하지만 나는 이 편견을 사랑하며, 결단코 그것들을 무시하고 싶지 않소. 그러나 어떤 상황 하에서는 다른 조건들을 고려하여야만 하며, 결코 모든 것을 같은 잣대로 재어서는 안 되는 그런 상황도 있소……. 그 외에도 나는 아들을 지극히 사랑하오. 한마디로 나는 알료샤가 당신과 헤어져서는 안 된다는 결론에 도달했소. 왜냐하면 그는 당신 없이는 파멸하고 말 것이기 때문이오. 고백해야 하겠소? 나는 아마 한 달 전에 이 결정을 내린 것 같소. 그리고 지금에야 내가 올바른 결정을 내린 것이란 사실을 깨달았소. 물론 나는 내일 당신을 방문하여 이 모든 것을 말할 수도 있었소, 이렇게 거의 자정까지 당신을 괴롭히지 않고 말이오. 그러나 지금의 나의 이런 서두름은 당신에게 내가 얼마나 열렬히, 그리고 더 중요한 것은, 얼마나 솔직하게 이 일에 나서고 있는가를 보여 주는 것이 될 것이오. 나는 아이가 아니오, 내 나이에 깊이 생각지 않고 행동에 나설 수는 없는 일이오. 내가 여기 들어왔을 때 모든 것이 이미 결정되고 검토되었소. 그러나 당신이 나의 솔직함을 전적으로 확신하기까지 나는 아직 오래 기다려야 할 필요가 있음을 느낀다오……. 하지만 본론으로 들어갑시다! 내가 왜 여길 왔는지 당신에게 설명해야겠소? 나는 당신에게 진 빚을 갚으러 왔소. 엄숙하게, 당신에 대한 한없는 경의를 담고 당신에게 부탁드립니다. 내 아들을 행복하게 해주고 그와의 결혼을 승낙하여 주시오. 오, 내가 마침내 자신의 아들을 용서하고 그의 행복에 관대히 동의하기로 결정한 몹쓸 아비로 여기에 왔다고는 생각지 마시오. 아니오! 아니오! 당신이 나에 대해 그런 생각을 한다면, 그것은 나를 멸시하는 게요. 당신이 나의 아들을 위해 모든 것을 희생했다는 사실에 입각하여, 내가 당신이 동의할 것이라고 사전에 확신했다고도 생각지 마시오, 역시 맞지 않는 거요! 내가 제일 먼저 나의 아들이 당신에 비해 기운다고 소리 높여 말하겠소, 그리고……(그는 선하고 순수한 마음을 가지고 있소) 그가 스스로 인정할 거요. 하지만 이것이 다는 아니오. 나를 이 시간에 이리로 이끈 것은 이것 한 가지가 아니라…… 나는 여기에 왔소…….(그리고 그는 정중하고 약간 엄숙하게 자리에서 일어났다.) 나는 당신의 친구가 되기 위해 여기 왔소! 내가 이런 걸 요구할 권리가 없다는 것을 나는 아오, 오히려 그 반대겠지! 그러나 이 권리를 얻을 수 있도록 허락해 주시오! 내가 희망을 가질 수 있도록 해주시오!」

그는 정중하게 나따샤 앞에 몸을 숙이고 대답을 기다렸다. 그가 말하는 동안 내내 나는 그를 주의 깊게 관찰했다. 그 또한 이것을 눈치 챘다.

그는 냉정하게 말했다. 수사적 색채를 띠고, 어떤 곳에서는 심지어 약간의 태만함을 담고. 이 장광설의 어조는 첫 방문치고는 알맞지 않은 시간에, 특히 그런 관계에도 불구하고 그로 하여금 우리를 찾아오게 한 충동과는 전혀 어울리지 않았다. 어떤 표현들은 명백히 준비된 것이었지만, 여러 군데에서 길어지거나 또 그 장황함 때문에 이상해진 연설을 하는 동안, 그는 유머와 태연함과 농담의 형태로 솟구치는 자신의 감정을 감추려고 애쓰며 짐짓 기인인 체했다. 그러나 이 모든 것을 나는 늦게서야 깨달았다. 그때는 그것이 나에게 그렇게 분명하게 보이지는 않았다. 그의 마지막 말들은 우리 모두를 감동시킬 정도로 열의와 감정, 나따샤에 대한 신실한 경의의 표현을 담고 있었다. 심지어 눈물 비슷한 것이 그의 눈썹에서 빛났다. 나따샤의 고결한 마음은 완전히 사로잡혔다. 그녀는 그를 따라 자리에서 몸을 일으켰고 조용히, 깊은 흥분에 젖어 그에게 손을 내밀었다. 그는 그녀의 손을 잡고 부드럽고 다감하게 입을 맞추었다. 알료샤는 흥분해서 제정신이 아니었다.

「내가 뭐라고 했소, 나따샤!」 그가 외쳤다. 「당신은 나를 믿지 않았지요! 당신은 그가 세상에서 가장 고결한 사람이란 것을 믿지 않았지요! 보았지요, 직접 보았지요!」

그는 아버지에게 달려들어 뜨겁게 포옹했다. 그도 포옹으로 답했으나, 자신의 감정을 드러내는 것이 부끄럽다는 듯이 감상적인 장면을 서둘러 마치려 했다.

「됐소.」 그는 자신의 모자를 집어 들며 말했다. 「가겠소. 나는 당신에게 단지 10분만이라고 부탁했는데 한 시간이나 앉아 있었소.」 그는 웃으며 덧붙였다. 「그러나 되도록 빨리 당신을 다시 만나고 싶은 강한 바람을 간직한 채 떠납니다. 가능한 한 자주 당신을 방문하는 것을 허락해 주겠소?」

「네, 네!」 나따샤가 대답했다. 「가능한 한 자주! 되도록 빨리! 당신을…… 좋아할 수 있게 되기를 바랍니다……」 그녀가 당황한 가운데 덧붙였다.

「당신은 너무나 솔직하고 너무나 고상하오!」 그녀의 말에 미소 지으며 공작이 말했다. 「당신은 간단한 예의를 표하기 위해서도 꾸미기를 원치 않는군요. 그러나 당신의 솔직함은 모든 꾸며진 공손함보다 값진 것입니다. 그럼요! 내가 당신의 호감을 사는 데 시간이 아주 오래 걸릴 것이란 것은 알고 있소!」

「이제 저를 칭찬하는 말씀은 그만두세요……. 됐어요!」 나따샤가 당황해서 중얼거렸다. 이 순간 그녀가 얼마나 아름다웠는지 모른다!

「좋아요!」 공작이 단정적으로 말했다. 「하지만 두 마디만 더 덧붙이겠소. 내가 얼마나 불행한 사람인지 상상할 수 있으시겠소! 내일도 모레도 나는 당신한테 올 수가 없기 때문이오. 오늘 저녁, 나는 중요한 편지 한 통을 받았소. 어떤 일에 즉각적으로 참여할 것을 요구하는 내용인데, 어떻게 해도 그 일을 피해 갈 수가 없소. 나는 내일 아침 뻬쩨르부르그를 떠나오. 바라건대, 내가 내일이나 모레나 시간을 전혀 낼 수가 없어서 이렇게 늦게 당신을 찾았다고는 생각지 마시오. 물론 그렇게 생각하지 않겠지만, 이것이 내가 의심하고 있는 한 가지라오! 왜 내가 틀림없이 당신이 그렇게 생각할 것이라고 여기느냐고요? 이 의심이란 것이 일생 동안 나를 괴롭혔소. 그리고 나와 당신 가족과의 반목도 아마 이런 나의 유감스러운 성격의 결과일지도 모르오! 오늘이 화요일이오. 수요일, 목요일, 금요일까지 뻬쩨르부르그를 비울 것이오. 나는 토요일에 바로 돌아와서 그날 안으로 당신을 방문하겠소.

말해 주시오, 내가 저녁 시간 내내 당신에게 와서 시간을 보내도 되겠소?」

「물론, 물론이죠!」 나따샤가 외쳤다. 「토요일 저녁 당신을 기다리죠! 꼭 기다리겠습니다!」

「정말 행복하군! 나는 당신을 더 가깝게 사귈 거요. 그러나…… 가겠소! 한데 당신과 악수를 하지 않고는 갈 수 없겠소.」 그는 갑자기 나에게 몸을 돌리더니 말을 계속했다. 「실례하오! 우리 모두는 지금 두서없이 이야기하고 있군요……. 나는 이미 몇 차례 당신을 만날 영광을 안았습니다. 그리고 우리는 서로 소개받아 인사를 나눈 적도 한 차례 있군요. 당신과 새롭게 알게 되어 얼마나 즐거웠는지 말하지 않고는 여기서 나갈 수가 없소.」

「우리는 만났었죠, 맞습니다.」 내가 그의 손을 잡으며 대답했다. 「그러나 죄송합니다만, 우리가 인사를 나눴는지는 기억이 나지 않는군요.」

「지난해 R공작 댁에서죠.」

「죄송합니다, 제가 잊었습니다. 그러나 이번에는 잊지 않겠노라고 단언합니다. 오늘 밤은 저에게 특별한 의미가 있는 밤입니다.」

「그렇소, 당신 말이 맞소, 나에게도 그렇소. 나는 당신이 나딸리야 니꼴라예브나와 내 아들의 참되고 솔직한 친구라는 것을 오래전부터 알았습니다. 나는 당신들 세 사람 사이에서 네 번째가 되기를 기대합니다. 그렇게 되지 않을까요?」 그는 나따샤를 돌아보며 덧붙였다.

「그래요, 그는 우리의 참다운 친구예요, 그리고 우리는 모두 함께 있어야 해요!」 나따샤가 깊이 감동해서 대답했다. 가련한 사람 같으니! 공작이 잊지 않고 나에게 다가서는 것을 보고 그녀의 눈이 기쁨으로 빛났다. 그녀는 나를 얼마나 사랑하는 것인가!

「나는 당신의 재능을 흠모하는 사람들을 많이 만났소.」 공작이 말을 계속했다. 「그리고 당신 작품의 가장 진실한 애독자 두 명을 알고 있소. 그들이 개인적으로 당신을 사귀게 된다면 아마 무척 기뻐할 것이오. 그들은 나의 친구인 백작 부인과 그녀의 양녀 까쩨리나 표도로브나 필리모노바요. 이 여인들에게 당신을 소개하는 즐거움을 베풀어 주시리라 기대해도 괜찮겠소?」

「지금 저는 별로 교제를 하고 있지는 않지만, 영광으로 생각합니다……」

「그러면 나에게 주소라도 주시오! 어디 사시는지요? 영광으로 알고……」

「저는 집에 손님을 초대하지 않습니다, 공작님, 적어도 현재는.」

「그러나 나는, 비록 내가 예외적 취급을 받을 만하지는 않겠지만……, 그러나……」

「좋습니다, 당신이 원하신다면 저로서도 영광입니다. 저는 X로(路) 끌루겐 네 집에서 삽니다.」

「끌루겐 네 집이라!」 그는 마치 무엇인가에 충격을 받은 것처럼 소리쳤다. 「그래요! 당신은…… 거기서 산 지 오래됐습니까?」

「아니오, 얼마 안 됐습니다.」 나는 무의식적으로 그를 보며 대답했다. 「제 아파트는 44호입니다.」

「44호? 혼자 사십니까?」

「네, 홀로.」

「그래요! 내가 그 집을 아는 것 같아 물었습니다. 더 잘되었습니다....... 꼭 찾아가겠습니다, 꼭! 당신과 이야기하고 싶은 것이 많이 있습니다. 그리고 많은 것을 기대합니다. 여러모로 고마워할 일이 있으리라 믿습니다. 보시오, 인사를 나누자마자 부탁부터 하잖소. 부디 안녕히 계십시오! 다시 한번 악수를!」

그는 나와 알료샤와 악수를 했고 다시 나따샤의 손에 입 맞추고는, 알료샤에게 따라오라고 이르지도 않고 방을 나갔다.

우리 셋은 매우 어안이 벙벙한 채 남아 있었다. 모든 일이 아주 갑자기, 전혀 예기치 못한 상태에서 일어났다. 우리 모두는 한순간에 모든 것이 변했고, 무언가 알지 못할 새로운 상황이 시작되었음을 느꼈다. 알료샤는 말없이 나따샤 옆에 앉아 그녀의 손에 입을 맞추었다. 그는 그녀가 뭐라고 말할까 기다리는 듯 이따금 그녀의 얼굴을 바라보았다.

「알료샤, 내 사랑, 내일 까쩨리나 표도로브나에게 가보세요.」 이윽고 그녀가 말했다.

「나도 그렇게 생각했소.」 그가 대답했다. 「반드시 가보겠소.」

「아마 그녀가 당신을 만나는 걸 힘들어할지도 몰라요....... 어떻게 하겠어요?」

「글쎄......, 친구여, 그 생각도 했소. 가서...... 보고...... 그리고 결정하겠소. 그런데 무슨 말이오, 나따샤, 이제 우리 이야기는 모두 바뀌어 버렸소.」 알료샤가 참지 못하고 말했다.

그녀는 미소를 머금은 부드러운 시선으로 오래도록 그를 바라보았다.

「그는 참으로 배려가 깊으신 분이오! 당신이 형편없는 집에서 사는 것을 보고도 한마디도 하지 않았소…….」

「무슨 말이에요?」

「뭐, 다른 곳으로 이사하라든지…… 또는 무언가…….」 그는 얼굴을 붉히며 덧붙였다.

「됐어요, 알료샤, 무슨 까닭으로 그가 그런 말을 하겠어요!」

「그가 배려할 줄 아는 사람이라는 거요. 그리고 그가 당신을 얼마나 칭찬했소! 내가 당신에게 말했지……! 그래요, 그는 모든 것을 이해하고 모든 것을 공감할 수 있소! 나에 대해서는 어린아이에게 말씀하시듯 하셨지. 모두들 나를 그렇게 생각한다니까! 그리고 사실 내가 아직 좀 그러하니까.」

「당신은 어린아이예요, 하지만 당신은 우리들 누구보다 더 예리해요. 당신은 선한 마음을 가졌어요, 알료샤!」

「그러나 그는 내 선한 마음이 나를 망친다고 말씀하셨소. 무슨 소린지? 난 이해할 수가 없소. 하지만 나따샤, 내가 빨리 그에게 가야 하지 않을까? 내일 새벽같이 당신에게 오겠소.」

「가세요, 가세요, 소중한 이여. 좋은 생각이에요. 빨리 그에게 가세요, 빨리요! 그리고 내일 가능한 한 일찍 오세요. 이제는 나에게 닷새씩이나 안 오지는 않겠죠?」 다정한 눈빛으로 그를 쳐다보며 그녀가 짓궂게 덧붙였다. 우리 모두는 일종의 조용하고 충만한 기쁨에 잠겼다.

「같이 가겠소, 바냐?」 알료샤가 방을 나서며 외쳤다.

「아니오, 그는 여기 있을 거예요, 나는 아직 당신과 할 말이 있어요, 바냐. 조심해요, 내일 아침 일찍이에요!」

「아침 일찍! 안녕, 마브라!」

마브라는 몹시 흥분해 있었다. 그녀는 공작이 말하는 것을 모두 엿들었다. 그러나 많은 것을 이해하지 못했으므로 캐물어서라도 모든 것을 알고 싶어했다. 그러나 당장은 매우 심각한, 심지어 거만한 표정을 짓고 있었다. 그녀 또한 많은 것이 변했다는 것은 알아차렸다.

우리만 남았다. 나따샤는 내 손을 잡고 할 말을 찾는 듯 잠시 침묵했다.

「나는 피곤해요!」 그녀가 마침내 힘없는 목소리로 말했다. 「들어 보세요, 당신은 내일 그들에게 갈 거예요?」

「물론.」

「어머니에겐 말씀드리되, 그에게는 말하지 마세요.」

「그렇지 않아도 나는 그와는 절대로 당신에 대한 이야기를 나누지 않소.」

「그래요, 그래도 어쨌든 알아차리실 거예요. 하지만 그가 뭐라고 말씀하시는지 잘 들으세요. 그가 어떻게 받아들이는지. 맙소사, 바냐! 그는 정말로 이 결혼 때문에 나를 저주하실까요? 아니, 그럴 수는 없어요!」

「공작이 모든 것을 정리해야 해.」 내가 서둘러 말을 받았다. 「그는 즉각 그와 화해해야 하고, 그러면 모든 것이 정리될 거야.」

「오, 맙소사! 만일 그렇게 된다면! 만일 그렇게 된다면!」 애원조로 그녀가 외쳤다.

「걱정하지 말아요, 나따샤, 모든 것이 잘될 거요. 그렇게 진행되고 있잖소.」

그녀는 나를 뚫어지게 바라보았다.

「바냐! 당신은 공작에 대해 어떻게 생각하세요?」

「그가 진심으로 말했다면, 내가 보기에는 아주 고상한 사람 같소.」

「진심으로 말했다면? 그게 무슨 뜻이에요? 그럼 그가 거짓으로 말했을 수도 있단 말인가요?」

「그런 뜻이 아니오.」 대답하면서 나는 〈그녀도 그런 생각을 했던가 보군, 희한하군〉 하고 생각했다.

「당신은 그를 내내 꼼짝 않고 보았어요……. 아주 집중해서…….」

「그래, 그는 약간 이상했소, 나한테는 그렇게 보였소.」

「나도 그래요. 말하는 게 이상했어요……. 나는 피곤해요. 집으로 돌아가세요. 내일 될 수 있는 한 빨리 그들에게 들렀다 내게로 오세요. 내가 하루 속히 그를 좋아하게 되길 바란다고 말한 것이 모욕적인 말은 아니었죠?」

「아니…… 모욕은 무슨……?」

「그리고…… 어리석지도 않았죠? 말하자면 내가 지금은 그를 좋아하지 않는다는 뜻이 들어 있잖아요.」

「그 반대야, 좋았어, 천진하고 고무적이었소! 당신이 그 순간 얼마나 아름다웠는지! 만일 그가 상류 사회의 습관에 따라 그 말을 이해했다면 그가 어리석은 거요.」

「당신은 그에 대해 화가 나 있는 것 같아요, 바냐? 내가 도대체 얼마나 어리석고, 의심 많고, 허영심 많은 건가요! 웃지 말아요, 나는 당신 앞에서는 아무것도 숨기지 않아요. 아, 바냐, 당신은 나의 고귀한 친구예요! 내가 만일 다시 불행해진다면, 다시 슬픔이 찾아온다면, 아마도 당신은 틀림없이 여기 내 옆에 남아 있는 유일한 사람이겠죠! 내가 이 모든 것을 무엇으로 보답해야 하나요! 절대로 나를 저주하지 마세요, 바냐!」

집으로 돌아오자 나는 곧 옷을 벗고 자리에 누웠다. 내 방은 지하실처럼 습하고 어두웠다. 많은 기이한 생각과 감정이 머릿속에 떠올라서 나는 오랫동안 잠을 이루지 못했다.

그러나 이 순간, 어떤 사람은 자신의 안락한 침대 속에서 잠을 청하며 얼마나 미소 짓고 있을까. 만일 그가 우리를 계속 비웃으려 한다면! 아마 그렇지는 않겠지!

3

다음날 열 시, 나는 바실리예프스끼의 이흐메네프 씨 댁에 속히 갔다가 거기서 가능한 한 빨리 나따샤에게 가겠노라는 마음을 먹고 집을 나서는데, 돌연 어제 나를 찾아왔던 스미트의 손녀를 문에서 마주쳤다. 그 아이는 날 찾아오는 길이었다. 까닭은 모르겠지만, 그 아이가 와서 무척 기뻤던 기억이 난다. 어제는 그 아이를 눈여겨볼 시간이 없었지만, 낮에 보는 그 아이의 모습은 나를 더욱 놀라게 했다. 적어도 외모상으로는 그보다 더욱 기이하고, 더욱 독특한 존재를 찾기 어려웠으리라. 작은 몸집에 반짝이는 검은 눈, 어쩐지 러시아 인답지 않은 눈과 검고 숱 많은 헝클어진 머리, 수수께끼 같은 조용하고 완고한 시선은 심지어 길을 지나가는 모든 사람들의 주의를 끌지 않을 수 없었을 것이다. 특히 그녀의 시선은 매우 기이한 느낌을 자아냈다. 그 눈은 슬기롭게 빛났으며 동시에 심판관 같은 냉혹한 불신과 의심마저 서려 있었다. 낡고 더러운 그녀의 겉옷은 낮의 햇빛 아래서 어제보다 더 초라했다. 게다가 그 아이는 만성적이고 완만하게 진행되며 잘 낫지 않는 어떤 병에 걸린 것 같았다. 서서히 진행되지만 가차 없이 내부 기관을 파괴하는 병. 창백하고 여윈 얼굴에는 부자연스러운 황갈색의, 담즙과도 같은 색채가 돌고 있었다. 그러나 온갖 궁핍과 질병으로 인해 초라하게 보이지만 그녀는 예쁜 편이었다. 그 아이의 눈썹은 선명하고 가늘고 아름다웠다. 특히 넓고 약간 낮은 이마가 아름다웠고, 윤곽이 예쁜 입술은 일종의 당당하고 오만한 빛을 띠고 있었으나 창백하여 거의 붉은빛이 없었다.

「아, 네가 다시 왔구나!」 내가 소리쳤다. 「그래, 나도 네가 올 거라고 생각했단다. 들어오려무나!」

그 아이는 어제처럼 천천히 문지방을 넘어 들어오며, 미심쩍게 주위를 둘러보았다. 그 아이는 자신의 할아버지가 살았던 그 방 안이, 다른 사람이 들어와서 얼마나 바뀌었나 밝혀 내려는 듯 주의 깊게 둘러보았다. 〈허, 그 할아버지에 그 손녀로군. 저 애는 제정신일까?〉 하고 나는 생각했다. 그 아이는 여전히 말이 없었다. 그래서 나도 기다렸다.

「책을 가지러 왔어요!」 마침내 그 아이가 고개를 수인 채 중얼거렸다.

「아, 그래! 네 책들, 여기 있다, 받으렴! 이것들을 너를 위해 일부러 보관해 두었단다.」

그 아이는 호기심에 차서 나를 바라보았고, 마치 믿지 못해서 웃으려 한다는 듯 입술을 좀 이상하게 일그러뜨렸다. 그러나 곧 웃음의 싹이 사라지고 이전의 냉랭하고 수수께끼 같은 표정으로 바뀌었다.

「할아버지가 혹시 저에 대해 당신께 말한 것이 있나요?」 그 아이는 비꼬는 투로 머리부터 발끝까지 나를 훑어보며 입을 열었다.

「아니, 너에 대한 말씀은 없으셨어. 하지만 그는…….」

「그런데 어떻게 제가 올 거라고 생각하셨나요? 누가 말하던가요?」 그 아이가 재빨리 내 말을 끊으며 물었다.

「그거야 네 할아버지께서 다른 사람과 떨어져 이곳에 홀로 사실 수는 없었을 거라고 생각했기 때문이지. 그분은 매우 늙고 힘없는 노인이셨으니 누군가가 그에게 올 거라고 생각했지. 자 받아, 네 책이야. 그 책들로 공부하니?」

「아니오.」

「그럼 그 책이 무엇 때문에 필요하니?」

「할아버지께서 제가 드나들 때 가르쳐 주셨어요.」

「그럼, 너는 그 후로는 그에게 가지 않았었니?」

「그 다음에는 가지 않았어요……. 제가 몸이 아프기 시작했거든요.」 그 아이는 마치 변명하듯 덧붙였다.

「가족이 있니, 엄마, 아빠?」

소녀는 갑자기 눈썹을 찌푸렸고, 겁먹은 얼굴로 나를 쳐다보았다. 그 다음, 꼭 어제처럼 나의 물음에 대답도 하지 않고 고개를 숙인 채 말없이 몸을 돌리더니 조용히 방에서 나갔다. 나는 놀라서 눈으로 그 아이를 배웅할 뿐이었다. 갑자기 아이가 문지방에서 멈춰 섰다.

「할아버지는 어떻게 돌아가셨나요?」 소녀는 나가면서 얼굴은 문을 향한 채, 어제 아조르까에 대해 물을 때와 똑같은 몸짓과 행동으로 나를 거의 보지 않으면서 그렇게 물었다.

나는 그 아이에게 다가가서 짤막하게 이야기를 들려주기 시작했다. 그 아이는 나에게 등을 돌린 채 고개를 숙이고 말없이 주의 깊게 귀를 기울였다. 나는 노인이 임종시 6번가에 대해 이야기한 것을 아이에게 이야기해 주었다. 〈나는 그곳에 분명히 그의 친척 중의 누군가 살고 있을 것이라고 생각했고, 그래서 누군가가 그에 대해 물어보러 찾아오리라 짐작하고 있었단다. 그가 마지막 순간에 너를 생각한 것으로 보아 분명 너를 사랑하고 있었어〉 하고 나는 덧붙였다.

「아니오.」 소녀가 무의식적으로 중얼거렸다. 「사랑하지 않았어요.」

아이는 몹시 흥분했다. 이야기를 하면서 나는 그 아이에게 몸을 기울여 얼굴을 들여다보았다. 그리고 나는 그녀가 흥분을 억누르기 위해 대단한 노력을 기울이고 있음을 알아챘다. 분명 내 앞에서 자존심을 지키고 있는 것이리라. 그 아이는 더욱더 창백해졌고 자신의 아랫입술을 꼭 깨물었다. 그러나 특히 내 주의를 끈 것은 그 아이의 이상한 심장 고동 소리였다. 마침내 심장은 동맥류(動脈瘤)에서 보듯 두세 걸음 떨어져서도 들을 수 있을 만큼 더욱더 세차게 고동쳤다. 나는 그 아이가 어제처럼 갑자기 눈물을 터뜨리지는 않을까 하고 생각했다. 그러나 그 아이는 자신을 극복해 냈다.

「담이 어디 있나요?」

「무슨 담?」

「할아버지가 돌아가신 담장 말이에요.」

「나갈 때 보여 주마. 한데 네 이름이 뭐니?」

「필요 없어요……」

「무엇이 필요 없다는 거야?」

「필요 없어요, 아무것도 아니에요…… 이름이 없어요.」 아이가 화가 난 듯 불쑥 말을 토해 내고 나가려 했다. 나는 그 아이를 붙잡았다.

「기다려 봐, 이상한 아이로구나! 나는 좋은 의미로 말한 것인데. 나는 네가 어제 저기 계단 구석에서 울 때부터 딱해 보였단다. 무관심할 수가 없었어……. 게다가 네 할아버지는 내 품에 안겨 돌아가셨고, 6번가에 대해 말씀하셨을 때 그는 분명 너를 생각하셨어, 말하자면 나에게 너를 돌볼 것을 부탁하는 것처럼. 그는 내 꿈에도 나타나셨어……. 나는 이 책을 너를 위해 보관했는데, 너는 마치 내가 무섭기라도 한 듯 그렇게 낯을 가리는구나. 너는 분명히 몹시 가난한 고아일 거야. 아마 타인들 손에서 자랄 거야, 그렇지 않니?」

나는 아이를 열심히 설득했다. 그 아이의 어디에 그렇게 이끌렸는지는 모른다. 내 감정 속에는 연민 말고 무언가 또 다른 것이 있었다. 이 만남의 비밀스러운 성격 탓인지, 스미트에 의해 야기된 인상인지, 나 스스로의 환상적인 기분 때문인지는 몰랐으나, 무엇인가 불가항력적인 것이 나를 그 아이에게로 끌어갔다. 내 말이 그 아이의 마음을 움직인 것 같았다. 그 아이는 나를 이상하게 바라보았으나, 이미 그 시선은 냉랭하지 않았고 부드럽게 오랫동안 지속되었다. 그 다음 생각에 잠긴 듯 다시 시선을 바닥으로 떨구었다.

「엘레나예요.」 느닷없이 그 아이가 매우 낮게 속삭였다.

「네가 엘레나란 말이지?」

「네…….」

「그래, 어떠니, 앞으로 나에게 와주겠니?」

「아니오……, 모르겠어요……, 오죠.」 그 아이는 자신과 싸우듯 깊이 생각하면서 중얼거렸다. 이 순간 어디선가 벽시계가 울렸다. 그 아이는 몸을 떨며 설명할 수 없을 정도로 병적인 두려움을 띠고 나를 보며 속삭였다. 「몇 시죠?」

「열 시 반일 거야.」

그 아이는 놀라서 소리쳤다.

「맙소사!」 그 아이는 이렇게 말하더니 갑자기 달려나갔다. 그러나 현관에서 나는 다시금 그 아이를 붙들었다.

「그냥은 보내지 않겠다. 뭐를 무서워하는 거냐? 늦었니?」 내가 말했다.

「네, 네, 저는 몰래 나왔어요! 보내 주세요! 그녀가 저를 때릴 거예요!」 그 아이는 소리 질렀다. 필경 말해선 안 될 것을 말한 것이겠지만, 이렇게 말하고는 내 손을 빠져나갔다.

「잠깐 들어 봐, 기다려. 너 바실리예프스끼 섬으로 가는 거지. 나도 거기 13번가에 가야 해. 나도 늦었어. 마차를 타고 갈 거야. 함께 가지 않겠니? 내가 데려다 주마. 걸어서 가는 것보다 빨라……」

「제가 사는 곳에 절대로 오시면 안 돼요.」 소녀가 더욱 놀라서 소리쳤다. 아이는 내가 그녀의 집에 갈지 모른다는 그 생각만으로도 공포에 질려 얼굴 모습이 일그러졌다.

「말했잖니, 나는 내 볼일 때문에 13번가에 간다고, 내 집에 가는 것이 아니야! 나는 네 뒤를 따라가지 않아. 마차를 타면 빨리 도착할 거야. 가자!」

우리는 서둘러 밑으로 내려왔다. 나는 첫 번째로 만난 마차를 잡았다. 그것은 소름 끼치는 드로쉬끼[53]였다. 나와 함께 타기로 한 것을 보아 엘레나는 분명 매우 다급한 것 같았다. 가장 이해할 수 없는 것은 내가 감히 그녀에게 캐물을 수조차 없었다는 것이었다. 내가 그 아이에게 누구를 그렇게 두

---

[53] 드로쉬끼droshki는 도시에서 몰기에 적합한 가벼운 마차의 일종이다. 처음엔 바퀴 위에 좁고 긴 의자를 놓고 그 위에 말 타듯 걸터앉는 것이었는데 조금씩 더 편안하게 개조되었다.

려워하냐고 물었을 때, 그 아이는 손을 내젓다가 하마터면 마차에서 뛰어내릴 뻔했다. 〈무슨 비밀이 숨어 있는 것일까?〉 하고 나는 생각했다.

마차 속에서 그 아이는 매우 불편하게 앉아 있었다. 마차가 흔들릴 때마다 그 아이는 자신의 더럽고 작은, 피부가 터버린 왼손으로 내 외투를 잡았다. 다른 손으론 자신의 책을 꼭 쥐고 있었다. 모든 걸로 미루어 보아 그 책이 그녀에게 매우 귀중한 것이란 사실을 알 수 있었다. 그 아이가 몸을 바로 했을 때 살며시 발 하나가 드러났다. 몹시 놀랍게도 그 아이는 구멍이 난 신발을 양말도 없이 신고 있었다. 난 그 아이에게 아무것도 묻지 않겠노라고 마음먹고 있었지만 참을 수가 없었다.

「너 양말이 없니?」 내가 물었다. 「이렇게 습하고 추운 겨울날 어떻게 맨발로 다니는 거냐.」

「네, 없어요.」 그녀가 짤막하게 대답했다.

「아이고, 맙소사, 그래도 너는 누구든지 함께 사는 사람이 있을 거 아니니? 밖에 나갈 일이 있으면 다른 사람에게 빌려 신기라도 했어야지.」

「이대로가 좋아요.」

「그러면 병에 걸려 죽는다.」

「그럼 죽죠.」

그 아이는 대답하고 싶어하지 않는 듯했고 내 물음에 화가 난 것 같았다.

「바로 여기서 그가 돌아가셨어.」 내가 그녀에게 노인이 죽은 장소를 가리키며 말했다.

아이는 그곳을 주의 깊게 바라보고는 갑자기 나를 보며 애원조로 말했다.

「제발 제 뒤를 따라오지 마세요. 제가 찾아갈게요, 찾아갈게요! 가능하면 빨리 가도록 할게요!」

「좋아, 내가 이미 너를 따라가지 않을 거라고 말했지. 그런데 너는 누구를 두려워하니! 너는 참으로 불쌍하구나. 그냥 보고 있을 수가 없어……」

「저는 아무도 두려워하지 않아요.」 그녀는 성난 목소리로 대답했다.

「하지만 네가 좀 전에 말했잖니, 〈그녀가 저를 때릴 거예요!〉라고.」

「때리라고 하지요!」 대답하는 아이의 눈이 빛나기 시작했다. 「때릴 테면 때리라고 하죠!」 아이는 쓰디쓰게 되뇌었고, 어쩐지 경멸하듯 치켜 올라간 윗입술이 떨리기 시작했다.

마침내 우리는 바실리예프스끼 섬에 도착했다. 그 아이는 마차를 6번가 초입에서 세우게 하더니 불안한 기색으로 주위를 둘러보며 마차에서 뛰어내렸다.

「계속 가세요, 제가 찾아갈게요, 갈게요!」 그녀는 심한 두려움에 싸여 같은 말을 되풀이하며 자기를 따라오지 말라고 애원했다. 「빨리 가세요, 빨리!」

나는 계속 갔다. 그러나 강변 도로에서 몇 걸음 더 가서 마차삯을 치르고는 6번가로 돌아와 재빨리 거리의 반대편으로 뛰어 건너갔다. 나는 그 아이를 발견했다. 아이는 제법 빠르게 걸으며 계속 뒤돌아보았지만, 그리고 심지어 내가 따라오지 않나 잘 보기 위해 잠시 멈추어 서곤 했지만, 아직 멀리 벗어나지는 못하고 있었다. 그리고 나는 어떤 집 문 뒤에 몸을 숨겼기에 그녀는 나를 보지 못했다. 그 아이는 계속 걸어갔고 나는 도로 반대편에서 계속 그녀를 따라갔다.

나의 호기심은 극도로 고조되어 있었다. 처음에 나는 그 아이를 따라가지 않을 결심이었으나 어쨌든지 그녀가 어떤 집으로 들어가는지는 알고 싶었다. 나는 제과점에서 아조르까가 죽을 때, 그녀의 할아버지가 나에게 불러일으켰던 것과 비슷한, 무겁고 기이한 느낌을 받고 있었다.

4

우리는 계속 걸어 말리 대로(大路)[54] 부근까지 갔다. 아이는 뛰다시피 했다. 마침내 그 아이가 한 구멍가게로 들어갔다. 나는 멈춰서 아이가 나오기를 기다렸다. 〈가게에서 물건을 사는 것은 아니겠지〉 하고 나는 생각했다.

실제로 잠시 후 그 아이가 나왔는데, 책은 이미 그녀의 손에 들려 있지 않았다. 아이의 손에는 책 대신 일종의 점토로 만든 찻잔이 들려 있었다. 조금 더 가서 그 아이는 어떤 초라한 집 대문으로 들어갔다. 집은 작고 낡은 2층 벽돌집이었는데, 칙칙한 누런색으로 칠해져 있었다. 전부 세 개인 아래층 창문들 가운데 하나에는 장의사의 간판을 대신해 보잘것없는 붉은색의 작은 관이 튀어나와 있었다. 위층의 창문들은 매우 작은 정사각형에다 흐릿하고 녹색을 띤, 금이 간 유리가 끼워져 있었고, 유리를 통해 장밋빛의 옥양목 커튼이 비쳤다. 내가 거리를 가로질러 그 집에 다가가서 대문 위를 바라보니

[54] 바실리예프스끼의 주요 거리들 중 하나로 강을 따라 나 있고 도심을 향해 있으며 과학 시설들과 아카데미 건물들이 서 있다.

〈상인 부브노바의 집〉이라는 양철 간판이 걸려 있었다.

그러나 내가 그 간판을 읽는 순간 갑자기 부브노바의 집 마당에서 째질 듯한 여인의 음성에 뒤이어 욕설이 터져 나왔다. 나는 쪽문으로 들여다보았다. 목조 현관 계단 위에 밝은색 비단 모자를 쓰고 녹색 숄을 두른, 상인 아낙의 복장을 한 뚱뚱한 여인이 서 있었다. 그녀의 얼굴은 혐오스러운 적자색이었다. 작고 짓무르고 충혈된 눈은 악의로 번뜩였다. 그녀는 오전임에도 불구하고 이미 취해 있음이 분명했다. 그녀는 자기 앞에 찻잔을 든 채 얼어붙은 듯 서 있는 가여운 엘레나에게 소리를 지르고 있었다. 계단 밑, 적자색 여인의 등뒤에서 헝클어진 머리에 흰색과 붉은색을 얼굴에 마구 칠한 한 여자가 쳐다보고 있었다. 이내 아래층으로 나 있는 계단 위의 문이 열리고, 그 계단 위에 아마도 그 외침에 이끌려 나온 듯한 허름하게 차려입은 단정하고 평범한 외모의 중년 여인이 나타났다. 반쯤 열린 문으로 2층에 사는 다른 주민들, 즉 한 노쇠한 노인과 소녀가 머리를 내밀었다. 아마도 미슘인 듯한 크고 우람한 체격의 남자가 마당 한가운데에서 빗자루를 손에 들고 선 채 이 모든 장면을 권태롭게 바라보고 있었다.

「아, 이런 저주받을 계집, 거머리, 빈대만도 못한 것 같으니라고!」 여인은 쉬지도 않고 헐떡거리기까지 하면서 자신이 알고 있는 온갖 욕지거리를 퍼부으며 날카롭게 소리 질렀다. 「내가 널 돌봐 주는 데 이렇게 보답하니, 이 폐물 단지야! 오이를 사러 보냈더니, 아 그래, 슬그머니 사라져! 사러 보낼 때 사라질 거라 예감했지. 내 속이 터져, 터져! 엊저녁 앞머리를 죄다 뽑아 놨건만, 아 오늘도 빠져나갔네! 그래 어디를 쏘다니니, 이 방종한 계집아, 어디를 쏘다녀! 누구한테 다니니, 이 저주받을 화상아, 퉁방울눈의 악당아, 원수야, 누구한테 갔다 왔니! 말해, 쌍것아, 그렇지 않으면 여기서 목을 졸라 버리겠어!」

흥분한 여인이 가여운 어린것에게 달려들었지만, 계단 위의 문에서 내려다보고 있는 2층에 사는 여인을 보자 갑자기 멈추고는, 마치 그녀를 그 가엾은 희생물이 저지른 경악할 만한 짓거리에 대한 증인으로 삼으려는 듯, 그녀에게 몸을 휙 돌리고 손을 휘두르며 전보다 더 날카롭게 외쳤다.

「이 애 어미는 죽었어! 당신들, 선한 사람들이 더 잘 알겠지! 저 애 혼자 땡전 한 푼 없이 남았어. 난 당신들이 저 애를 거두는 걸 봤어. 이미 자신도 먹을 게 하나도 없는 사람들이 〈그렇다면 내가 성 니콜라스의 뜻을 받들어 고통을 나누어야지, 저 고아를 받아들여야겠어〉라고 생각했지. 그래서 받아들인 것이고, 그런데 당신들은 어떻게 생각해요? 내가 벌써 두 달이나 이 아이를 돌봤소, 이 두 달 동안에 저 애는 내 피를 빨아먹었고 내 살을 쏠았소! 거머리! 방울뱀! 집요한 악귀! 저 계집애는 언제나 입을 다물고 있어, 때릴 테면 때려라, 버릴 테면 버려라 하는 듯이, 언제나 입을 다물고 있어. 마치 물이라도 입에 문 듯이! 내 가슴을 찢어 놓고 입을 다물어요! 너는 자신을 뭐라고 생각하니, 훌륭한 어르신네로? 녹색의 추한 사람으로? 내가 없었다면 너는 아마 거리에서 굶어 죽었을 거야. 너는 내 발을 씻기고 그 물을 마셔야만 해. 이 쓰레기, 쓸모없는 프랑스 잡것 같으니. 내가 없었으면 넌 벌써 죽었을 거야!」

「그런데 안나 뜨리포노브나, 왜 그렇게 흥분하시나요? 저 애가 또 무슨 일로 당신을 화나게 했나요?」 격분한 심술궂은 여인이 몸을 돌려 바라보았던 그 중년 여인이 정중하게 물었다.

「무슨 일로라니, 여보시오, 무슨 일로라니? 내 뜻을 거스르는 건 난 못 참아! 속으로 뭐라 하든 내 말을 들어야 해, 나는 그런 사람이오! 그런데 저 계집애가 오늘 나를 거의 잡아 처먹었어. 아, 오이를 사오라고 가게에 보냈는데 세 시간이 지나서야 돌아왔단 말이오! 보내면서 예감했지만. 내가 속이 터져, 터지고 터져! 애가 어디 갔지? 어디를 갔을까? 어떤 보호자라도 찾은 건가? 내가 잘해 주지 않았던가? 나는 저 애의 지저분한 어미에게 14루블의 빚을 면제해 주고 내 돈으로 장례를 치러 주었고 악마 새끼 같은 딸의 양육을 맡았다고! 당신이 알잖아, 잘 알잖아! 그런데도 내가 저 애를 잡아 족칠 수 없다는 거야? 저 애는 내 말을 들어야만 한다는 것을 알아야 해, 그런데 말을 듣기는커녕 어긋나기만 하고 있어! 나는 저 애의 행복을 원했어. 나는 저 애에게, 저 더러운 계집애에게 모슬린 옷을 입히고 백화점에서 부츠까지 사서 공주님처럼 만들었다고! 저 애는 기뻐해야 했어! 당신들은 어떻게 생각하시오, 선한 이들! 그런데 이틀 새에 저 애는 옷을 전부 찢어서 조각내어 넝마로 만들어 버리고 저 꼴로 다녀요, 저 꼴로! 당신들은 어떻게 생각하시오, 저 애는 일부러 옷을 찢어 버렸어. 거짓말이 아니오, 내가 내 눈으로 보았다고! 〈무명옷 입고 다닐래, 모슬린 옷은 원치 않아〉 하고 말하더군. 그때 저 애에 대한 나의 마음은 식어 버렸고, 저 애를 흠씬 때려 준 다음 의사를 부르고 돈을 지불했소. 너 같은 건 죽도록 패야 해, 이 서캐 같은 년, 그저 일주일 동안 먹을 것을 주지 말아야 해. 내가 이 계집애한테 벌로 바닥 닦는 일을 시켰소.

그런데 어쨌는지 아시오. 바닥을 닦았지, 저 원수가, 바닥을 닦았어! 내 가슴에 불을 지르면서 저 애가 바닥을 닦더라니까! 〈그래, 저 애가 나한테서 도망치겠군〉 하고 생각했소. 그리고 그렇게 생각하자마자, 보세요, 어제 도망갔었잖소! 당신들, 선한 사람들도 들었을 거요. 어제 내가 저 애를 어찌나 때렸는지 손이 다 부르틀 지경이라니까. 난 양말과 신발을 빼앗아 버렸소. 맨발로 나가지는 못하겠거니 했지. 그런데 오늘도 빠져나갔잖아! 어디 갔었니? 말해! 누구한테 하소연을 했니, 싸가지 없는 것아, 누구한테 내 험담을 늘어놓았니? 말해, 이 집시야, 후레자식아, 말해!」

그리고 나서 그녀는 양손을 치켜 들고 겁에 질려 넋이 나간 소녀에게 달려들어서는 머리채를 잡아 바닥에 내동댕이쳤다. 오이가 든 그릇이 한쪽으로 날아가 깨져 버렸다. 그릇 깨진 것이 술 취한 독부(毒婦)의 광기를 증폭시켰다. 그녀는 자신의 희생물의 머리와 얼굴을 마구 때렸다. 그러나 엘레나는 끈질기게 침묵했다. 한 마디의 소리도, 한 마디의 외침도, 한 마디의 애원도 입 밖에 내지 않았다. 심지어 주먹으로 마구 맞으면서도. 나는 정신이 나갈 정도로 분개해서 술 취한 여인을 향해 곧장 마당으로 뛰어들었다.

「당신 무슨 짓을 하는 겁니까? 어찌 가엾은 고아를 이렇게 다룰 수 있는 겁니까!」 나는 이렇게 외치며 그 고약한 여인의 팔을 움켜잡았다.

「이게 무어야? 당신은 누구야?」 그녀는 으르렁대며 엘레나를 밀치고 나서 팔을 허리춤에 갖다 붙였다. 「무슨 일로 내 집에 침입했소?」

「당신의 잔인함이 나를 이리로 이끌었소!」 내가 소리쳤다.

「어찌 가엾은 어린것을 이렇게 학대할 수 있단 말이오? 이 아이는 당신 아이가 아니잖소. 나는 다 들었소, 그 아이는 단지 당신이 거두어들였을 뿐이며 고아라고……」

「하느님, 맙소사!」 고약한 여인이 부르짖었다. 「하느님, 맙소사! 당신이 누군데 이 일에 끼어드는 거요? 당신 저 아이와 함께 이리 왔지, 그렇지? 당장 관할 경찰서장에게 사람을 보내겠소! 안드론 찌모페이치는 나를 점잖은 사람으로 여기고 존중하오! 그 애가 당신에게, 당신 집에 갔었지? 당신은 누구요? 누구기에 남의 집에 들어와 소란을 피우는 거요? 죽고 싶어!」

그리고 그녀는 주먹을 쥐고 나에게 달려들었다. 그러나 이 순간 갑자기 귀청을 찢는 듯한 소름 끼치는 비명이 울려 퍼졌다. 나는 그쪽을 바라보았다. 정신 나간 듯 서 있던 엘레나가 갑자기 기괴한 비명과 함께 땅바닥에 쓰러져서 무서운 발작을 일으켰다. 그녀의 얼굴은 일그러져 있었다. 간질 발작을 일으킨 것이다. 헝클어진 머리의 소녀의 이래층에서 나온 여인이 달려가 그녀를 일으켜 세워서는 서둘러 2층으로 데려갔다.

「죽을 테면 죽어라, 이 저주받을 것!」 그 뒤에 대고 여인이 악을 썼다. 「한 달 새 벌써 세 번째 발작이라니…… 나가요, 악한 같으니!」 그리고 그녀는 다시 나에게 달려들었다.

「자네 거기 왜 그렇게 서 있나? 돈 받는 값을 해야지?」

「가시오! 가시오! 호된 꼴을 보시게 될 거요.」 그 머슴은 권태롭고 낮은 소리로 귀찮은 듯 말했다. 「상관없는 일에 끼어들지 말고 어서 가시오!」

나는 어쩔 수가 없었다. 나는 내가 나타난 것이 아무런 도움도 주지 못했다고 깨달으며 대문을 나섰다. 그러나 분노가 끓어올랐다. 나는 대문 앞 보도에 멈추어 서서 쪽문을 통해 안을 들여다보았다. 내가 나오자마자 여인은 2층으로 쫓아 올라갔고, 머슴도 자기 일을 보고 나서 역시 어디론가 사라졌다. 잠시 후 엘레나를 옮기는 것을 도와주었던 여인이 아래층 자기 집으로 가기 위해 현관에서 나왔다. 그녀는 나를 발견하고는 멈춰 서서 호기심 어린 눈으로 나를 쳐다보았다. 그녀의 착하고 온화한 얼굴이 나를 움직였다. 나는 다시 마당으로 들어서서 곧장 그녀에게로 갔다.

「실례합니다만,」 내가 먼저 말을 걸었다. 「그 소녀는 누구며 그 흉악한 여인은 아이에게 어떻게 하고 있습니까? 바라건대 제가 그저 단순한 호기심에서 캐묻는 것이라고는 생각지 마십시오. 나는 그 소녀를 어떤 일로 만난 적이 있는데, 그 소녀에 대해 매우 관심이 많습니다.」

「당신이 진정 관심이 있으시다면, 그 애가 여기서 더 망가지기 전에 그 애를 거두시든가 아니면 좋은 자리를 찾아 주세요.」 그녀는 달갑지 않은 듯 이렇게 말하고 나로부터 되도록 멀리 떨어지려는 몸놀림을 취했다.

「그러나 만일 당신이 저에게 말씀을 해주시지 않으면, 제가 무슨 일을 할 수 있겠습니까? 말씀드리지만 저는 아무것도 모릅니다. 저 여인은 부브노바 씨고 분명 이 집의 주인이죠?」

「네, 집주인이에요.」

「어떻게 해서 저 소녀가 그녀에게 오게 되었나요? 그 애의 어머니가 여기서 세상을 떠났나요?」

「예, 그렇게 해서 여기에 오게 되었지요……. 우리와는 상관없는 일이에요.」 그리고 그녀는 다시금 가려 했다.

「제발 부탁합니다. 말씀드리지만, 이 일에 저는 관심이 매우 많습니다. 제가 아마도 그 애를 위해 무언가를 할 수 있을 겁니다. 그 소녀는 누군가요? 누가 그 애의 어머니였지요? 당신은 아시지요?」

「외국에서 온 것 같았어요. 아마 외국인이었을 거예요. 우리 집 아래층에서 살았죠. 중병을 앓았는데, 폐병으로 죽었어요.」

「지하실 구석에 살았다면 몹시 가난했겠군요?」

「찢어지게 가난했죠! 보기가 딱할 지경이었어요. 우리도 겨우겨우 살아가죠. 그런데 여기서 5개월 사는 동안 우리한테도 6루블을 빚졌답니다. 우리가 장례도 치러 주었죠. 게다가 제 남편이 관도 짰어요.」

「그런데 어째서 부브노바는 자기가 장례를 치러 주었다고 말하고 있죠?」

「어이가 없군요. 그녀가 하지 않았어요!」

「그녀의 성은 무엇이있나요?」

「발음을 못하겠어요. 어려운 이름이었어요. 독일 이름일 거예요.」

「스미트?」

「아니, 그것은 아니었어요. 어쨌든 안나 뜨리포노브나가 그 후에 고아를 거두었지요. 양육을 위해서라고 말을 했지만, 그런데 그것이 도대체 그렇지가 않아요……」

「분명 무슨 목적이 있어서 거두었군요?」

「그녀는 좋지 않은 일을 해요.」 그녀는 말을 해야 하나 말아야 하나 생각하면서 주저주저 대답했다. 「우리하고 무슨 관계가 있나요, 우리는 남인 걸요……」

「입 닥치고 있지 못해!」 갑자기 우리 뒤에서 남자 목소리가 들렸다. 목소리의 주인공은 잠옷을 입고 그 위에 까프딴[55]을 걸쳐 입은 초로의 남자였다. 그는 겉으로 보아 수공업자였고 내 대화 상대자의 남편이었다.

「여보시오, 우린 당신에게 해줄 말이 없어. 우리하곤 관계 없는 일이오……」 그는 곁눈질로 나를 보며 말했다. 「당신은 들어가! 안녕히 가시오, 손님, 우리는 장의사요. 우리 직업과 관련하여 도움이 필요하시다면, 최고로 잘해 드리겠소……. 그 외에 우리는 당신과 거래할 것이 없어요……」

나는 깊은 생각과 극도의 흥분에 잠겨 이 집을 떠났다. 나는 아무것도 할 수 없었지만, 이 상황을 그대로 두고 볼 수밖에 없다는 것은 나에게 큰 고통이었다. 장의사 부인의 몇 마디는 특히 내 마음에 걸렸다. 여기에는 뭔가 좋지 않은 일이 숨겨져 있다는 예감이 들었던 것이다.

내가 머리를 숙이고 생각에 잠겨 걸어가는데 갑자기 내 이름을 부르는 날카로운 목소리가 들렸다. 고개를 들어 보니 내 앞에 거의 몸을 가누지 못하는 취한(醉漢)이 서 있었다. 그는 제법 깨끗하게 차려입었지만, 그의 외투는 남루했고 모자는 더러웠다. 그의 얼굴은 매우 낯이 익었다. 나는 그를 자세히 들여다보았다. 그는 나에게 눈을 찡긋하며 조롱하는 듯이 웃었다.

「몰라 보겠어?」

---

55 까프딴은 러시아의 전형적인 의복으로서 허리가 꼭 끼고 파란색이나 검정색의 자락이 달린 긴 외투이다. 〈러시아 식으로〉 옷을 입는 사람들은 까프딴을 입고 다녔으며 〈독일 식으로〉(여기서 독일은 넓은 의미로 외국을 의미함) 차린 사람들은 프록코트를 입었다.

5

「아! 마슬로보예프 아냐!」 나는 그의 얼굴에서 현(縣)의 중학교 시절 옛 친구의 모습을 찾아내고 소리쳤다. 「허, 이렇게 만나다니!」

「그래! 한 6년 못 만났군. 아니 만나기는 했지, 그런데 각하께서는 한번도 눈길을 안 주시더군. 자네는 이제 지체 높은 분이시니까, 지체 높은 문인이야!」 이 말을 하며 그는 비웃듯 미소 지었다.

「아니, 마슬로보예프, 자네 무슨 실없는 소리야.」 내가 그의 말을 끊었다. 「우선 지체 높은 분들은, 설령 문학적으로 지체 높은 분일지라도 나와는 모습이 다르고, 둘째 이 말을 하도록 허락해 주게, 사실 내가 자네를 두어 번 거리에서 본 것이 기억 나는데, 자네 스스로가 분명 나를 피했어. 나는 누가 나를 피한다면, 그에게 다가가지 않네. 내가 무엇을 생각하는지 알겠는가? 만일 자네가 지금 취하지 않았다면, 자네는 지금 나를 불러 세우지 않았을 걸세. 그렇지 않나? 어쨌든 반갑네! 여보게, 자네를 만나서 무척 기쁘네.」

「정말? 나의…… 이런 단정치 못한 모습이 자네를 망신시키는 것은 아닌가? 물어볼 필요가 없지, 중요한 일이 아닌데. 나는 아직 자네가 얼마나 훌륭한 소년이었나 잘 기억하네, 바냐. 자네 나 때문에 벌받은 것을 기억하나? 자네는 입을 다물고 고자질하지 않았었지. 그런데 나는 자네에게 고마워하기는커녕 일주일이나 자네를 놀렸지. 자네는 순결한 마음의 소유자야! 반갑네, 여보게, 반가워! (우리는 입을 맞추었다.) 나는 이미 여러 해를, 밤낮으로 고독하고 비참한 생활을 해

오고 있지. 세월은 흐르지만 나는 옛날을 잊지 않아. 잊혀지지가 않지! 자네는, 자네는 어떤가?」

「나? 나도 고독하고 비참한 생활을 하지…….」

그는 술로 인해 심약해진 인간의 측은함을 띠고 나를 오랫동안 바라보았다. 그러나 그는 그것이 아니라도 매우 선량한 사람이었다.

「아니, 바냐, 자네는 나와는 달라!」 그가 마침내 비탄조로 말했다. 「나는 자네 소설을 읽었네, 바냐, 읽었다고! 그래 들어 봐, 터놓고 얘기 좀 하세! 바쁜가?」

「바쁘네, 자네에게 고백하는데, 나는 지금 어떤 일 때문에 극도의 혼란에 빠져 있다네. 그건 그렇고, 자네가 어디 사는지 이야기하는 편이 더 낫겠네.」

「말해 주지. 그런데 그게 더 나은 것은 아냐. 무엇이 더 나은지 말해 줄까?」

「그래, 뭔데?」

「저거야! 보이나?」 그는 우리가 서 있는 곳으로부터 열 걸음쯤 떨어진 곳에 있는 간판을 가리켰다. 「보이지, 제과점 및 레스토랑, 간단히 말해 레스토랑인데, 좋은 주점이야. 자네에게 미리 말해 두네만 아주 좋은 주점이고, 보드까 맛은 말할 것도 없지! 끼예프로부터 온 거야! 난 자주 마시니까 잘 알지. 저기선 나에게 감히 나쁜 것을 내놓지 못해. 그들은 필립 필리뽀비치가 누군지를 알아. 내가 필립 필리뽀비치잖아. 어때? 자네, 얼굴을 찡그리는군? 아냐, 끝까지 말하게 해줘. 지금 보니까 11시 15분이군. 좋아, 딱 11시 35분에 자네를 보내 주지. 그때까지 한잔하세. 옛 친구를 위해 20분만, 됐나?」

「딱 20분이라면, 괜찮네. 왜냐하면 정말로 볼일이 있어⋯⋯.」

「괜찮다면 됐네. 하지만, 두 마디만 먼저. 자네 별로 좋아 보이지 않는군, 방금 무슨 일로 단단히 비위가 상한 얼굴이네, 그렇지 않은가?」

「맞네.」

「내가 알아맞혔군. 여보게, 나는 지금 관상학에 홀딱 빠져 있다네. 그것도 어엿한 일이지! 가세, 얘기 좀 하세. 20분 동안에 우선 차인스끼 제독[56] 주를 마시고, 자작나무 술을 마시고, 그 다음 왜당귀 술을, 그 다음 등자나무 술을, 그 다음 아름다운 사랑 parfait amour을, 그 다음⋯⋯ 또 무엇이든지 생각나겠지. 나는 술꾼이네, 친구여! 오로지 주일마다 예배 전에만 말짱하지. 자네는 나 때문에 마실 필요는 없네. 단지 자네가 있어 주기만 하면 돼. 마신다면 더욱 좋지. 가세! 몇 마디 말을 주고받고, 다시 10년 후를 기약하며 헤어지세. 나는 자네에겐 안 어울려, 바냐!」

「수다떨지 말게, 그보다 빨리 가세. 20분을 기꺼이 자네에게 할애하겠네, 그 다음은 순순히 놔줘야 해.」

레스토랑에 가기 위해서는 두 개의 층계참으로 되어 있는 목조 계단을 따라 2층으로 올라가야 했다. 그러나 계단에서 우리는 돌연 매우 취한 두 명의 취객과 마주쳤다. 우리를 보자 그들은 비틀거리며 길을 내주었다.

그들 중의 한 사람은 아직 어리고 젖비린내 나는 소년으로, 겨우 돋아나기 시작한 콧수염이 있었으며 표정이 꽤나 둔했다. 그는 멋쟁이 차림이었지만, 마치 남의 옷을 입은 듯

---

56 11시 해군 장성 회의 후 뾰뜨르 대제와 회의 참가자들이 술을 마시는 관습이 있었다. 그래서 익살맞은 표현 〈제독의 시간〉이 나왔다.

어쩐지 우스꽝스러웠다. 손가락에 값비싼 가락지를 끼고 있었고, 넥타이에는 값비싼 핀이 꽂혀 있었으며, 이마 위로 높이 올려 빗은 머리는 아주 바보 같았다. 그는 연방 미소 지으며 히죽거리고 있었다. 그러나 그의 동료는 이미 오십 정도 되어 보였고, 뚱뚱하고 배가 불룩 나왔으며, 상당히 허술한 복장을 하고 있었다. 넥타이에는 그도 역시 큰 핀을 꽂고 있었다. 그는 대머리에다 부석부석하고 술 취한 붉은 얼굴의 소유자였는데, 코에는 단추 모양의 안경을 걸치고 있었다. 그의 얼굴 표정은 악하고 호색적이었다. 추저분하고 악하고 의심 많은 눈은 지방질에 깊이 파묻혀 마치 터진 틈을 통해 내다보는 것 같았다. 그들 둘 다 마슬로보예프를 아는 것 같았는데, 뚱뚱한 사람은 우리와 마주치자 비록 잠시지만 얼굴을 찡그렸으며, 젊은 사람은 일종의 공손하고 달콤한 미소를 지었다. 그는 쓰고 있던 모자마저 벗었다. 그는 테 없는 모자를 쓰고 있었다.

「실례합니다, 필립 필리뽀삐치.」 그가 마슬로보예프를 다감하게 바라보며 웅얼거렸다.

「뭐야?」

「미안…… 저…… (그는 옷깃을 튕겼다.) 저 안에 미뜨로쉬까가 있습니다. 그 녀석이 와 있어요, 필립 필리뽀삐치, 그 더러운 놈이!」

「무슨 일이 있나?」

「네, 그럴 일이……. 여기 그를(그는 고갯짓으로 자기 동료를 가리켰다) 지난주에 바로 저 미뜨로쉬까의 사주로 어떤 놈들이 천한 자리에서 얼굴 전체에 스메따나[57]를 발라 버렸어요……. 히!」

그의 동료는 화가 나서 팔꿈치로 그를 찔렀다.

「그런데 당신이 우리와 뒤소[58]에서 반 다스를 비우면 좋겠는데, 필립 필리뽀삐치, 자리를 같이 해 주시겠어요?」

「아니, 여보게, 지금은 안 되겠네, 일이 있거든.」 마슬로보예프가 대답했다.

「히! 나도 당신과 이야기하고 싶은 일이 있어요…….」 동료가 다시 팔꿈치로 그를 찔렀다.

「다음에, 다음에!」

마슬로보예프는 분명히 그들을 보지 않으려 애썼다. 우리가 첫 번째 방에 들어서자 매우 깨끗한 진열대가 그 방의 길이만큼 가로놓여 있었고, 그 위에는 갖가지 안주와, 난로 밑창에서 구운 삐로그,[59] 속을 내놓은 만두 그리고 여러 가지 색의 술이 담겨 있는 목이 긴 병들이 진열되어 있었다. 들어서자마자 마슬로보예프는 재빨리 나를 구석으로 끌고 가서 말했다.

「젊은 친구는 상이의 아들 시조브류호프인데, 그의 부친은 유명한 미곡상이었지. 그는 아버지로부터 50만 루블을 물려받았는데, 파리에 가서 거액을 낭비하느라 아마 전부 탕진했을 거야. 그런데 아저씨한테서 또 유산을 물려받고 파리에서 돌아왔네. 지금은 남은 돈을 탕진하고 있지. 분명 1년 뒤에는 거지 신세가 될 거야. 그는 거위처럼 멍청하고, 좋은 레스토랑과 지하 주점 그리고 선술집을 돌아다니며 여배우들과 교

---

57 크림의 일종.
58 뻬쩨르부르그의 프랑스 식당.
59 고기와 야채를 다져 속을 한 러시아 식 만두. 손바닥만한 크기로 납작한 모양이다.

제하고, 경기병 입대를 지원했지. 얼마 전에 원서를 제출했다더군. 다른 친구, 나이 먹은 사람은 아르히뽀프야, 그 역시 상인인지 지배인인지 그렇다는데, 주류 독점권을 좇아 싸다니고 있지. 사기꾼이고 교활한 인간이며, 지금은 시조브류호프의 동료야. 유다와 폴스태프가 만난 격이지. 통틀어 두 번의 파산을 했고, 여러 가지 나쁜 버릇을 가진 끔찍스럽게 추잡한 인간이야. 이런 점에서 나는 그의 범죄적 거래를 알고 있지. 그는 교묘하게 거기서 벗어났다네. 한 가지 점에서는 지금 내가 여기서 그를 만나 매우 기쁘네. 그를 기다렸거든……. 물론 아르히뽀프는 지금 시조브류호프를 벗겨 먹고 있는 중이지. 그는 다양한 하급 술집을 많이 알고 있고, 이런 부류의 젊은 이들에게는 그가 소중한 존재야. 나는, 여보게, 오래전부터 저 친구에게 본때를 보여 주려 했다네. 저기 괜찮은 조끼를 입고 있는 힘센 미뜨로쉬까도 같은 생각이지, 저기 창가에 서 있는 집시 얼굴을 한 사람 말일세. 저 미뜨로쉬까는 말 장수로 이곳의 모든 경기병들과 아는 사이지. 자네에게 말해 주겠는데, 그는 대단한 협잡꾼이야. 자네 코앞에서 지폐를 바꿔치기 하는데, 설령 자네가 그것을 직접 본다 해도 어찌 됐든 자네는 그와 지폐를 교환하고 말 거야. 그는 조끼를 입고 다니는데, 물론 벨벳으로 된 것이지. 그는 슬라브주의자[60]를 닮았어(내 견해로는 그에게 썩 잘 어울려). 그러나 그에게 지금 우아한 프록코트와 그에 따르는 모든 것을 갖추어 주고, 영국

---

60 슬라브주의자들은 러시아의 발전은 슬라브 전통에 충실할 때 이룰 수 있다고 믿는 사람들로서 기꺼이 순수한 러시아 의복만을 입었다. 1840년대 슬라브주의의 이론가 중 한 사람인 K. S. 악사꼬프는 러시아 복장에 수염을 달고 다녔다.

클럽[61]에 데리고 가서 〈대지주 바라바노프 공작이십니다〉 하고 말해 보라지. 그러면 거기서 그는 좌중을 두 시간 동안 속이며 휘스트 카드 놀이를 할 거야. 그리고 공작처럼 말하면 아무도 눈치를 채지 못할 테고, 그는 결국 사람들을 속여넘길 거야. 그는 결국 좋지 않은 종말을 맞게 될 거야. 그래, 이 미뜨로쉬까가 저 배불뚝이를 벼르고 있지, 왜냐하면 미뜨로쉬까는 지금 돈이 말랐고 배불뚝이가 옛 친구인 시조브류호프를 채어 갔기 때문이지. 그가 미처 계획을 짜내기도 전에 말야. 그들이 조금 전에 레스토랑에서 만났다면, 분명 어떤 사건이 일어났을 거야. 나는 이미 무슨 일인지 알고 있어. 그리고 다른 사람 아닌 미뜨로쉬까 자신이 나에게 아르히뽀프와 시조브류호프가 이곳에 올 거라고, 무슨 좋지 않은 일로 근처에서 배회한다고 알려 주었을 것이라 추측하네. 나는 아르히뽀프에 대한 미뜨로쉬까의 증오를 이용하려 하네, 나한테 그럴 만한 까닭이 있거든. 그리고 그 일로 해서 나도 여기에 왔네. 나는 미뜨로쉬까에게 내색하지 않을 거야, 그러니 자네두 그를 자세히 보지 말게. 우리가 여기서 나가면, 그 자신이 아마 나에게 다가와서 내가 듣고 싶은 것을 말해 줄 걸세……. 그럼 가세, 바냐, 우리는 다른 방으로 가는 거야.」 그가 급사를 보며 말을 이었다. 「아, 스쩨빤, 내가 무엇을 원하는지 자네 알지?」

「압니다.」

---

61 뻬쩨르부르그와 모스끄바에 있던 귀족 클럽의 명칭. 예까쩨리나 2세 때 그 이름이 말해 주는 바처럼 영국인들에 의해 세워져서 19세기에 번성하였다. 뿌쉬낀, 쥬꼬프스끼, 끼릴로프, 스뻬란스끼, 알렉산드르 1세의 자유 대신 등이 그 회원이었다.

「들어주겠나?」

「그럼요.」

「부탁하네. 앉게, 바냐. 자네 왜 나를 그렇게 보는가? 자네가 나를 살피고 있지 않나! 놀라운가? 놀라지 말게. 사람들에겐 꿈에서도 결코 본 적 없는 일들이 일어날 수 있어. 특히 그때…… 적어도 우리가 코르넬리우스 네포스[62]를 기계적으로 외울 때는 생각지도 못한 일들이! 나를 믿게나, 바냐. 설사 마슬로보예프가 올바른 길에서 벗어났더라도, 그의 마음은 여전히 건전하고, 단지 상황이 변한 것뿐이야. 비록 내가 검댕을 쓰고는 있지만 다른 사람보다 더 추하지는 않아. 나는 의학을 공부하기 시작했지, 그리고 국문학 교사가 되려 했고 고골에 대해서 논문까지 썼지. 그리고 금광업자가 되려고도 했어. 결혼도 할 뻔했네, 사람은 호사를 원하거든. 그녀도 동의했지, 비록 그녀의 집에는 행복이 넘쳐서 어느 누구도 미끼를 가지고도 고양이조차 꾀어내지 못했을 정도지만. 나는 결혼식까지 하려 했고 튼튼한 장화 한 켤레를 빌리려 했는데, 내 장화는 이미 1년 반 전에 구멍이 나 있었기 때문이었지……. 그러나 나는 결혼하지 못했어. 그녀는 교사에게 시집갔고, 그리고 나는 회계 사무실에서 근무하기 시작했지, 은행 사무실이 아니고 그냥 회계 사무실이야. 그럼으로써 나는 다른 길로 접어든 것이지. 시간은 흘러갔고, 비록 내가 지금 근무는 하고 있지 않지만, 수입은 그런대로 괜찮아. 뇌물을 받고는 있지만 난 정의의 편에서 일하네. 즉 약게 처신하

---

[62] 고대 로마의 전기 작가. 그리스와 로마의 저명한 정치가 문인들의 생애를 성격이나 공적에 중점을 두어 간결하게 묘사하였다. 『카토 전기』, 『아티쿠스 전기』, 『키케로 전기』 등의 작품이 있다.

는 거지. 나는 한 가지 법칙을 좇네. 예를 들면 나는 독불장군은 없다는 것을 알고 내 일을 하네. 내 일은 주로 비밀스러운 성격을 띠고 있네……. 이해하겠는가?」

「자네는 일종의 비밀 경찰 아닌가?」

「아니, 본래는 아니야. 어떤 다른 일에 종사하지. 그런데 부분적으로는 공적이고, 부분적으로는 사적인 일이야. 나는 술을 마시네. 그러나 내 총기를 아직 술로 버리지 않은 까닭에 미래에 어떤 것이 나를 기다리고 있는지 아네. 내 시간은 흘러갔네. 검은 개를 목욕시킨다고 희어지지는 않지. 그러나 한 가지만 말하지. 만일 내가 가끔이라도 올곧은 인간으로서 생각하지 않는다면, 나는 오늘 아마 자네에게 접근하지 않았을 걸세, 바냐. 자네가 옳네. 나는 전에 자네와 여러 번 마주쳤고 자네를 보았네. 여러 번 자네에게 접근하고 싶었지만, 감히 하지 못하고 언제나 뒤로 미루었네. 나는 자네에게 견줄 수 없어. 자네가 옳게 말했어, 오늘 다가간 것은 술에 취한 탓이었을 거야. 하지만 이것들 모두 아주 쓸데없는 일이야. 나에 대한 이야기는 끝내기로 하세. 자네 이야기를 하는 것이 더 나을 거야. 자, 여보게, 나는 자네 책을 읽었네! 끝까지 읽었다고! 자네의 처녀작에 대해 말하는 거야. 내가 그것을 끝까지 읽었을 때, 나는 거의 올바른 사람이 될 뻔했지! 하지만 난 심사숙고한 다음 천한 사람으로 남기로 했지. 그래서…….」

그러고 나서도 그는 나에게 많은 이야기를 했다. 그는 점점 취해 가면서 거의 눈물마저 흘릴 듯 심하게 마음의 동요를 보였다. 마슬로보예프는 언제나 멋있는 소년이었지만, 언제나 엉큼했고 어느 정도는 과도하게 성숙해 있었다. 이미 중학교 시절부터 그는 교활하고 노회하고 내숭을 떠는 데다 간사한 사람이었지만, 본질적으로 뜨거운 가슴이 없지는 않은 인물이었다. 그는 타락한 사람이었다. 러시아 인들 중에는 그런 사람이 많다. 그들은 흔히 훌륭한 능력을 소유하고 있다. 하지만 그들의 머릿속에는 크나큰 혼란이 들어 있으며, 게다가 그들은 도덕적 취약성으로 인해 의식적으로 자신들의 양심에 반해 행동한다. 그들은 언제나 타락하고 있을 뿐만 아니라 스스로 타락의 길로 접어들고 있다는 것을 미리 안다. 그 중에서도 마슬로보예프는 술에 빠져 버린 것이다.

「이제 한마디만 더 하자면,」 그는 계속했다. 「나는 처음에 자네의 명성이 자자한 것을 알았네. 그 다음에 자네에 대한 여러 비평을 읽었지(정말로 읽었네, 자네는 내가 이미 아무것도 읽지 않는다고 생각하겠지). 그 다음에 덧신도 없이 더러워진 조악한 장화를 신고, 꺾인 모자를 쓰고 있는 자네를 보았지. 그리고 많은 것을 알아차렸지. 지금은 잡지를 위해 글을 쓴다지?」

「그래, 마슬로보예프.」

「역마(驛馬)로 등록했다는 말이지?」

「그것과 비슷하지.」

「그럼, 그것과 관련해 내가 하는 말을 잘 듣게. 친구여, 정말이지 술 마시는 것이 나아! 나는 취하도록 마시고 소파 위에 눕지(나에게는 용수철이 든 멋진 소파가 있네). 그러고는 내가, 예를 들면 호메로스 또는 단테 또는 프레데릭 바르바로사[63]라고 생각하지. 원하는 건 무엇이든 상상할 수 있으니까. 자네는 자네가 단테나 프레데릭 바르바로사라고 상상하지 못할 거야. 첫째, 자네는 자네 자신이기를 원하고, 둘째로 자네가 모든 욕망을 끊고 있기 때문인데, 그것은 자네가 역마인 까닭이야. 나에게는 환상이 있는데 자네에겐 현실이 있어. 내가 솔직하고 좋은 친구로서 하는 말을 들어 봐(그렇지 않으면 자네는 10년 동안 나를 욕되게 하는 것이 되네). 돈 필요하지 않나? 난 돈이 있어. 찌푸릴 것 없네. 내 돈을 가져가게, 출판업자와 정산을 하여, 멍에를 벗어 놓고, 그 다음에 1년 정도 생활할 수 있는 여건을 확보한 후 조용히 살아. 그러면 좋은 생각을 가다듬어 훌륭한 작품을 쓸 수 있을 거야. 그래! 어쩔 텐가?」

「들어 봐, 마슬로보예프! 자네의 우정 어린 제의에 감사하네. 하지만 지금으로선 아무 대답도 할 수가 없어. 왜냐고? 말하려면 시간이 오래 걸려. 그럴 만한 사정이 있어. 어쨌든 약속하지, 이 다음에 자네에게 좋은 친구로서 모든 이야기를 들려주겠네. 제의 고맙네. 자네를 방문하겠다고 약속하네, 자주 들르지. 그러나 지금은 그럴 일이 있어. 자네가 나한테 마음을 터놓았으니 나도 자네의 조언을 구하고 싶네. 자네가 이런 일에 대가인 것 같으니까 더 더욱.」

그리고 나는 제과점으로부터 시작해서 스미스와 그의 손녀에 얽힌 이야기를 모두 들려주었다. 이상한 일이었다. 내가 말하는 동안, 그의 눈엔 그가 이미 이 이야기를 어느 정도 알고 있다는 듯한 빛이 떠올랐다. 나는 그 일을 물어보았다.

「아니, 아냐.」 그가 대답했다. 「그렇다손 치더라도, 나는 스미스에 대해서는 무엇인가 들은 것 같아. 한 노인이 어떤

---

63 독일 황제 프리드리히 1세를 말하는데, 많은 중세의 전설을 통해 이상화되어 있는 인물이다.

제과점에서 세상을 떠났다는……. 그리고 부브노바 부인에 대해서는 실제로 이것저것 알지. 이 여자한테서 나는 두 달 전에 뇌물을 몇 푼 받았네. 나는 재물을 찾을 수 있는 곳에서 그것을 거두지Je prends mon bien où je le trouve. 그리고 나는 오로지 이 점에서만은 몰리에르와 비슷해. 난 그녀로부터 1백 루블을 우려먹으면서도 그때 〈1백 루블이 뭐야, 5백 루블은 짜내야지〉하고 생각했어. 추악한 여편네야! 불법적인 일을 해. 그리고 그건 아무것도 아니야. 이따금 아주 사악한 일을 한다고. 나를 돈키호테로 여기지 말게, 제발. 사실은 그런 가운데 무엇인가 나에게 제법 떨어지는 게 있지. 반 시간 전에 시조브류호프를 만났을 때 나는 무척 기뻤네. 시조브류호프는 분명 이리로 끌려 온 것인데, 분명 배불뚝이가 데려온 걸 거야. 나는 배불뚝이가 어떤 일에 종사하는지 알고 있기 때문에, 그로부터 추론하는 거야……. 흥, 내가 그를 덮치고 말 거야! 자네가 그 소녀 이야기를 해주어 매우 기쁘네. 이제 나는 다른 단서를 잡은 것이야. 여보게, 나는 온갖 종류의 개인적 의뢰를 처리하고 있네, 어떤 사람들을 만나는지 자네가 알아야 하는데! 얼마 전에 나는 한 공작의 의뢰를 받아 어떤 일을 조사했네. 자네에게 말하지만, 이 공작에겐 전혀 생각지도 않았던 그런 일이야. 원한다면 다른 유부녀에 얽힌 이야기를 해주지. 여보게, 나에게 꼭 들려 주게. 내가 자네에게 많은, 자네가 글로 쓴다면 아무도 자네를 믿지 않을 그런 소재들을 마련해 주겠네…….」

「아, 그 공작의 성이 무엇이던가?」 어떤 이상한 예감이 들어 나는 그의 말을 끊었다.

「무엇 때문에 알려고 하는가? 좋아, 발꼬프스끼야.」

「이름은 뾰뜨르?」

「그래. 자네 그를 아는가?」

「그래, 하지만 가까운 사이는 아냐. 마슬로보예프, 내가 자네에게 이 신사에 대해 물어보러 들르겠네.」 나는 일어서며 말했다. 「자네 이야기는 무척 흥미로웠어.」

「그것 보게, 옛 친구, 언제라도 물으러 들르게. 이야기라면 얼마든지 해줄 수 있네, 하지만 일정한 범위까지만이야, 알겠나? 그렇지 않으면 신용과 명예를, 업무상의 명예를 잃고⋯⋯ 그리고 등등.」

「그래, 자네의 명예가 허락하는 한도 내에서.」

나는 심지어 흥분에 휩싸였다. 그는 이것을 눈치 챘다.

「그래, 자네는 내가 자네에게 들려준 그 이야기에 대해 나에게 해줄 말이 없나. 무엇인가 생각이 났나?」

「자네의 이야기에 대해? 잠시만 기다려, 계산을 해야지.」

그는 계산대로 다가갔고 마치 우연인 것처럼, 사람들이 그냥 미뜨로쉬까라고 부르는, 조끼를 입은 그 청년을 만났다. 마슬로보예프는 그가 나에게 이야기했던 것보다 더 가까이 그를 아는 것처럼 보였다. 적어도 그들이 지금 처음 만나는 것이 아님은 분명했다. 미뜨로쉬까는 외모가 색다른 청년이었다. 그의 조끼, 빨간 비단 셔츠, 날카로우나 단아한 얼굴 모습, 나이보다 상당히 어려 보이는 햇볕에 그을은 모습, 대담하고 반짝이는 눈빛 등에서 그는 재미있으면서도, 반감을 일으키지는 않는 그런 인상을 풍겼다. 그의 태도에는 어쩐지 가장된 대담함이 있었고, 그와 함께 지금 이 순간에는 분명 무엇보다 매우 사무적이고 올곧은 모습을 보이려 애쓰며, 자제하고 있는 듯했다.

「자, 바냐.」 나에게 몸을 돌리며 마슬로보예프가 말했다. 「오늘 일곱 시에 나에게 들러 주게, 그러면 자네에게 무엇인가 이야기해 줄 수 있을 거야. 나 혼자서는 정말로 아무것도 할 수 없어. 전에는 달랐지, 하지만 지금은 단지 주정뱅이일 뿐이고 일도 못하고 있어. 하지만 나에게는 아직 옛날의 연줄이 남아 있어. 그걸로 이러저러한 것을 탐지해 낼 수 있거든, 여러 종류의 교활한 인물들 곁에서 냄새를 맡아 내는 거지. 사실 자유롭고 한가한 때, 즉 술을 마시지 않을 때는 나도 손수 무엇인가 하기는 하지. 역시 아는 사람들의 도움을 받아서……, 대부분 탐지하는 거야……. 그래 됐어! 충분해……. 자, 내 주소일세, 셰스찌라보츠나야 가의. 여보게, 나는 이미 몹시 취했네. 지금은 금주(金酒)[64]를 한잔 더 마시고 집으로 가야겠네. 드러누워야지. 오게나, 알렉산드라 세묘노브나에게 소개해 주겠네. 시간이 있으면 문학에 대해서도 이야기를 나누세.」

「내 이야기는?」

「그 일에 대해서도 아마 이야기할 거야.」

「좋아, 가겠네, 꼭 가지.」

6

안나 안드레예브나는 벌써 오래전부터 나를 기다리고 있었다. 어제 내가 나따샤의 쪽지에 대해 말해 준 것이 그녀의

---

64 폴란드의 그단스끄 산(産) 술.

호기심을 무척 발동시켜서, 그녀는 상당히 이른 아침부터, 적어도 열 시쯤부터 나를 기다렸던 것이다. 내가 오후 한 시가 지나서 그녀 앞에 나타났을 때, 가엾은 노부인은 기다림의 괴로움이 극도에 달해 있었다. 그 외에도 그녀는 나에게 어제 이후로 자기 마음속에 싹튼 새로운 희망에 대해서, 그리고 어젯밤부터 가벼운 병을 얻어 좀 우울해 있지만, 그런 가운데서도 그녀에 대해서는 각별히 따뜻해진 니꼴라이 세르게이치에 대해 이야기를 들려주고 싶어했다. 내가 나타나자 그녀는 먼저 냉랭하고 불만스러운 얼굴로 나를 맞이하여 겨우 몇 마디 웅얼거리고는 아무런 관심도 보이지 않았다. 마치 〈왜 왔나? 자네가 매일 우리 집에 들를 열정이 있다니〉라고 말하고 싶은 듯했다. 그녀는 내가 늦게 와서 화가 났던 것이다. 그러나 나는 바빴으므로 지체 없이 어제 나따샤에게 있었던 일을 이야기해 주었다. 늙은 공작의 방문과 그의 경사스러운 제안을 듣자마자, 그녀의 모든 부자연스러운 우울증이 이내 사라졌다. 그녀가 얼마나 기뻐했는지는 말로 형용할 수가 없다. 그녀는 어쩔 줄 몰라하며, 성호를 긋고 눈물을 흘리고 여러 번 성상 앞에 깊이 머리를 조아리고 나서, 나를 끌어안은 후 곧 니꼴라이 세르게이치에게 달려가 자신의 기쁨을 전하고 싶어했다.

「자네, 아는가, 그는 여러 가지 비하와 모욕을 당해 침울해진 것일세. 그러나 나따샤가 이제 충분한 만족을 얻은 것을 알게 된다면 그도 순식간에 모든 것을 잊어버릴 걸세.」

나는 그녀를 간신히 말렸다. 선량한 노부인은 25년 간이나 남편과 함께 살아왔으면서도 그를 잘 몰랐다. 그녀는 또한 당장이라도 나와 함께 나따샤에게 몹시 가고 싶어했다. 나는 그녀에게, 니꼴라이 세르게이치가 그녀의 그런 행동을 용납하지 않을 뿐만 아니라, 우리가 혹시라도 일을 그르칠 수도 있다고 말했다. 그녀는 어렵게 마음을 고쳐먹었지만, 나를 30분이나 더 붙들고 그 시간 내내 혼자서 이야기했다. 〈이렇게 기쁜 일이 있는데 혼자서 방 안에 있어야 한단 말인가?〉 하고 그녀가 말했다. 나는 마침내 나따샤가 초조하게 나를 기다리고 있으니 속히 나를 보내 달라고 그녀를 설득했다. 노부인은 나를 배웅하며 여러 차례 성호를 그어 주고, 자신의 딸에게 특별한 축복을 전해 줄 것을 부탁했다. 내가 나따샤에게 특별한 일이 일어나지 않으면 저녁때 다시 오지 않겠노라고 단호하게 말하자 그녀는 거의 눈물까지 흘릴 뻔했다. 나는 이날 니꼴라이 세르게이치를 만나지 못했다. 그는 간밤에 전혀 잠을 이루지 못하고 두통과 고열을 호소한 끝에, 지금은 자기 방에서 자고 있었던 것이다.

나따샤 역시 오전 내내 나를 기다렸다. 내가 들어섰을 때, 그녀는 팔짱을 낀 채 무엇인가를 골똘히 생각하며 습관대로 방을 오가고 있었다. 지금도 그녀를 회상하면, 언제나 그녀가 누추한 방에서 혼자 생각에 잠긴 채 누군가를 기다리며, 팔짱을 끼고 눈을 아래로 떨구고는 목적 없이 이리저리 서성거리는 모습밖엔 떠오르지 않는다.

그녀가 조용히, 그러나 여전히 서성거리며, 내가 왜 늦었는지 물었다. 나는 짤막하게 내가 겪은 것을 이야기해 주었지만, 그녀는 내 말을 거의 듣지 않았다. 그녀에게 어떤 걱정거리가 있다는 것을 느낄 수가 있었다. 「무슨 일이 있소?」 내가 물었다. 「아무 일도 없어요.」 그녀가 그렇게 대답은 했지만, 물론 새로운 일이 일어났고 이 새로운 것을 나에게 이야기해 주기 위해 나를 기다렸다는 것을 곧 알아챌 수 있는 그런 표정을 짓고 있었다. 그러나 자신의 습관대로 그녀는 즉시 말을 해주지 않고 내가 떠날 때에 비로소 해줄 작정인 것 같았다. 우리는 늘 그랬다. 나는 이미 그녀의 그런 버릇에 익숙해져 있었기에 기다렸다.

우리는 물론 어제 사건에 대한 이야기로 대화를 시작했다. 내가 특히 놀란 것은, 우리가 공작에 대해 완전히 똑같은 인상을 받았다는 점이다. 그는, 솔직히 말해, 그녀의 마음에 별로 들지 않았는데, 그 정도가 어제보다 훨씬 심해진 것 같았다. 우리가 그의 어제 방문에 대해 하나하나 검토할 때 나따샤가 문득 말했다.

「들어 봐요, 바냐, 늘 그랬던 것 같아요. 한 사람이 처음에 마음에 들지 않으면, 그것은 거의 그가 그 다음에는 분명 마음에 들 것이란 표시이거든요. 적어도 나한테는 늘 그랬어요.」

「제발 그렇게 되었으면, 나따샤. 그리고 난 모든 것을 곰곰이 생각해 봤는데, 공작이 비록 교활한 면을 가지고 있다 하더라도, 참으로 진지하게 당신들의 결혼을 승낙했다는 결론에 도달했소.」

나따샤는 방 한가운데 멈춰 서서 나를 냉정하게 바라보았다. 그녀의 얼굴은 온통 변해 있었고 심지어 입술마저 가볍게 떨리고 있었다.

「그가 어찌 술수를 부리고…… 거짓말을 할 수 있었겠어요, 그것도 그런 상황에서?」 그녀는 오만한 불쾌감을 드러내며 물었다.

「맞아, 맞아!」 내가 재빨리 맞장구쳤다.

「그가 거짓말을 하지 않은 건 확실해요. 그것에 대해서는 생각할 필요도 없다고 생각해요. 교활하게 굴 이유가 없잖아요. 그리고 결국 내가 그의 눈에는 그런 정도로 업신여김을 받을 존재로밖에 보이지 않는 걸까요? 정말로 그 사람이 그런 모욕을 할 수 있는 건가요?」

「물론, 물론!」 나는 맞장구치며 조용히 생각했다. 〈당신은 지금 방 안을 서성이며 분명 이 생각을 하고 있었군. 가엾은 사람. 그리고 나보다 훨씬 더 그것을 의심하고 있군.〉

「아, 제발 그가 빨리 돌아왔으면!」 그녀가 말했다. 「그는 저녁 시간을 나와 보내고 싶어했는데, 그리고……. 그가 모든 것을 버려 둔 채 갔다면, 중요한 일임에 틀림없어. 어떤 일인지 모르세요, 바냐? 아무것도 듣지 못했어요?」

「누가 알겠소. 그는 언제나 돈을 벌러 나가잖소. 나는 그가 여기 뻬쩨르부르그에서도 어떤 청부 공사에 참여하고 있다는 말을 들었소. 나따샤, 우리는 사업이라면 아무것도 모르잖소.」

「그건 그래요. 알료샤가 어제 어떤 편지에 대해 말했어요.」

「어떤 소식이 들어 있는 것이었겠지. 그런데 알료샤는 왔었소?」

「왔었어요.」

「일찍?」

「열두 시에요. 그는 진짜 잠꾸러기예요. 잠깐 동안만 앉았다 갔어요. 나는 그를 까쩨리나 표도로브나에게 가라고 쫓아 버렸어요. 안 보낼 수가 없었어요, 바냐.」

「그 자신은 그리로 가려고 하지 않았소?」

「아니오, 가려 했어요…….」

그녀는 무엇인가 또 말하려 하다가 입을 다물었다. 나는 그녀를 바라보며 기다렸다. 그녀의 얼굴은 침울했다. 나는 그녀에게 몹시 묻고 싶었으나, 이따금 그녀는 질문 받기 싫어하는 때가 있었다.

「이상한 친구야.」 마침내 그녀가 입을 열었다. 그러면서 입을 약간 찡그리고 나를 보지 않으려 애쓰는 듯했다.

「뭐라고? 당신들 사이에 무슨 일이 있었던 게 틀림없군?」

「아니, 아무 일도, 그저…… 그는 매우 사랑스러웠어요……. 단지…….」

「이제 그의 모든 고뇌와 걱정은 끝났소.」 내가 말했다.

나따샤는 나를 집요하고 탐색하는 듯한 시선으로 쳐다보았다. 그녀는 아마도 나에게 〈그에게는 전에도 고뇌와 걱정이라곤 별로 없었어요〉 하고 대답하려는 듯했다. 하지만 내 말에도 같은 의미가 담겨 있다는 느낌을 받았는지, 그녀는 얼굴을 찌푸렸다.

그러나 나따샤는 곧 다시 상냥하고 사랑스러운 모습으로 되돌아왔다. 그리고 이번엔 특히나 부드러워졌다. 나는 그녀의 집에서 한 시간 이상 앉아 있었다. 그녀는 무척 불안해했다. 공작 때문에 불안해졌던 것이다. 나는 그녀의 몇 마디 물음을 통해, 어제 자기가 공작에게 어떤 인상을 주었는지 몹시 알고 싶어한다는 것을 눈치 챘다. 그녀가 어제 올바로 처신했는지, 그의 면전에서 지나치게 기쁨을 표현한 것은 아니었는지, 지나치게 민감하지는 않았는지, 또는 반대로 지나치게 공손한 건 아니었는지, 그가 그녀를 나쁘게 생각하지는 않았을지, 조롱하지는 않았는지, 멸시하지는 않았는지……. 이런 생각들 때문에 그녀의 뺨은 상기되어 불처럼 타올랐다.

「그 악한 남자가 어떻게 생각하든 왜 이렇게 연연해 하는 거요? 생각하고 싶은 대로 하라고 합시다!」 내가 말했다.

「왜 그가 악하다는 거죠?」 그녀가 물었다.

나따샤는 의심은 많았지만, 마음은 순수하고 정직했다. 그녀의 의심도 순수함에서 나오는 것이었다. 그녀는 오만했으나 그것은 고상한 오만이었으며, 자신이 높이 평가하는 것이 자신의 눈앞에서 웃음거리가 되어 버리는 것을 참지 못했다. 품위 없는 사람이 가하는 멸시에는 멸시로 응대했지만, 그녀가 성스럽게 여기는 것에 대한 멸시에는 멸시자가 누구든 마음 아파했다. 이런 성격은 의연함이 부족한 데서 연유한 것은 아니다. 이것은 부분적으로, 세상을 너무 잘 모른다는 점으로부터, 사람들을 대하는 것이 서투르다는 점으로부터, 자신의 둥지 속에 고립되어 있다는 점으로부터 유래한 것이었다. 그녀는 지금까지 살아오는 동안 내내 자신의 둥지 속에서 지냈을 뿐더러, 거의 거기서 나오지도 않고 살았다. 그리고 마지막으로, 그녀는 가장 선량한 사람들의 이런 특성을 아마 아버지에게서 물려받아 가지고 있었다. 사람을 집요하게 칭찬하고, 그를 실제보다 더 훌륭하다 믿으며, 그가 가진 좋은 점을 모두 열렬히 과장하는 것이다. 이런 사람들은 나중에 환멸을 느끼게 될 경우 못 견뎌 한다. 특히 자신에게 잘못한 것이 있음을 느낄 때는 더욱 못 견뎌 한다. 왜 그들은 자신이 줄 수 있는 것보다 더 많은 것을 기대할까? 그리고 그러한 환멸은 끊임없이 그들에게 찾아오는 것이다. 가장 좋은 방법은 그런 사람들이 자신의 둥지에 조용히 앉아서 세상에 나오지 않는 것이다. 나는 심지어 그들이 실제로 자신의 둥지를 너무나 좋아해 사람을 꺼리게 될 정도에까지 이른다는 것을 깨달았다. 더욱이 나따샤는 많은 불행과 많은 모욕을 견뎌야만 했다. 그녀는 이미 병든 존재이고, 설사 내 말 속에 어떤 비난이 들어 있다 해도 그녀를 결코 책망할 수 없는 것이다.

그러나 나는 바빠서 그만 일어나려고 몸을 일으켰다. 그녀는 내가 가려 하자 놀라서 거의 눈물을 쏟을 지경이 되었다. 그러면서도 내가 다시 앉아 있는 동안 내내 그녀는 아무런 상냥함을 보이지 않고, 오히려 그 반대로 평소보다 더 냉랭하게 나를 대했던 것이다. 그녀는 나에게 뜨겁게 키스를 하고 오랫동안 내 눈을 바라보았다.

「들어 보세요.」 그녀가 말했다. 「알료샤는 오늘 매우 이상했어요. 심지어 나를 놀라게 했어요. 그는 매우 사랑스러웠고, 행복해 보였어요. 하지만 그는 나비처럼, 멋쟁이처럼 날아 들어와서는 내내 거울 앞에서 서성거렸어요. 그는 이제 왠지 지나치게 멋대로 행동해요……. 그리고 오래 앉아 있지도 않았어요. 상상해 보세요. 나에게 사탕을 가져왔어요.」

「사탕을? 그거 매우 애교 있고 천진하군. 아, 당신들 둘은! 당신들은 이제 서로 관찰하고, 탐색하고, 얼굴 위에 떠오른 비밀스러운 생각들을 읽으려 하오(그러나 당신들은 거기에 무엇이 씌어 있는지 이해하지 못하오!). 그는 아직 달라진 게 없소. 그는 전처럼 유쾌하고 어린 초등학생 같소. 그러나 당신은, 당신은!」

나따샤가 자신의 어조를 바꾸든, 알료샤에 대해 불평하기 위해서든, 어떤 미묘한 의심을 풀기 위해서든, 또는 내가 자기를 이해해 주었으면 하는 바람을 가지고 비밀을 털어놓으러 다가올 때든, 그녀는 언제나 입을 반쯤 벌리고 이를 드러낸 채 나를 바라보았는데, 마치 내가 어떻게 해서든 즉각 그녀의 마음이 가벼워지도록 해결해 주기를 애원하는 듯했다. 하지만 나는 그런 경우에 대부분 누군가를 질책하듯 엄하고 날카로운 어조로 말했던 기억이 나는데, 그것은 무의식중에 그렇게 된 것이었고 언제나 성공을 거두었다. 나의 준엄함과 거만한 태도가 시기 적절하고 권위가 있었던 것은, 실제로 사람들은 누군가가 자기를 몹시 책망해 주었으면 하는 저항할 수 없는 욕구를 느끼는 때가 있기 때문이다. 적어도 나따샤는 나와 헤어질 때는 이따금 완전히 기분 전환이 되어 있었다.

「아니, 보세요, 바냐.」 그녀가 한 손은 내 어깨에 얹고, 다른 한 손은 내 손을 쥐고, 눈으로는 내 눈빛을 읽으며 말을 이었다. 「나에게는 그의 감정이 그리 깊은 것으로 보이지 않아요······. 그는 남편mari처럼 보였어요, 아시겠어요. 이미 10년이나 결혼 생활을 했지만, 그럼에도 여전히 아내에게 사랑스럽게 대하는 그런 사람 말이에요. 좀 이르지 않은가요? 그는 웃으며 내 주위를 빙빙 돌았어요, 하지만 이 모든 태도가 나와는 부분적으로만 관계된 것 같고 예전 같지도 않아요······. 그는 매우 서둘러서 까쩨리나 표도로브나에게 갔어요······. 내가 무슨 말을 해도 그는 듣지 않거나, 다른 말을 하기 시작했어요. 아시겠어요, 이것은 우리 둘이 고치려고 애쓴 상류 사회의 추한 습관이잖아요. 한마디로 그는 이상했고······ 어떻게 보면 냉담했어요······. 근데 내가 무슨 말을 하고 있는 거야! 그 말을 괜히 시작했네! 아, 우리는 얼마나 까다롭고, 별난 폭군인가요, 바냐! 이제서야 알겠네요! 우리는 사람의 얼굴에 나타난 단순한 변화도, 어떤 이유로 그

변화가 찾아왔는지 알지도 못하면서 용서하지 못하는군요! 당신이 방금 저를 질책하신 것은 당연한 일이었어요, 바냐! 이 일에 대한 잘못은 바로 제게 있어요! 우리가 스스로 괴로움을 만들고 있고, 게다가 푸념까지 늘어놓는군요……. 고마워요, 바냐, 당신 덕분에 저는 홀가분해졌어요. 아, 그가 오늘 와준다면! 그렇지만 그는 아직도 그 일로 화가 나 있을 거야.」

「당신들 정말로 다퉜나 보군!」 내가 놀라서 소리쳤다.

「아니, 내색하지 않았어요! 단지 나만 조금 슬펐을 뿐이에요. 그리고 그는 유쾌했다가 갑자기 우울해졌는데 나와 헤어질 때는 시무룩해진 것 같았어요. 그를 부르러 사람을 보내겠어요……. 바냐, 오늘 다시 와주세요.」

「한 가지 일이 나를 붙들지만 않는다면, 꼭 오지.」

「아니, 그 일이 뭔데요?」

「어떤 일을 사서 하게 됐어! 그러나 아마 꼭 올 거요.」

7

나는 마슬로보예프의 집에 도착했다. 그는 셰스찌라보츠나야 가의 크지 않은 집, 깨끗하지는 않지만 훌륭한 가구를 들여놓은 방 세 개짜리의 아파트에 살고 있었다. 상당한 풍족함이 엿보였지만 동시에 알뜰한 것 같지는 않았다. 나에게 문을 열어 준 사람은 열아홉 살 정도 되어 보이는, 매우 평범하지만 아주 귀엽게 옷을 입은, 매우 맑고 선하며 쾌활한 눈매를 가진 아가씨였다. 나는 이내 이 처녀가 마슬로보예프가 오늘 나에게 소개해 주겠다고 언급한 그 알렉산드라 세묘노브나라는 것을 알아챘다. 그녀는 내가 누구인지 물었다. 내 이름을 듣자 그녀는 그가 나를 기다리다가, 지금 자기 방에서 자고 있다고 말하고 그 방으로 나를 안내했다. 그는 멋지고 푹신한 소파에서 자고 있었다. 그는 자신의 지저분한 외투를 덮고 있었고, 닳아서 해진 가죽 베개를 베고 있었다. 그는 얕은 잠을 자고 있었는지, 우리가 들어서자마자 내 이름을 불렀다.

「아! 자넨가? 기다렸네. 방금 자네가 와서 나를 깨우는 꿈을 꾸었네. 시간이 되었다는 거지, 가세.」

「어디로 가는데?」

「어떤 여인에게.」

「어떤 여인? 무슨 일로?」

「부브노바에게 철저히 뜯어내러. 아, 참으로 훌륭한 여편네야!」 그는 알렉산드라 세묘노브나를 보면서 말을 길게 뽑고 심지어 부브노바를 언급하면서는 손가락 끝에 입을 맞추었다.

「아하, 가세요, 핑곗거리를 생각해 냈군요!」 그녀는 약간 화내는 것이 자신의 필수적인 의무라는 듯 이렇게 말했다.

「아직 몰라? 자, 알렉산드라 세묘노브나, 당신에게 이 장군급 문학가를 소개하지. 이런 분들은 1년에 한 번만 무료로 볼 수 있지, 다른 때는 돈을 내야 해.」

「아, 자네는 사람을 바보로 만드는군. 바라건대 그의 말을 듣지 마세요, 저를 조롱하는 겁니다. 문학가들이 무슨 장군이랍니까?」

「내가 자네들이 무엇이 특별한지 말해 주지. 그리고 여보게 각하, 우리를 바보라고 생각 마시게, 우리는 처음 보여지는 것보다 훨씬 더 똑똑해.」

「이 사람 말을 듣지 마세요! 그는 언제나 훌륭한 사람들 앞에서 부끄러운 짓만 해요, 뻔뻔한 사람. 차라리 가끔 날 데리고 극단(劇團)에나 갈 일이지.」

「자기 집안일이나 사랑해요, 알렉산드라 세묘노브나······ 그걸 좋아해야 한다는 것을 잊지 않았지? 그 말을 잊지 않았지? 내가 당신에게 가르쳐 준 것을 말이오!」

「물론 잊지 않았죠. 요컨대 엉터리 같은 것이죠.」

「그래, 무슨 말이지?」

「내가 손님 면전에서 창피를 당하는군요! 그건 아마 더러운 걸 거예요. 말한다면 혀가 썩을 거예요.」

「흠, 잊었군?」

「아니, 잊지 않았어요. 페나테스[65]잖아요! 네 페나테스를 사랑해라······, 아이고 저이는 어떻게 그런 착상을 하는지! 이미 페나테스는 전혀 존재하지 않을 거예요. 왜 그들을 사랑해야 합니까? 언제나 쓸데없는 말만 해요.」

「그럼 부브노바의 집에······」

「당신은 그 부브노바와!」 알렉산드라 세묘노브나는 갑자기 격분하며 펄쩍 뛰었다.

「시간이 됐어! 가세! 안녕, 알렉산드라 세묘노브나!」

우리는 집을 나섰다.

「여보게, 바냐, 먼저 이 마차에 타세. 그래, 자네와 헤어지고 나서 무엇인가를 또 알아냈네. 짐작에 따른 것이 아니라

---

[65] 고대 로마에서 〈집의 신(神)〉을 일컫는 말.

정확한 거야. 나는 바실리예프스끼 섬에 한 시간을 더 머물렀네. 그 배불뚝이는 지독한 불한당이야, 변덕과 갖은 비열한 취미를 가진 더럽고 흉악한 녀석이야. 이 부브노바는 이런 족속들에게 간계를 부리는 것으로 오래전부터 유명하지. 얼마 전에 그녀는 점잖은 집안 출신 소녀와 관련된 사건으로 체포될 뻔했네. 그녀가 그 고아에게(자네가 조금 전에 나에게 말해 준) 입힌 모슬린 옷이 내 마음에 걸려. 왜냐하면 내가 이미 이것과 관련이 있는 이야기를 들었기 때문이지. 좀 전에 나는 무언가 또 알아냈지, 진짜 순전히 우연으로, 하지만 믿어도 될 것 같아. 그 소녀가 몇 살이라고?」

「생긴 것으로 보아 열세 살 정도.」

「몸으로 보아서는 더 어리고? 바로 그 아이 같아. 필요에 따라 그녀는 열한 살이라고 말하고, 또 열다섯 살이라고도 하지. 불쌍한 아이는 보호도 받지 못하고, 가족도 없고, 그래서……」

「과연 그런가?」

「자네는 어떻게 생각하는가? 부브노바가 순수한 동정심에서 아이를 거뒀다고? 만일 배불뚝이가 그 집에 모습을 나타냈다면, 일의 아귀가 맞아. 그 녀석은 오늘 아침에도 그녀 집에 나타났어. 멍청이 시조브류호프에게는 오늘 어떤 여인이, 유부녀임에도 불구하고 연결되기로 약속되어 있어. 참모본부 영관 장교의 부인이라는 거야. 나쁜 짓을 벌이는 친구들 가운데 상인놈들은 그 정도로 탐욕스러워. 그들은 언제나 관등을 물어보지. 그것은 라틴 어 문법 같아, 기억하나? 의미가 언제나 어미에 의해 결정되지. 그런데 나는 조금 전의 그것으로 아직도 취한 것 같네. 그러나 자네, 이런 일엔 말려

들지 않는 게 좋아. 그녀는 경찰도 속이려고 하거든, 하지만 헛일일걸! 그녀는 나를 겁내, 왜냐하면 내가 지난 많은 일을 기억하고 있다는 사실을 알거든……. 그 외에 기타 등등, 알 겠나?」

나는 심하게 충격을 받았다. 모든 소식이 나를 심란하게 했다. 나는 우리가 늦을까 봐 겁이 나서 계속 마부를 재촉했다.

「걱정하지 마, 모든 조치를 취해 놓았어.」 마슬로보예프가 말했다. 「거기 미뜨로쉬까가 있네. 시조브류호프는 그에게 돈으로 갚아야 할 테고, 배부른 비열한은 현물로. 이것은 얼마 전에 결정되었지. 부브노바는 내 몫이야……, 그녀 또한 감히 어찌지 못하는 거야……」

우리는 도착하여 레스토랑 앞에 멈췄다. 그러나 미뜨로쉬까라는 사람은 거기 없었다. 우리는 마부에게 레스토랑 현관에서 기다리라고 하고, 부브노바에게로 갔다. 미뜨로쉬까는 대문 옆에서 우리를 기다리고 있었다. 창에는 밝은 빛이 가득 찼고, 술에 취해 껄껄거리는 시조브류호프의 목소리가 들렸다.

「그들 모두 저 안에 있어요, 15분 전쯤부터.」 미뜨로쉬까가 알려 주었다. 「지금이 제때입니다.」

「그런데 어떻게 들어가지?」 내가 물었다.

「손님처럼.」 미뜨로쉬까가 대꾸했다. 「그녀는 나를 알아, 그리고 미뜨로쉬까도 알고. 물론 문을 꼭 닫아 놓았겠지, 하지만 우리에게는 소용없어.」

그는 조용히 문을 두드렸다, 그리고 이내 문이 열렸다. 문지기가 문을 열고 미뜨로쉬까와 눈짓을 교환했다. 우리는 조용히 들어갔다. 집 안에서는 아무도 우리가 들어오는 소리를 듣지 못했다. 문지기는 계단을 따라 우리를 인도한 후, 문을 두드렸다. 안에서 누군지 묻는 소리가 들렸다. 그는 자기 혼자라고 대답하며 암호를 댔다. 문이 열리자 우리는 한꺼번에 들어갔다. 문지기는 슬쩍 몸을 숨겼다.

「아, 이게 누구야?」 술에 취하고 머리가 헝클어진 부브노바가 손에 초를 들고 작은 대기실에 서 있다가 물었다.

「누구냐고?」 마슬로보예프가 말을 받았다. 「어찌 이러시나, 안나 뜨리포노브나, 귀한 손님을 몰라보시나? 우리가 아니고 누구겠나? 필립 필리삐치.」

「아, 필립 필리삐치! 당신이군요……, 귀한 손님들……. 그런데 당신이 어떻게……, 저야……, 괜찮죠……, 자 이리로.」

그녀는 완전히 허둥대기 시작했다.

「어디로 들어가야 하오? 여기는 칸막이인데……. 아니, 우리를 좀 더 잘 대접해야지. 우리는 시원한 걸 한 잔 마실 작정인데, 여자들은 없소?」

여인은 이내 꿋꿋함을 되찾았다.

「네, 귀한 손님을 위해서라면 땅속에서라도 꺼내 오든가 중국에서라도 데려오게 하죠.」

「두 마디만, 안나 뜨리포노브나, 여기 시조브류호프가 와 있소?」

「네…… 에.」

「그럼, 그와 이야기를 하고 싶소. 악당 같으니, 어찌 나를 빼고 혼자 마실 엄두를 냈을까!」

「아니, 그는 당신을 분명히 잊지 않았어요. 그는 내내 누군가를 기다렸어요, 분명 당신일 테죠.」

마슬로보예프는 문을 밀었다. 그리고 우리는 제라늄 화

분, 등나무 의자와 조잡한 피아노가 당연한 듯 놓여 있는 두 개의 창이 있는 작은 방으로 들어갔다. 그러나 우리가 미처 들어서기도 전에, 우리가 아직 대기실에서 이야기를 나눌 때 미뜨로쉬까는 사라졌다. 나는 나중에 그가 들어가지 않고 문 앞에서 기다렸다는 것을 알았다. 그는 누군가에게 문을 열어 주었다. 아침에 부브노바의 어깨 너머에서 바라보던 머리를 헝클어뜨리고 화장을 한 여인이 미뜨로쉬까의 대모였다.

시조브류호프는 식탁보가 덮인 둥근 탁자 앞, 좁은 모조 마호가니 의자에 앉아 있었다. 탁자 위에는 미지근한 샴페인 두 병, 질 나쁜 럼주 한 병이 놓여 있었고, 사탕, 당밀 과자, 세 종류의 견과류가 담긴 접시들이 놓여 있었다. 시조브류호프 맞은편에는 몹시 역겨운 여자가 주근깨투성이의 얼굴로 검은 호박단 옷을 입고 팔찌와 구리 브로치를 매달고 앉아 있었다. 이 여자가 예의 그 영관 장교의 아내였을 테지만, 사이비임이 분명했다. 시조브류호프는 취해 있었고 몹시 만족해 있었다. 그의 배불뚝이 친구는 같이 있지 않았다.

「어떻게 이럴 수가!」 마슬로보예프가 목청껏 소리 질렀다. 「그러고는 뒤소에 초대를 해!」

「필립 필리뽀비치, 영광입니다!」 그가 행복한 얼굴로 우리를 맞으려고 몸을 일으키며 중얼거렸다.

「마시고 있나?」

「죄송합니다.」

「죄송할 것 없어. 하지만 손님은 초대해야지. 자네와 흥을 돋우러 왔네. 다른 손님도 모셔 왔지, 내 친구야!」 마슬로보예프가 나를 가리켰다.

「만나 뵙게 되어서 기쁩니다. 잘 오셨습니다……. 히!」
「여보게, 이것도 샴페인인가? 시어 빠진 죽 맛이군.」
「저를 모욕하시는군요.」
「뒤소에는 감히 얼굴을 비치지 못할 거야. 이러고도 초대를 하니!」 영관 장교 부인이 말을 받았다. 「그는 지금 막 파리에서 있었던 일을 이야기하고 있었어요. 그는 분명 허풍을 떤 게로군요!」
「페도시야 찌찌쉬나, 나를 모욕하지 말아요. 우리는 거기 갔었소. 여행을 하고 왔소.」
「저런 시골뜨기가 파리에서 어쨌겠소.」
「우린 거기 갔다 왔소. 그럴 능력이 있었지. 나와 까르프 바실리치가 거기서 끝내 줬소. 까르프 바실리치를 알고 싶으세요?」
「자네의 까르프 바실리치를 내가 무슨 일로 알아야 하겠는가?」
「그건 말하자면……, 섬세하고 공손한 교제와 관련된 것인데. 저와 그는 파리라고 하는 조그만 곳에서 마담 주베르의 집에 갔죠. 우린 거기서 영국제 벽거울을 깼어요.」
「무엇을 깨?」
「거울요. 전체 벽을 덮고 천장까지 닿는 그런 거울이었죠. 까르프 바실리치는 너무 취해서 마담 주베르에게 러시아 어로 지껄이기 시작했어요. 그는 거울 옆에 서 있었어요, 팔꿈치를 거기 기대고. 주베르가 그에게 소리 질렀어요, 자기네 말로, 〈깨뜨리면, 경대는 7백 프랑이에요. (우리 돈으로는 1프랑이 4분의 1루블이죠!)〉 그는 미소를 짓고 나를 보았어요. 나는 맞은편 소파에 앉아 있었어요, 예쁜 여자하고 있었죠. 여기 이 사람 같은 상판대기가 아니라. 그는 소리쳤어요. 〈스쩨빤 쩨렌찌치, 스쩨빤 쩨렌찌치! 반씩 어때?〉 제가 말했죠. 〈좋소.〉 그리고 그는 주먹으로 거울을 쳤지요. 쩽그랑! 파편이 쏟아졌어요. 주베르는 날카롭게 소리 지르고 그의 얼굴을 향해 똑바로 달려들었죠. 〈악당 같으니, 무슨 짓을 하고 있는 거야?〉 (즉 자기들 말로) 그는 그녀에게 말했어요. 〈돈을 받으시오, 마담 주베르, 그리고 내 즐거움을 방해하지 마시오.〉 그리고 그녀에게 6백50프랑을 주었어요. 50프랑은 깎았죠.」

이 순간 날카롭고 무서운 비명이 몇 개의 방문 건너에서 들려왔다. 우리가 있는 곳에서 두세 개의 다른 방을 사이에 두고 떨어져 있는 방에서 난 소리였다. 나는 몸을 떨며 마찬가지로 소리 질렀다. 나는 이 외침을 알아챘다. 이것은 엘레나의 목소리였다. 이 애절한 외침에 바로 뒤이어 다른 외침, 욕설, 소음 그리고 마지막으로 뚜렷하게 손바닥으로 얼굴을 내리는 소리가 들렸다. 이것은 이미 미뜨로쉬까가 자신이 맡은 일을 하는 것이리라. 별안간 문이 난폭하게 열리더니 엘레나가 방으로 뛰어 들어왔다. 그녀는 얼굴이 파랗게 질렸고, 눈에는 눈물이 가득했으며, 완전히 구겨지고 찢어진 흰 모슬린 옷을 입고 있었다. 빗질했던 머리는 싸우는 통에 죄다 헝클어져 있었다. 나는 문 맞은편에 서 있었다. 아이는 똑바로 나에게 달려와 양팔로 나를 껴안았다. 모두 놀라서 벌떡 일어섰다. 그 아이의 출현으로 인해 모두들 소리를 질렀다. 아이의 뒤를 따라 미뜨로쉬까가 엉망이 된 배불뚝이의 머리채를 끌고 문 앞에 나타났다. 그는 그를 문지방까지 끌고 와서 방 안으로 던져 넣었다.

「자, 여기 그놈이오! 그를 받으시오!」 미뜨로쉬까가 매우 만족스러운 표정으로 말했다.

「들어 보게.」 마슬로보예프가 조용히 나에게 다가와서 내 어깨를 치며 말했다. 「우리가 세워 놓은 마차를 타고 이 소녀와 함께 집으로 가게. 여기는 자네가 더 볼일이 없어. 내일 우리 나머지 일을 처리하세.」

나는 되물을 필요가 없었다. 나는 엘레나의 손을 잡고 이 소굴에서 밖으로 나왔다. 그 집에서 일이 어떻게 끝났는지 나는 모른다. 아무도 우리 둘을 잡지 않았다. 여주인은 공포에 사로잡혀 있었다. 모든 일이 그녀가 막을 수 없을 만큼 빨리 벌어졌다. 마차는 우리를 기다리고 있었다. 그리고 20분 후에 나는 이미 내 아파트에 도착했다.

엘레나는 거의 절반쯤은 죽어 있었다. 나는 그녀 옷의 훅을 풀고 얼굴에 물을 뿌린 후 소파 위에 눕혔다. 그녀는 열이 나고 헛소리를 하기 시작했다. 나는 그녀의 창백한 얼굴, 생기 없는 입술, 헝클어져 버렸으나 잘 빗겨져 기름을 바른 검은 머리, 그 아이의 차림새, 옷의 한 귀퉁이에 아직 붙어 있는 장밋빛 리본을 바라보았다. 그러면서 이 모든 혐오스러운 과정을 마침내 이해했다. 가엾은 것! 그녀의 상태는 점점 더 나빠졌다. 나는 그녀로부터 떨어지지 않기 위해 이날 저녁 나따샤에게 가지 않기로 작정했다. 엘레나는 이따금 긴 눈썹을 쳐들고 나를 바라보았다. 오랫동안, 자세히. 마치 내가 누군지 알아보려는 듯이. 늦게, 자정이 넘어서야 그녀는 잠이 들었다. 나는 그 옆 방바닥에서 잤다.

8

나는 매우 일찍 일어났다. 간밤에 나는 거의 반 시간마다 깨어, 내 가엾은 손님에게 다가가 주의 깊게 들여다보았다. 그녀는 열이 있었고 약간 헛소리를 했다. 그러나 아침나절에 그녀는 깊은 잠에 빠져 들었다. 좋은 징조라고 나는 생각했다. 하지만 나는 아침에 깨어나자마자 가엾은 아이가 아직 자고 있는 동안 가능한 한 빨리 의사에게 다녀오리라 마음먹었다. 내가 알고 지내는 의사가 한 사람 있었다. 그는 마음이 넉넉한 노령의 총각이었는데, 언제인지 기억도 안 나는 때부터 자기의 독일인 가정부와 함께 블라지미르스까야 광장[66]에 살고 있었다. 나는 그에게로 갔다. 그는 열 시에 왕진하러 오겠노라고 약속했다. 내가 그에게 도착했을 때는 여덟 시였다. 나는 가는 길에 마슬로보예프에게 매우 들르고 싶었지만, 이 생각을 거두었다. 그는 틀림없이 어제 일로 아직 자고 있을 테고, 게다가 엘레냐가 깰 수도 있었고, 깨어나서 내 방에 있음을 깨달았을 때 내가 없는 것을 알면 놀랄지도 모르기 때문이었다. 그 아이는 병이 든 상태라서 언제 어떻게 내 집에 오게 되었는지 기억하지 못할 수도 있었다.

그녀는 내가 방으로 들어서는 바로 그 순간 깨어났다. 나는 그녀에게 다가가서 기분이 어떤지 조심스럽게 물었다. 그녀는 대답하지 않고 의미심장한 검은 눈으로 나를 오래오래

---

[66] 블라지미르스까야 광장은 라스뜨렐리의 학생들이 건축한 블라지미르 성모 성당으로 통하기 때문에 그렇게 이름이 붙었다. 광장 한 끝은 리쩨이나야 맞은편, 네프스끼 대로의 끝에 닿는다. 도스또예프스끼는 이 소설 속에서 자주 언급되는 『가난한 사람들』을 쓸 당시 그 거리에서 살았다.

응시했다. 그 시선으로 미루어 나는 이 아이가 모든 것을 이해하고 있고, 의식도 완전하다고 생각했다. 그녀가 대답을 안 했다 해도 그것은 그녀의 버릇이었을 것이다. 어제와 그제 나에게 왔을 때도 내 물음에는 한 마디도 대답하지 않고, 움직임 없는 긴 시선으로 느닷없이 나를 보지 않았던가. 그 눈 속에는 놀라움과 수줍은 호기심 그리고 그와 더불어 어떤 기이한 자존심이 깃들어 있었다. 지금 나는 그 아이의 시선에서 냉엄함과 심지어 어떤 불신이 담겨 있음을 느꼈다. 나는 열이 나지 않나 알아보려고 그녀의 이마 위에 손을 얹었다. 하지만 그녀는 자기의 작은 손으로 조용히 내 손을 물리치고는 벽 쪽으로 돌아누웠다. 나는 그녀를 더 흥분시키지 않기 위해 물러났다.

나는 커다란 청동 주전자를 가지고 있었다. 나는 이미 오래전부터 사모바르 대신에 그것을 사용하여 물을 끓여 왔다. 장작은 있었다. 문지기가 한꺼번에 닷새 치를 올려다 주었던 것이다. 나는 난로에 불을 지피고 물을 길어 와서 주전자를 얹어 놓았다. 그리고 탁자 위에 다구(茶具)를 준비했다. 엘레나는 내 쪽으로 돌아누워 모든 것을 호기심 어린 눈빛으로 바라보았다. 나는 그녀에게 〈필요한 것은 없니〉 하고 물었다. 그러자 그 아이는 다시 몸을 반대로 돌리고 아무 대답도 하지 않았다.

〈저 아이가 나한테 무슨 일로 화가 났나?〉 나는 생각했다. 〈이상한 아이야!〉

그 노의사는 약속대로 열 시에 왔다. 그는 독일 사람답게 환자를 철저하게 살펴보고는, 비록 발열 상태이지만 어떤 특별한 위험은 없다는 말로 나를 안심시켰다. 그는 그녀에게 다른 만성적인 질환, 말하자면 부정맥증과 유사한 질환이 있는데, 이 증상은 특별한 관찰을 요하기는 하지만, 지금은 위험한 상태가 아니라고 덧붙였다. 그는 필요해서라기보다는 습관적으로 어떤 물약과 가루약을 처방하고, 곧 그녀가 어떻게 나에게 오게 되었는가에 대해 캐묻기 시작했다. 동시에 그는 놀라움을 가지고 내 아파트를 돌아보았다. 이 노인은 지독한 수다쟁이였다.

엘레나가 그를 놀라게 했다. 그녀는 그가 맥박을 재려 하자 손을 뿌리쳤으며, 그에게 혀도 보여 주려 하지 않았다. 그의 물음에 한 마디도 대답하지 않고 내내 그의 목에서 흔들리고 있는 커다란 스따니슬라프 훈장만을 유심히 바라보았다. 〈저 아이는 분명 머리가 이상해졌어. 저 눈을 좀 봐!〉하고 노인이 지적했다. 나는 그에게 엘레나에 대해 말하려면 너무 길다는 말로 얼버무렸다.

「필요하면 연락을 주시오.」 나가면서 그가 말했다. 「지금은 위험하지 않소.」

나는 엘레나와 하루 종일 함께 있기로 결심했다. 그리고 다 나을 때까지 가능하면 혼자 놓아두지 않겠다고 결심했다. 그러나 나따샤와 안나 안드레예브나가 나를 기다리며 안절부절못할 것을 알았기 때문에, 적어도 나따샤에게 시내 우편을 통해 내가 오늘 못 갈 것이라고 연락하기로 마음먹었다. 안나 안드레예브나에게는 편지를 써서는 안 되었다. 그녀는 나따샤가 병이 났을 때 내가 편지로 소식을 전하자 자기에게 다시는 편지를 보내지 말아 달라고 나에게 부탁했다. 〈자네 편지를 보면 노인도 우울한 얼굴을 하네〉 하고 그녀가 말했다. 〈그 양반은 편지의 내용이 무엇인가 몹시 알고 싶어하지만, 그 내용은 결코 묻지 않는다네. 그러고는 하루 종일 불쾌해 있네. 게다가, 여보게, 자네는 편지로 나를 자극할 뿐이네. 단 열 줄로 무슨 일인지를 어떻게 알 수 있겠나! 더 자세하게 물어보고 싶지만, 자네가 옆에 있는 것도 아니잖는가.〉 그래서 나는 나따샤에게만 편지를 썼고, 처방전을 가지고 약국으로 가는 길에 바로 편지를 부쳤다.

그러는 동안에 엘레나는 다시 잠이 들었다. 자면서 아이는 가볍게 신음을 하고 몸을 떨었다. 의사가 제대로 진단을 한 것이었다. 그 아이는 심한 두통을 앓고 있었다. 때때로 그녀는 가볍게 소리를 지르며 잠을 깼다. 그 아이는 내가 자신에게 마음을 쓰는 것이 특히 괴롭다는 듯 적대적으로 나를 바라보았다. 고백하건대, 그것은 나에게는 커다란 아픔이었다.

열한 시에 마슬로보예프가 왔다. 그는 심각한 생각에 잠겨 얼굴이 멍해 보였다. 그는 단지 잠시 들렀을 뿐이라며, 어디를 가려는지 몹시 서둘렀다.

「여보게, 친구, 자네가 호화롭게 살지 않을 거라고는 예상했네.」 그가 주위를 둘러보며 말했다. 「그러나 자네를 이런 궤짝 속에서 만나리라곤 정말로 생각지 못했네. 이건 아파트가 아니라 정말 궤짝이야. 그래, 나쁠 거야 없겠지. 하지만 중요한 것은 이 모든 부차적인 것에 대한 걱정이 자네 일을 방해한다는 거야. 나는 어제 우리가 부브노바한테 갈 때 이미 그 점에 대해 생각해 보았네. 여보게, 나는 내 천성상 그리고 사회적 위치상 스스로 어떤 의미 있는 일을 할 수 있는 그런 사람은 되지 못하네. 하지만 다른 사람을 그렇게 하도록 지도할 수는 있지. 그러니 잘 듣게. 아마 내가 내일이나 모레 자네에게 들를지도 모르겠지만, 자네는 무슨 일이 있어도 일요일 아침에 꼭 나에게 들러 주게. 그때까지는 이 소녀의 일이 완전히 매듭 지어질 거라 생각하네. 동시에 나는 자네와 진지하게 이야기를 해보아야겠네. 왜냐하면 자네를 위해 무엇인가 진지한 방안이 강구되어야 하기 때문일세. 이렇게 살 수는 없는 일이야. 어제는 자네에게 암시만 했지만, 이제는 논리적으로 의논을 해보아야겠네. 자, 이제 말해 보게. 자네는 일시적으로 나에게 돈을 빌리는 것을 창피하게 생각하나?」

「서두르지 말게!」 내가 그의 말을 끊었다. 「그보다는 어제 자네들 일이 어떻게 끝났는지 이야기하는 것이 더 낫겠네.」

「가장 바람직한 방향으로 결말이 났지, 목적은 달성되었고, 알겠나? 지금 나는 시간이 없네. 단지 지금 자네에게 할애할 시간이 없음을 알려 주고, 자네가 저 아이를 어딘가로 보낼 것인지 아니면 자네 집에 머물게 할 것인지를 알아보려고 잠시 들른 걸세. 왜냐하면 잘 생각을 해서 결정해야 할 일이기 때문일세.」

「나도 잘 모르겠네, 실은 자네의 조언을 듣고 싶어서 자넬 기다렸네. 예를 들면, 저 아이를 내 곁에 두려면 어떤 방법으로 할 수 있을까?」

「그 일이 뭐 어렵나, 가령 하녀로······.」

「제발 조용히 말하게. 저 아이는 비록 아프지만, 의식은 완전하단 말일세, 그리고 자네를 보자 몸을 떤 것을 보았네. 요컨대 어제 일을 기억하고 있는 거지······.」

그리고 나는 그녀의 특징과 내가 그녀로부터 느낀 바를 모두 말해 주었다. 내 말은 마슬로보예프의 흥미를 돋우었다. 나는 그녀를 어쩌면 내가 아는 어떤 집에 보낼지도 모르겠다고 말하고, 이흐메네프 부부에 대해 살짝 이야기해 주었다. 놀랍게도 그는 이미 나따샤의 이야기를 부분적으로 알고 있었다. 어디에서 알았느냐는 나의 물음에 그는 이렇게 대답했다.

「나는 그 건에 대해 벌써 오래전에 우연히 들었네, 다른 사건과 관련하여. 내가 발꼬쁘스끼 공작을 안다는 것은 이미 말했을 거야. 저 아이를 그 노인들에게 보낸다는 것은 잘하는 일이야. 그렇지 않으면 저 애는 자네에게 짐만 될 걸세. 그리고 또 한 가지. 저 아이는 앞으로 무엇을 하든 신분증이 필요해. 그 점에 대해서는 걱정하지 말게, 내가 처리할게. 잘 있게, 자주 찾아오게. 저 애는 지금 뭐 하지, 자는가?」

「그런 것 같아.」 내가 대답했다.

그러나 그가 나가자마자 엘레나가 금방 나를 불렀다.

「누구예요?」 그 아이가 물었다. 그녀의 목소리는 떨렸지만, 여전히 오만한 시선으로 나를 유심히 보았다. 나는 달리 표현할 도리가 없었다.

나는 그녀에게 마슬로보예프의 성을 일러 주고, 그 사람 덕택에 부브노바에게서 그녀를 빼내 올 수 있었다고 말해 주었으며, 부브노바는 그를 몹시 두려워한다는 것을 덧붙였다. 그녀의 뺨은 문득 노을처럼 붉게 물들었는데, 아마도 지난 일을 상기했기 때문이었으리라.

「그럼, 그녀는 절대로 이곳에 오지 않나요?」 엘레나가 내 눈치를 살피듯 바라보며 물었다.

나는 서둘러 그녀를 안심시켰다. 그녀는 입을 다물고 자신의 뜨거운 손가락으로 내 손을 잡았다. 하지만 무엇인가가 생각난 듯 이내 손을 뿌리쳤다. 〈저 애가 나에 대해 이런 혐오감을 느낀다니 있을 수 없는 일이야. 이것은 저 애의 습관일까, 또는…… 또는 저 가엾은 애가 아무도 못 믿게 될 만큼 그렇게 심한 고통을 겪어 온 걸까〉하고 나는 생각했다.

나는 지정된 시간에 약을 타러 나섰다. 동시에 내가 가끔 점심을 먹고 외상도 하는 아는 레스토랑에 들렀다. 나는 집에서 냄비를 하나 가지고 나와서 레스토랑에서 엘레나를 위해 닭죽 1인분을 받아 왔다. 그러나 그녀는 먹으려 하지 않았고, 그래서 나는 난로 위에 죽을 얹어 놓았다.

나는 그녀에게 약을 주고 나서, 일을 하려고 자리에 앉았다. 나는 그녀가 잠들었다고 생각했다. 그러나 내가 문득 그녀를 봤을 때, 그녀는 머리를 들고 내가 글쓰는 것을 유심히 바라보고 있었다. 나는 짐짓 모른 체했다.

마침내 그녀는 정말로 잠들었는데, 다행히도 조용히, 헛소리나 신음소리도 내지 않고 잤다. 나는 마음이 동요되었다. 나따샤는 무슨 일이 벌어졌는지를 모르니, 내가 오늘 가지 않은 것에 대해 화를 내고 있는지도 모른다. 뿐만 아니라, 그녀가 나를 가장 필요로 할지도 모르는 때에 나의 부주의로 인해 분명히 괴로워할 것이란 생각이 들었다. 그녀에게 심지어 지금 어떤 걱정거리가 생겨서, 나에게 부탁하고 싶은 일이 생길 수도 있는데, 내가 그런 순간에 우연찮게도 그곳에 가지 않은 것이다.

안나 안드레예브나에 관해서는, 내가 그녀 앞에서 어떻게 변명해야 할지 전혀 생각이 떠오르지 않았다. 나는 오랫동안 생각하다가 마침내 양쪽 집에 빨리 다녀오기로 결심했다. 집을 단 두 시간 동안만 비우면 될 것 같았다. 엘레나는 자고 있어서 내가 나가는 소리를 듣지 못할 것이다. 내가 일어나 외투를 걸치고 모자를 집어 든 후 막 나가려 하는데, 갑자기 그녀가 나를 불렀다. 나는 놀랐다. 정말 저 아이는 자는 척했다는 말인가?

마침내 나는 깨달았다. 비록 엘레나가 나와 이야기 나누기를 원치 않는 듯한 태도를 취하고 있지만, 이 갑작스러운 잦은 외침, 주저주저하며 나에게 호소하고자 하는 욕구는 그 반대의 감정을 보여 주는 것이었다. 솔직히 고백하건대, 나는 그런 것이 기쁘기까지 했다.

「나를 어디에 맡기려고 하시는가요?」 그녀는 내가 다가서자 이렇게 물었다. 그녀는 질문을 거의 언제나 갑자기, 내가 전혀 예기치 않은 상태에서 던졌다. 이번에는 나는 질문을 바로 이해하지도 못했다.

「조금 전에 당신은 친구에게 나를 어떤 집으로 보내고 싶다고 말씀하셨잖아요. 저는 아무데도 가고 싶지 않아요.」

나는 그녀에게 몸을 굽혔다. 그녀는 다시금 열이 심해졌다. 갑자기 오한이 드는 모양이었다. 나는 그녀를 안심시키며 원기를 돋우려고 노력했다. 나는 그녀가 나에게 머물러 있기를 원한다면, 아무데도 보내지 않겠다고 약속했다. 이 말을 하며 나는 외투와 모자를 벗었다. 나는 그녀를 이런 상태로 홀로 남겨 두어야 할지 말아야 할지 결정할 수가 없었다.

「아니에요, 가세요!」 그녀는 곧 내가 집에 있으려 한다는 것을 알아차리고 말했다. 「저는 자겠어요, 저는 곧 잠이 들 거예요.」

「하지만 너 혼자 있을 수 있겠니?」 내가 주저하며 말했다. 「나는 분명 두 시간 뒤에는 돌아올 거야…….」

「어서 가세요! 만약 제가 1년 내내 아프다면, 1년 내내 집에서 나가지 않으시겠네요.」 그리고 그녀는 미소를 지으려 했고, 자기의 마음속에서 일어나는 어떤 선한 감정과 싸우기라도 하는 듯 아주 기묘한 표정으로 나를 바라보았다. 가엾은 것! 모든 인간에 대한 혐오와 닫혀 버린 마음에도 불구하고, 그녀의 선량하고 부드러운 마음이 밖으로 드러난 것이었다.

나는 먼저 안나 안드레예브나에게 달려갔다. 그녀는 나를 목이 빠지게 기다리고 있었기에, 나를 보자마자 책망부터 했다. 그녀는 무서운 불안에 휩싸여 있었다. 니꼴라이 세르게이치가 점심 식사 후에 바로 외출했는데, 어디로 갔는지 모른다는 것이었다. 나는 노부인이 참지 못하고, 노인에게 모든 것을 암시적으로 이야기했다는 것을 직감했다. 게다가 그녀는 이 기쁨을 그와 나누지 않고는 견딜 수가 없었다고 말함으로써 나에게 그 사실을 거의 고백하다시피 했다. 하지만 니꼴라이 세르게이치는, 그녀 자신의 표현에 따르면, 먹구름보다 더 얼굴이 어두워져서는 아무 말도 하지 않고(그는 내내 침묵하고, 심지어 내 물음에 대답조차 하지 않았어), 점심 식사 후 갑자기 채비를 차려 나갔다는 것이다. 이 말을 하면서 안나 안드레예브나는 겁에 질려 몸을 떨었고, 함께 니꼴라이 세르게이치를 기다리자고 나에게 애원했다. 나는 구실을 붙여 이를 거절하고 거의 단호하게, 내일 올 수가 없을 것 같아 일부러 이것을 미리 알려 주고자 지금 뛰어온 것이라고 말했다. 우리는 거의 다툴 뻔했다. 그녀는 울기 시작하였고, 애처로운 목소리로 나를 비난하였다. 그녀는 내가 문을 나서려 할 때 그제야 내 목에 달려들어 양손으로 나를 꼭 껴안고는, 〈홀로 남은〉 그녀에 대해 노여워하지 말고 자신의 말을 나쁘게 해석하지 말아 달라고 했다.

내 기대와 달리 나따샤는 혼자였다. 그리고 이상하게도 내가 온 것에 대해 어제 혹은 다른 때만큼 반가워하는 것 같지도 않았다. 마치 내가 그 무언가로 그녀를 화나게 하고 방해라도 한 듯했다. 알료샤가 오늘 왔느냐는 나의 물음에 그녀는, 물론 왔었지만 오래 있지는 않았다고 대답했다. 그리고 그가 저녁에 다시 오기로 약속했다고 주저하듯 덧붙였다.

「어젯밤에는 왔었소?」

「아니오. 잡혀 있었대요.」 그녀가 재빠르게 대답했다. 「그런데, 바냐, 당신은 어때요?」

나는 그녀가 이 이야기를 여기서 멈추고 다른 주제로 바꾸고 싶어하는 것을 눈치 챘다. 나는 그녀를 유심히 살펴보았다. 그녀는 분명 비위가 상해 있었다. 그러나 그녀는 내가 자기를 유심히 보고 있다는 것을 알아채고, 마치 나를 태워 버릴 것 같은 힘을 실은, 분노에 찬 시선을 빠르게 나에게 던졌다. 〈다시 괴로움이 생겼군, 단지 나에게 말하고 싶어하지 않을 뿐이야〉 하고 나는 생각했다.

내 일을 묻는 그녀의 질문에, 나는 엘레나에 얽힌 이야기를 소상히 말해 주었다. 내 이야기는 그녀에게 비상한 흥미를 불러일으켰고, 심지어 그녀를 사로잡았다.

「맙소사! 당신은 그 아이를, 아픈 아이를 혼자 둘 수 있었단 말이에요!」 그녀가 외쳤다.

나는 그녀에게, 오늘 원래 들르지 않으려고 했지만 그러면 나에게 화를 낼지도 모르고, 또 내가 필요할지도 모른다는 생각이 들어서 왔다고 해명했다.

「필요해요.」 그녀가 무언가 생각하며 혼자 중얼거렸다.

「당신이 필요하죠, 바냐. 하지만 다음번에 이야기하죠. 우리 집에 갔다 왔나요?」

나는 그녀에게 그 이야기를 해주었다.

「그래. 이 모든 소식을 아버지께서 어떻게 받아들였을지 몰라. 그렇지만 어떻게 생각하시든…….」

「무엇을 어떻게 생각하신다는 말이오?」 나는 물었다. 「사정이 확 달라졌는데!」

「그래요……. 그런데 어디로 가신 걸까요? 지난번에 당신들은 그가 나에게 다녀갔다고 생각했었지요. 바냐, 가능하면 내일 저에게 들러 주세요. 아마도 내가 무엇인가 이야기할 것이 생길 것 같아요……. 당신만 괴롭혀서 미안해요. 그러나 지금은 집에 두고 온 손님에게 돌아가셔야죠. 아마 집에서 나온 지 두 시간이 됐죠.」

「그래요, 안녕, 나따샤. 한데 알료샤는 오늘 어땠소?」

「알료샤요? 특별한 것은 없어요……. 당신, 호기심이 놀랍고요.」

「잘 있어요.」

「안녕.」 그녀는 나에게 무심하게 손을 내밀고, 내 마지막 작별의 시선을 외면했다. 나는 약간 놀란 채 그녀의 집을 나섰다. 〈그녀도 깊이 생각하겠지〉 하고 나는 생각했다. 중요한 일이었다. 내일은 내가 청하지 않아도 먼저 말할 것이다.

나는 우울한 기분으로 집에 돌아왔고 방을 들어서자마자 더할 수 없이 놀랐다. 나는 엘레나가 마치 깊은 생각에 잠긴 듯 머리를 푹 숙이고 소파에 앉아 있는 것을 보았다. 그녀는 인사불성이 되어 있는 듯 나를 보지도 않았다. 나는 그녀에게 다가갔다. 그녀는 무엇인가 혼잣말로 중얼거렸다. 〈다시

환각에 빠져 있나?〉 하고 나는 생각했다.

「엘레나, 얘야, 무슨 일이 있니?」 그녀 옆에 앉아서 그 아이의 손을 잡으며 내가 물었다.

「여기서 나갈래요……. 그녀에게 가는 것이 낫겠어요.」 그녀가 고개도 들지 않고 내게 말했다.

「어디로? 누구에게?」 내가 놀라서 물었다.

「그녀에게, 부브노바에게로. 그녀는 늘 내가 그녀에게 많은 돈을 빚졌다고, 그녀가 자기 돈으로 엄마를 장사 지내 주었다고 말했어요……. 나는 그녀가 엄마를 욕하는 것을 원치 않아요. 그 집에서 일하겠어요. 그리고 다 갚아 주겠어요……. 그리고 스스로 그녀 곁을 떠나겠어요. 지금 거기로 다시 갈래요.」

「진정해라, 엘레나, 그녀에겐 절대 안 돼.」 내가 말했다. 「그녀는 너를 들볶을 거야, 너를 파멸시킬 거야…….」

「파멸시키라지요, 들볶으라지요.」 엘레나가 격렬히 외쳤다. 「제가 처음도 아닌걸요. 저보다 나은 다른 아이들도 고통 받고 있어요. 거리의 걸인 한 사람이 그렇게 말했어요. 저는 원래 가난하니 가난한 채로 있겠어요. 평생을 가난하게 살 거예요. 어머니께서 돌아가시면서 그렇게 하라고 하셨어요. 저는 일할 거예요……. 저는 이 옷을 입고 싶지 않아요…….」

「내가 내일 다른 옷을 사주마. 너에게 책도 가져다 줄게. 여기서 살아도 돼. 네가 원치 않는다면 아무에게도 보내지 않겠다, 진정하거라…….」

「제가 하녀로 일하겠어요.」

「좋아, 좋아! 다만 진정하기만 해라, 누워서 좀 자렴!」

그러나 가엾은 소녀는 눈물을 쏟기 시작했다. 눈물은 점점 흐느낌으로 변했다. 나는 어떻게 해야 할지 몰랐다. 나는 물을 가져다가 그녀의 관자놀이와 머리를 적셔 주었다. 마침내 그녀는 지쳐서 소파 위에 쓰러졌고, 다시 오한이 시작되었다. 나는 손에 잡히는 대로 그녀를 덮어 주었다. 그녀는 잠이 들었으나, 계속 몸을 떨고 그때마다 깨며 불안하게 잠을 잤다. 나는 이날 비록 많이 걸어 다니지는 않았지만 몹시 피곤해서 가능한 한 빨리 자리에 눕기로 했다. 괴로운 걱정들이 머릿속에서 소용돌이쳤다. 나는 이 소녀가 많은 걱정거리를 내게 안겨 주리라 예감했다. 그러나 무엇보다도 나따샤와 그녀의 문제가 걱정되었다. 지금 회상컨대, 도대체 그 불행한 밤처럼 내 정신이 그렇게 답답한 상태에 처해 있었던 적은 드물었다.

9

나는 늦게, 오전 열 시쯤에야 잠에서 깼다. 몸이 불편했다. 머리가 빙빙 돌고 아팠다. 나는 엘레나의 침대를 보았다. 침대가 비어 있었다. 동시에 오른쪽에 있는 방으로부터 누군가가 빗자루로 방바닥을 쓸고 있는 소리가 들려왔다. 나가서 살펴보니, 엘레나가 한 손에는 빗자루를 쥐고, 다른 한 손으로는 그날 저녁 이후로 아직 한번도 벗지 않은 멋진 옷을 붙들고 바닥을 쓸고 있었다. 난로용 장작은 한쪽 구석에 쌓여 있었고, 탁자와 주전자도 깨끗이 닦여 있었다. 한마디로 엘레나가 집안일을 모두 한 것이었다.

「애, 엘레나.」 내가 소리쳤다. 「누가 너더러 바닥을 청소하라고 시켰지? 이러지 말아라, 너는 환자야. 너 정말 일해 주러 내게 왔니?」

「그럼 누가 여기서 바닥을 청소해요?」 몸을 펴고 똑바로 나를 보며 그녀가 대답했다. 「이제 저는 아프지 않아요.」

「하지만 내가 일을 시키려고 너를 데려온 것은 아니야, 엘레나. 네가 우리 집에서 공짜로 살면, 내가 부브노바처럼 너를 질책할까 봐 겁내는 것 같구나? 너 어디서 이 흉한 빗자루를 가져왔니? 내게는 비가 없는데.」 나는 놀라서 그녀를 바라보며 덧붙였다.

「제 거예요. 제가 이것을 직접 이리로 가져왔어요. 저는 할아버지께서 살아 계실 때도 여기를 쓸어 드렸어요. 비는 그때부터 난로 밑에 놓여 있었고요.」

나는 생각에 잠겨 방으로 돌아왔다. 아마도 내가 실수했는지도 모른다. 분명 그녀는 나의 친절이 부담스러웠던 것 같다. 그래서 어떤 방법으로든 내게서 공짜로 붙어 살지는 않겠다는 것을 보여 주려 한 것 같았다. 〈그렇다면 이 무슨 고집불통이란 말인가?〉 하고 나는 생각했다. 2분 뒤 그녀도 들어와서 조용히 어제 앉았던 소파 위의 자리에 앉아서 탐색하듯 나를 바라보았다. 그동안에 나는 주전자에 물을 끓여 차를 우려내고, 그것을 찻잔에 따라 흰 빵 한 조각과 함께 그녀에게 주었다. 그녀는 아무 말 않고 받았다. 하루 온종일 그녀는 거의 아무것도 먹지 않았던 것이다.

「청소하느라 예쁜 옷을 더럽혔구나.」 내가 그녀의 치맛자락에 커다랗게 난 지저분한 얼룩을 보며 말했다.

그녀는 자신을 둘러보더니 갑자기 찻잔을 탁자 위에 올려놓고, 냉정하게 천천히 모슬린 치맛자락을 양손으로 잡더니 놀랍게도 단번에 위에서 아래까지 찢어 버렸다. 그러고 나서 그녀는 조용히 자신의 완강하고 반짝이는 시선을 들어 나를 바라보았다. 그녀의 얼굴은 창백했다.

「무엇을 하는 거니, 엘레나?」 정말 미쳤다고 생각하며 내가 소리쳤다.

「이것은 좋지 않은 옷이에요.」 그녀가 흥분해서 거의 헐떡이며 말했다. 「왜 이 옷이 예쁘다고 말씀하셨나요? 저는 이 옷을 입고 싶지 않아요.」 자리에서 벌떡 일어서며 그녀가 소리 질렀다. 「찢어 버리겠어요. 저는 옷치레를 시켜 달라고 그녀에게 부탁한 적이 없어요. 그녀 스스로 저를 치장시켰어요, 강제로요. 저는 이미 옷 한 벌을 찢은 적이 있어요, 이것도 찢을 거예요, 찢을 거예요! 찢을 거예요! 암요!」

그리고 그녀는 맹렬하게 자신의 불운한 옷에 달려들었다. 단숨에 그녀는 그 옷을 거의 조각내어 버렸다. 일을 끝낸 그녀의 얼굴은 서 있을 수 없을 만큼 창백했다. 나는 놀라서 그 울분의 분출을 멍하니 바라보았다. 그녀는 마치 나 역시도 그녀에게 어떤 죄라도 지었다는 듯이, 도전적인 눈빛으로 나를 바라보았다. 하지만 나는 어떻게 해야 할지 이미 알고 있었다.

나는 오전 중으로 지체 없이 그녀에게 새 옷을 사주기로 마음먹었다. 모든 사람에게 거칠고 적대적인 이 아이에게는 관용으로 대해야만 했다. 그녀는 한번도 좋은 사람을 만나보지 못한 사람처럼 그렇게 나를 바라보았다. 만일 그녀가 잔인한 벌에도 불구하고 이미 한 번 저런 옷을 찢어 버렸다면, 이 옷이 얼마 전의 그 무서운 시간들을 회상케 한 지금, 아마도 그 옷을 분노에 가득 차서 바라보는 것은 당연했을 것이다.

헌 옷 시장에서는 예쁘고 소박한 옷을 매우 싸게 살 수 있었다. 그러나 그때 마침 나에게 거의 돈이 떨어졌다는 것이 불행이었다. 나는 간밤에 이미 잠자리에 들면서 오늘 돈을 만들 수 있는 어떤 곳에 가려고 결심했었다. 마침 그곳은 헌 옷 시장이 있는 방향에 있었다. 나는 모자를 집어 들었다. 엘레나는 무엇인가를 기다리듯 나의 거동을 유심히 좇았다.

「저를 다시 가두어 둘 건가요?」 어제와 그저께처럼 아파트 문을 잠그기 위해 열쇠를 집어 들자 그녀가 물었다.

「애야.」 내가 그녀에게 다가서며 말했다. 「화내지 마. 누군가가 올 수 있기 때문에 문을 잠그는 거야. 너는 환자이고 놀랄 수도 있어. 누가 올지 알 수 없잖니. 부브노바가 갑자기 올 수도 있잖아……」

나는 의도적으로 이 말을 했다. 실제로는 그녀를 믿지 못해서 문을 잠근 것이었다. 그녀가 갑자기 여기서 떠날 생각을 할 것만 같았다. 나는 당분간 조심하리라 마음먹고 있었다. 엘레나는 침묵했고, 나는 이번에도 그녀를 가두었다.

나는 벌써 3년째 연재물을 출판하는 한 출판업자를 알고 있었다. 나는 급히 돈이 필요할 때, 그에게서 자주 일거리를 받았다. 그는 돈을 정확하게 지불했다. 나는 그에게로 향했다. 그리고 일주일 내에 편집 논설을 쓴다는 조건으로 25루블의 선금을 받는 데 성공했다. 그러나 나는 또한 내 소설에 대한 시간을 벌 수 있기를 기대했다. 글을 쓰다가 심한 곤경에 빠지면 나는 자주 그렇게 했다.

돈을 받아 들고서 나는 헌 옷 시장으로 향했다. 나는 거기서 모든 종류의 옷을 취급하는, 안면이 있는 노파를 손쉽게 찾아냈다. 나는 그녀에게 엘레나의 치수를 대략 알려 주었고, 그녀는 나에게 연한 색깔의, 아주 튼튼하고 한 번 이상은 빨지 않은 듯한 값싼 사라사 옷을 찾아서 내주었다. 값은 매우 쌌다. 나는 작은 목수건도 집어 들었다. 셈을 치르면서 나는 엘레나에게 작은 털외투나, 외투 또는 그런 종류의 것들이 필요하다고 생각했다. 날씨는 추웠고, 그녀에게는 덧입을 옷이 전혀 없었던 것이다. 그러나 나는 다음번에 사기로 했다. 엘레나가 매우 민감하고 자존심이 강한 아이였기 때문이었다. 비록 내가 의도적으로, 고를 수 있는 것 가운데서 가장 수수하고 소박하고 평상적인 것을 샀지만, 그녀가 이것을 어떻게 받아들일지 알 수가 없었다. 그렇기는 해도 나는 실로 뜬 스타킹 두 켤레와 털 스타킹 한 켤레를 더 샀다. 이것들을 나는 그녀에게, 그녀는 병이 나 있고 방이 춥다는 것을 구실 삼아 줄 수 있을 것이다. 그녀는 속옷도 필요했다. 하지만 나는 이 모든 것을 내가 그녀와 좀 더 가까워지게 될 때까지로 미뤘다. 그 대신에 나는 낡은 침대용 커튼을 샀다. 그것은 필수 불가결하고 엘레나에게 큰 위안을 가져다 줄 수 있는 것이었다.

나는 이 모든 것을 안고 오후 한 시에 집으로 돌아왔다. 나는 내가 돌아온 것을 엘레나가 듣지 못하도록 소리 죽여 자물쇠를 땄다. 나는 그녀가 책상 옆에 서서 내 책과 공책을 들여다보고 있는 것을 보았다. 내가 온 소리를 듣고 그녀는 잽싸게 읽고 있던 책을 덮으며 얼굴이 온통 벌겋게 상기되어 책상에서 물러났다. 나는 그 책으로 시선을 던졌다. 그것은 단행본으로 출판된, 표지에 내 이름이 인쇄되어 있는 내 처녀작이었다.

「당신이 안 계실 때 누군가가 문을 두드렸어요. 왜 문을 잠 갔느냐고 하던데요?」 그녀가 마치 나를 놀리는 듯한 어조로 말했다.

「의사가 아니더냐.」 나는 말했다. 「대답하지 않았니, 엘레나?」

「아니오.」

나는 응대하지 않고 가지고 온 꾸러미를 풀어서 사온 옷을 꺼냈다.

「자, 엘레나.」 내가 그녀에게 다가가며 말했다. 「네가 지금 입고 있는 조각난 옷을 입고는 다닐 수가 없어. 나는 가장 일상적인, 가장 싼 옷을 사왔다. 그러니 걱정 안 해도 돼. 이것은 다해서 1루블 12꼬뻬이까밖에 안 해. 아무쪼록 입거라.」

나는 그녀 곁에 옷을 놓았다. 그녀는 얼굴을 붉히며 눈을 크게 뜨고 잠시 나를 바라보았다.

그녀는 몹시 놀랐다. 동시에 그녀가 무언가에 대해 몹시 부끄러워하는 것 같았다. 그러나 부드럽고 애교스러운 느낌이 그녀의 눈에서 빛났다. 그녀가 침묵하는 것을 보고 나는 탁자 쪽으로 몸을 돌렸다. 내 행동에 분명 그녀는 감동한 것이다. 그러나 그녀는 자신을 간신히 억누르고 시선을 떨군 채 앉아 있었다.

내 두통과 어지럼증은 더욱 심해졌다. 신선한 공기가 아무런 도움이 되지 못했다. 그런 가운데서도 나는 나따샤에게 가야만 했다. 어제부터 그녀에 대한 나의 불안이 사라지기는커녕 반대로 더욱 커지기만 했다. 문득 엘레나가 부르는 것 같았다. 나는 그녀에게 몸을 돌렸다.

「나가실 때 저를 가두지 마세요.」 그녀는 쳐다보지도 않고 손가락으로 소파 커버의 가장자리를 쥐어뜯으며 말했다. 그녀는 이 손장난에 완전히 빠져 든 것 같았다. 「아무데도 안 갈게요.」

「좋아, 엘레나, 그렇게 하지. 하지만 누군가 모르는 사람이 오면? 누가 올지 아무도 모르지 않니?」

「그럼, 열쇠를 저에게 주세요, 제가 안에서 잠글게요. 누가 문을 두드리면 〈아무도 없어요〉 하고 말하죠.」 그리고 그녀는 〈이렇게 간단한데요!〉 하고 말하듯 장난스럽게 나를 바라보았다.

「당신 옷은 누가 빨아 주나요?」 내가 그녀에게 뭐라고 대답을 하기도 전에 그녀가 문득 물었다.

「여기 이 집에 부인이 한 분 계시단다.」

「제가 빨래할 수 있어요. 그리고 어제 어디서 음식을 가져오셨지요?」

「음식점에서.」

「저는 밥할 줄도 알아요. 제가 식사도 준비하겠어요.」

「됐어, 엘레나, 네가 무엇을 만들 줄 알겠니? 너는 어울리지 않는 것을 말하고 있어……..」

엘레나는 입을 다물고 머리를 떨구었다. 내 말에 마음이 상한 것 같았다. 적어도 10분은 흘렀다. 우리는 둘 다 침묵을 지켰다.

「수프요.」 그녀가 갑자기 머리를 들지도 않은 채 말했다.

「수프가 뭐? 어떤 수프?」 내가 놀라서 물었다.

「수프를 끓일 줄 알아요. 엄마가 편찮으셨을 때 제가 수프를 끓였어요. 저는 장도 보러 다닌걸요.」

「이것 봐라, 엘레나, 너는 자존심이 강하구나.」 나는 이렇게 말하며 그녀에게 다가가서 나란히 소파에 앉았다. 「나는 너를 내 양심이 명하는 바에 따라 대해 왔어. 너는 지금 불행하게도 식구도 없이 혼자 몸이잖니. 널 돕고 싶다. 마찬가지로 내가 어려울 때 너도 나를 돕게 될 거야. 하지만 너는 그렇게 생각하려 하지 않아. 그래서 나에게 가장 간단한 선물을 받는데도 마음이 무거운 거야. 너는 즉시 일을 해서 갚으려고 하지. 마치 내가 부브노바처럼 너를 질책하기라도 하는 듯이 말이야. 만일 그렇다면, 그것은 부끄러운 일이야, 엘레나.」

그녀는 대답하지 않았다. 그녀의 입술이 떨렸다. 그녀는 무엇인가 말하려는 듯했으나, 꾹 참고 입을 다물었다. 나는 나따샤에게 가기 위해 일어섰다. 이번엔 열쇠를 엘레나에게 주고, 누가 와서 문을 두드리면 누구냐고 물어보라고 일렀다. 나는 나따샤에게 뭔가 매우 좋지 않은 일이 일어났으며, 때가 될 때까지 그녀가 나에게 숨기고 있는 것이라고 확신했다. 이런 일은 우리 사이에 한두 번 있었던 것이 아니었다. 어쨌든 나는 잠시만 그녀에게 들르기로 결심했다. 그렇지 않으면 내 집요함이 그녀를 자극할 수도 있었다.

그랬다. 그녀는 다시금 나를 불만스러운, 음울한 시선으로 맞이했다. 나는 곧 나와야만 했으나, 다리에 힘이 없었다.

「잠시 들렀소, 나따샤.」 내가 말을 시작했다. 「그 아이를 어떻게 하면 좋을지 조언을 구하려고.」 그리고 나는 간단하게 엘레나에 대해 말해 주기 시작했다. 나따샤는 입을 다문 채 내 말을 들었다.

「당신께 어떻게 조언을 해드려야 할지 모르겠어요, 바냐.」 그녀가 대답했다. 「모든 것으로 미루어 볼 때 그 아이는 아주 특이해요. 아마 그 애는 심하게 괴롭힘을 받았거나 위협을 받았을 것 같아요. 어쨌든 그 애를 다시 건강하게 만드세요. 당신은 그 애를 우리 집으로 데려가고 싶으신가요?」

「그 애는 아무데도 가지 않고 나와 있겠다고 말하오. 그리고 거기서 그 애를 어떻게 받아들일지는 나도 모르겠소. 어쨌든지, 그래 좀 어떻소? 어제는 안 좋아 보이던데!」 내가 조심스럽게 물었다.

「네…… 오늘도 두통이 있어요.」 그녀가 산만하게 대답했다.

「우리 식구 중 누굴 보셨나요?」

「아니, 내일 갈 거야. 내일이 토요일이라…….」

「그래서요?」

「저녁에 공작이 올 텐데…….」

「그래서요? 저도 잊지 않았어요.」

「아니, 나는 그저…….」

그녀는 내 앞에 서서 오랫동안 유심히 내 눈을 바라보았다. 나는 그녀의 시선 속에서 어떤 확고한 결정을 읽었다. 무엇인가에 들뜬, 열병 같은 것이 엿보였다.

「그런데 말이죠, 바냐.」 그녀가 말했다. 「제발 가주세요, 당신은 저를 몹시 방해하고 있어요…….」

나는 의자에서 일어나 이루 말할 수 없는 놀라움을 안고 그녀를 바라보았다.

「나따샤! 무슨 일이오? 무슨 일이 있었소?」 내가 놀라서 외쳤다.

「아무 일도 없었어요! 내일이면 모든 것을, 모든 것을 알게 될 거예요, 지금은 혼자 있고 싶어요. 들어주세요, 바냐, 이제 가주세요. 당신을 보고 있기가 너무 힘들어요!」

「그러나 적어도 나에게 말을 해야……」

「모든 것은, 모든 것은 내일 알게 돼요! 오, 맙소사! 가지 않을 거예요?」

나는 방을 나왔다. 나는 너무 충격을 받아 정신이 없었다. 내 뒤를 따라 마브라가 현관으로 뛰어나왔다.

「화가 났나요?」 그녀가 나에게 물었다. 「저는 옆에 가는 것도 겁나요.」

「그녀에게 무슨 일이 있었나?」

「알료샤 그이가 사흘째 여기 오지 않았어요!」

「뭐, 사흘이나?」 내가 놀라서 물었다. 「어제 그녀는, 그가 어제 아침에 왔었고 저녁에 또 오겠다고 했노라고 말하던데……」

「무슨 저녁에! 그는 어제 아침에도 안 왔어요! 사흘 동안 그를 보지 못했다고 말씀드리잖아요. 그녀가 정말 어제 아침에 그가 왔었다고 하던가요?」

「물론이지.」

「그럼,」 마브라가 생각에 잠겨 말했다. 「그녀가 당신에게 조차 그가 오지 않았다는 것을 고백하지 않았다면, 그녀는 몹시 상처를 받았음에 틀림없어요. 이를 어쩐다!」

「그게 무슨 소리야!」 내가 외쳤다.

「그녀에게 내가 어떻게 해줘야 할지 모르겠다는 말이에요.」 마브라가 양팔을 내저으며 계속 말했다. 「그녀는 어제 나를 두 번이나 그에게 보냈다가 두 번 다 도중에서 그냥 불러들였어요. 오늘은 나와 말도 하려고 하지 않았어요. 당신이 그를 한번 만나 주셔야겠어요. 저는 감히 그녀 곁을 떠나지 못하겠으니까요.」

나는 어쩔 줄을 모르고 계단을 뛰어 내려갔다.

「저녁때 여기 오시겠어요?」 뒤에서 마브라가 내게 외쳤다.

「보세나,」 나는 뛰어가면서 대답했다. 「나는 아마 자네에게 뛰어와서 일이 어떻게 되었는지 묻기만 할 거야. 내가 만약 살아 있다면!」

나는 정말로 무엇인가가 내 심장을 찌르는 듯한 느낌을 받았다.

10

나는 곧장 알료샤에게 향했다. 그는 말라야 모르스까야 거리[67]의 자기 아버지 집에 살았다. 공작은 혼자 살면서도 상당히 큰 아파트를 가지고 있었다. 알료샤는 이 아파트에서 두 개의 좋은 방을 차지하고 있었다. 내가 그에게 찾아가는 일은 몹시 드물었다. 아마 지금까지 단 한 번 찾아갔을 것이다 그러나 그는 자주 나에게 들렀다, 특히 처음에 나따샤와 관계를 맺은 초기에는.

그는 집에 없었다. 나는 바로 그의 방으로 가서 그에게 다음과 같은 내용의 편지를 써놓았다.

알료샤, 당신은 정신이 나간 것 같소. 당신 아버지께서 화요일 저녁에 직접 나따샤에게, 당신의 아내가 되는 영광을 당신에게 베풀어 달라고 요청했으며, 당신은 그 요청에 기뻐

---

67 말라야 모르스까야 거리는 성 이삭 광장으로 통한다. 이곳은 상뜨 뻬쩨르부르그에서 가장 아름다운 곳 가운데 하나이다.

했소. 내가 그 증인이오. 한데, 당신 스스로 지금의 태도가 좀 이상하다는 것을 인정해야만 할 것이오. 당신이 나따샤에게 어떻게 하고 있는지 아시오? 어쨌든 이 편지가 당신에게, 장래의 반려자에 대한 당신의 태도가 온당치 못하고 경솔하다는 것을 상기시켜 줄 것이오. 나는 당신에게 아무런 지시를 내릴 권리가 없다는 것을 잘 아오. 하지만 그것에 개의치 않겠소.

추신 이 서신에 대해 그녀는 아무것도 모르오. 그리고 당신에 대해 나에게 아무 말도 하지 않았소.

나는 편지에 봉인을 해서 그의 책상 위에 두었다. 내 물음에 대해 하인은 〈알렉세이 뻬뜨로비치는 거의 집에 붙어 있지 않으며, 한밤중이나 동트기 전에야 돌아올 것입니다〉라고 대답했다.

나는 간신히 집으로 돌아왔다. 머리는 어지러웠고, 다리는 떨리고 힘이 없었다. 문은 걸려 있지 않았다. 내 집에는 니꼴라이 세르게이치 이흐메네프가 나를 기다리며 앉아 있었다. 그는 탁자 앞에 앉아 조용히 놀란 얼굴로 엘레나를 보고 있었고, 엘레나 역시 비록 입을 꼭 다물고 있었지만, 적잖이 놀란 채 그를 살피고 있었다. 〈흠, 저 애가 그에게 이상하게 보였음에 틀림없군〉 하고 나는 생각했다.

「아, 자네를 한 시간 동안이나 기다렸네. 고백하자면 자네를 이렇게⋯⋯ 보게 되리라곤 기대하지 않았네.」 그는 방 안을 둘러보며 엘레나 쪽으로 살짝 눈을 찡그리며 말을 계속했다. 그의 눈에는 경악스러운 빛이 나타나 있었다. 그러나 가까이서 보니 그가 불안과 슬픔에 싸여 있음을 알 수 있었다. 그의 얼굴은 평소보다 더 창백했다.

「앉아, 앉게.」 그는 걱정이 가득하고 슬픈 표정으로 말을 이었다. 「자네를 만나려고 서둘러 왔네. 급한 일이 있어. 근데 자네 무슨 일이 있나? 얼굴이 형편없군 그래.」

「몸이 좋지 않습니다. 아침부터 어지러웠습니다.」

「조심하게, 가볍게 보아 넘겨선 안 되는 거야. 자네 감기에 걸린 거지?」

「아닙니다, 그냥 신경성 발작입니다. 가끔 이렇습니다. 어르신께선 건강하시지요?」

「그저 그래, 그저 그래! 어지간하지, 열이 좀 있을 뿐이야. 말할 것이 있네, 앉게.」

나는 의자를 끌어당겨, 그를 마주보고 앉았다. 노인은 나에게 몸을 구부리고 속삭이듯 조용히 말을 꺼냈다.

「저 애는 쳐다보지 말고, 우리가 다른 것에 대해 이야기하는 것 같은 표정을 짓게. 저 아이가 누구인가?」

「나중에 전부 설명드리죠, 니꼴라이 세르게이치. 저 애는 가엾은 소녀이고, 천애 고아인데, 여기에서 살다가 제과점에서 죽은 그 스미트의 손녀죠.」

「아하, 손녀가 있었나! 그런데 이상한 아이일세. 여보게! 저 애 눈초리 좀 봐, 저 눈초리 좀 봐! 한마디로 말해서, 자네가 5분만 더 늦게 왔다면, 나는 여기 더 앉아 있지도 못했을 거야. 억지로 문을 열게 했는데, 그 후로 저 애는 한 마디도 말을 하지 않았어. 저 애와 함께 있는 것이 정말 섬뜩했네. 저 애에겐 사람다운 데가 없어. 저 애가 어떻게 여기에 오게 되었나? 아, 알겠네, 아마 할아버지의 죽음을 모르고 찾아왔던 게지.」

「네, 저 애는 무척 불쌍합니다. 그 노인은 죽어 가면서도 저 애에 대해 말씀했지요.」

「흠! 그 할아비에 그 손녀로군. 다음에 나에게 다 말해 주게. 저 애가 그리도 불행하다면, 아마 어떻게든지 저 애를 도와줄 수 있겠지. 그런데 저 애에게 잠시 나가 달라고 해주지 않겠나, 자네하고 아주 심각한 이야기를 해야 해.」

「저 애는 아무데도 갈 데가 없습니다. 저 애는 여기서 살아요.」

나는 할 수 있는 한 짤막하게 사연을 노인에게 설명하고, 그녀는 아직 어린애이므로 그녀가 있는 데서 말해도 상관없다고 덧붙였다.

「그럼…… 물론 어린애지. 정말 놀랍군, 자네와 살고 있다니, 맙소사!」

그리고 노인은 놀라서 다시 한번 그녀를 바라보았다. 엘레나는 자신에 대한 이야기가 오가고 있다는 것을 느끼고 머리를 숙인 채 조용히 앉아서 손톱으로 소파 가장자리를 뜯었다. 그녀는 새 옷을 입고 있었는데, 새 옷이 아주 잘 어울렸다. 머리는 평소보다 정성껏 빗었는데, 아마 새 옷이 동기가 된 것 같았다. 전체적으로 그 시선 속에 황량한 기묘함만 없었다면, 그녀는 진정 아름다운 아이였을 것이다.

「간략하고 분명히 말해서,」 노인이 다시 말을 시작했다. 「그 일이란 시간이 오래 걸릴 중요한 일이야……」

그는 머리를 숙인 채 중요하고 깊은 생각에 잠긴 표정을 짓고 앉아서, 자신의 성급함과 〈간략함〉과 〈분명함〉에도 불구하고 시작할 말을 찾지 못하고 있었다. 〈무슨 이야기를 들게 되려나?〉 하고 나는 생각했다.

「여보게, 바냐, 아주 큰 부탁이 있어서 자네를 찾아왔네. 그러나 먼저……, 어떤 상황을…… 매우 미묘한 상황을 자네에게 설명해야겠네…….」

그는 헛기침을 하고 나를 잠깐 보았다. 그러고는 곧 얼굴이 벌게졌고, 그러한 자신의 침착하지 못함에 화를 냈다.

「그래, 여기서 또 무엇을 설명할 게 있겠나! 자네가 이해하겠지. 다름 아니라, 나는 공작에게 결투를 신청하려 하는데, 자네에게 이 일을 준비해 줄 것과 내 입회인이 되어 주기를 부탁하네.」

나는 의자 등받이에 몸을 젖히고 아연히 그를 바라보았다.

「왜 그렇게 보는가? 나는 정신이 나가지 않았어.」

「하지만, 죄송합니다만, 세르게이 니꼴라이치! 무슨 명목으로 그리고 무슨 목적으로 그러시는 겁니까? 그리고 끝으로, 그것이 도대체 어떻게 가능하겠습니까?」

「명목! 목적!」 노인이 소리쳤다. 「ㄱ거 좋구!」

「좋아요, 좋아요, 무슨 말씀을 하시려는지 압니다. 그러나 어른께선 이 방법으로 무슨 도움을 얻겠습니까? 결투를 해서 어떤 신통한 일이 생깁니까? 고백하지만, 전 이해하지 못하겠습니다.」

「나도 자네가 아무것도 모를 거라 생각했네. 들어 보게, 우리 송사는 끝나 가고 있어(조만간 끝날 거야, 단지 무가치한 절차만 남았어). 내가 졌어. 나는 1만 루블을 지불해야 해. 그렇게 판결이 났어. 이흐메네프까의 재산이 담보야. 결국 그 악당은 자기 돈을 되찾았을 테고, 나는 이흐메네프까를 내놓고 빚을 청산하면 그와는 상관없는 사람이 되는 게지. 나는 다시 머리를 들 수 있게 되지. 〈아무개, 존경하는 공작, 당신은 2년이나 나를 괴롭혔소. 당신은 내 이름, 내 가족의 명예를 더럽혔소. 그리고 이 모두를 나는 견뎌야 했소! 당시 나는 당신에게 결투를 청할 수 없었소. 당신은 나에게 노골적으로 말했을 것이오.《아, 교활한 사람, 나를 죽이시려고! 당신도 알겠지만, 그래서 조만간 나에게 지불하도록 판결이 날 돈을 지불하지 않으시겠지! 천만에, 우선 판결이 어떻게 날지 보고 그 다음 결투를 청하시오.》이제, 존경하는 공작님, 판결이 났습니다. 당신은 담보를 받았소, 그와 동시에 모든 어려움이 제거되었소. 따라서 이젠 당신에게 결투를 청할 수 있겠지요?〉 자, 그렇게 말하는 거야. 그래, 자네의 견해로는 자신을 위해, 모든 것을 위해 복수하려는 내가 부당하다는 것인가!」

그의 눈은 빛났다. 나는 오랫동안 조용히 그를 바라보았다. 나는 그의 비밀스러운 사고 속으로 들어가 보고 싶었다.

「들어 보세요, 니꼴라이 세르게이치.」 마침내 나는 요점을 말할 결심을 하고 입을 열었다. 그 말 없이는 우리가 서로 이해할 수 없을 것 같았다. 「어른께서는 저에게 숨김없이 털어놓으실 수 있겠습니까?」

「할 수 있지.」 그가 확고히 대답했다.

「그럼 똑바로 말씀해 주세요. 복수의 일념만으로 결투를 하시려는 겁니까, 아니면 다른 목적도 있는 겁니까?」

「바냐,」 그가 대답했다. 「자네는 내가 누구와 대화하더라도 몇몇 사항은 언급하지 않는다는 것을 잘 알 거야. 그러나 이번만은 예외로 하지. 왜냐하면 자네가 자네의 명쾌한 지혜로 이 점을 건드리지 않고 지나가는 것이 불가능하다는 것을 금세 알아챘기 때문일세. 그래, 나한테는 다른 목적이 있네. 이 목적은 잃어버린 내 딸을 구해서, 최근의 사건들에 의해 그 애가 빠진 파탄의 길로부터 그 애를 올바르게 인도하려는 거야.」

「하지만 어떻게 결투를 통해 그녀를 구하신다는 겁니까? 그것이 의문입니다.」

「그네들이 꾸미고 있는 모든 것을 저지함으로써! 들어 보게, 나에게 어떤 부성애와 그와 유사한 무력함이 작용하고 있다고는 생각하지 말게. 그 모두 허튼 일이야! 나는 내 속을 아무에게도 내보이지 않네. 자네도 그것을 몰라. 딸은 나를 버리고 연인과 함께 내 집을 나갔네. 나는 그 아이를 내 마음에서 지워 버렸네. 영원히 지워 버렸어, 바로 그날 저녁에. 알겠는가? 내가 그 아이의 초상화를 보며 흐느끼는 것을 자네가 보았더라도, 그것으로 내가 그 아이를 용서하고 싶어한다고 생각해서는 안 되네. 나는 그런 순간에도 그 애를 용서하지 않았네. 나는 잃어버린 행복, 헛된 꿈을 생각하며 운 것일 뿐이야. 그 애 때문에 운 것이 절대 아닐세. 아마 내가 자주 울긴 울 거야. 나는 이것을 고백하는 것이 부끄럽지 않네. 과거에 내가 세상의 어느 것보다 내 아이를 더 사랑했다는 것을 고백하는 게 부끄럽지 않듯이. 이 모든 것은 분명 조금 전에 했던 말과는 모순되지. 자네는 이렇게 말하겠지. 만일 그렇다면, 만일 당신이 이미 당신의 딸이라고 간주하지 않는 그녀의 운명에 무관심하다면, 무엇 때문에 당신은 저쪽에서 계획하고 있는 일에 개입하려 하십니까? 나는 이렇게 대답하겠네. 첫째로는 비열하고 간교한 인간이 기세 등등하도록 놓아두고 싶지 않다는 것이고, 둘째로 가장 보편적인 인간애의 감정 때문일세. 그 애가 이미 내 딸이 아니라 하더라도, 그 애는 기만당한 약한 존재이고 보호받지 못하기에 그들은 그녀를 완전히 파멸시키기 위해 더욱 날뛸 걸세. 나는 직접 그 일에 개입할 수는 없으나, 간접적으로 결투를 통해서 할 수는 있네. 만일 내가 죽거나 피를 흘린다면, 그 애는 아버지의 시체를 넘어 마차에 탔던 그 공주처럼(기억하나? 우리 집에 있던 그 책 말일세. 자넨 그걸로 읽는 법을 배웠지?) 나를 살해한 자의 아들과 결혼하려고 내 시체를 넘어가진 않을 거야. 그래, 결국 결투에 들어간다면, 공작 자신이 결혼을 원치 않을 거야. 한마디로 말해서 나는 이 결혼을 원치 않으며, 그것이 이루어지지 못하도록 모든 노력을 기울일 걸세. 이제 나를 이해하겠는가?」

「아니오. 만일 어른께서 나따샤의 행복을 원하신다면, 어찌 그녀의 결혼을 가로막으려 하시는 겁니까, 그녀의 명예를 되찾을 수 있는 유일한 길인데요? 그녀는 이제부터 시작입니다. 그녀에게는 명예가 필요합니다.」

「나는 세상의 평판에 개의치 않네. 그 애도 그렇게 생각해야 해! 이 결혼 속에, 바로 이 비열한 인간들의, 이 가엾은 상류 사회와의 결합 속에 자기가 받을 최고의 치욕이 존재하고 있음을 깨달아야만 해. 고결한 자존심, 그것이 그 아이가 이 사회에 내놓을 대답이야. 그때는 아마 나도 그 애에게 용서의 손을 내미는 데 동의할 것이고, 그때는 누가 감히 그 애를 욕할 것인가 두고 보겠네!」

이런 분별 없는 이상주의에 나는 경악했다. 그러나 나는 이내 그가 제정신이 아니고 열에 들떠 말하고 있음을 알았다.

「그것은 지나치게 이상적입니다.」 내가 그에게 대답했다.

「그런고로 매우 무자비합니다. 어른께선 그녀에게, 그녀가 태어날 때 당신이 아마 부여해 주지 않았을 그런 힘을 요구하십니다. 그리고 그녀는 과연 공작 부인이 되기 위해 이 결혼을 승낙하는 걸까요? 그녀는 사랑하고 있어요. 아시잖습니까, 이것은 열정이고, 운명입니다. 끝으로 어른께선 그녀에게 세상의 의견을 무시하라고 말씀하시면서도 스스로는 그 앞에 몸을 굽히십니다. 공작은 어른을 모욕했습니다. 저급한 동기를 갖고 계략으로 당신이 공작과 친척 관계를 맺으려 한다고 공개적으로 의심했어요. 그리고 어른께선 지금 〈만일 그녀 스스로 지금 그들이 정식으로 해온 청혼을 거부한다면, 이거야말로 이전의 비방에 대한 가장 완전하고 분명한 반박이 될 것이다〉라고 생각하고 계십니다. 이것이 어른께서 얻고자 하시는 것이지요. 그러나 어른께선 공작의 의견에 굴복하시는 겁니다. 공작이 스스로 자신의 잘못을 인정하도록 하시려는 거지요. 그를 조롱하고 그에게 복수하려는 생각이 어른을 자극하고 있군요. 그리고 그것을 위해 딸의 행복도 희생시키려 하고 있습니다. 이것이 과연 이기주의가 아니고 무얼까요?」

노인은 침울하게 이맛살을 찌푸린 채 앉아서 오랫동안 한마디도 대답하지 않았다.

「자네는 나에게 불공평하네, 바냐.」 마침내 그가 입을 떼었고 눈물이 그의 눈썹에 맺혀 반짝였다. 「자네에게 확실히 해두는데, 이건 불공평해. 하지만 그 이야긴 접어 두세! 자네 앞에서 내 마음을 털어놓을 수도 없고.」 그가 일어나 모자를 집어 들며 말을 이었다. 「한 가지만 말하겠네. 자네 지금 내 딸의 행복에 대해 말했지. 나는 단호히 이 행복을 믿지 않네. 그 외에도 이 결혼은 나의 개입이 없어도 결코 성립될 수 없네.」

「어떻게! 왜 그렇게 생각하십니까? 어른께선 무엇인가 알고 계십니까?」 내가 호기심에 가득 차 소리쳤다.

「아, 특별히 아는 것은 없어. 하지만 그 저주받을 여우가 그러한 일을 결심할 수는 없어. 모든 것이 허튼소리야, 교활한 간계야. 나는 확신하네, 내 말을 기억해 두게. 내가 말한 대로 될 거야. 둘째, 이 결혼이 이루어진다면, 오직 그 비열한 에게 비밀스러운 계산이 있어서 아무도 모르게 추진 중이고, 난 그 계산이 뭔지 전혀 모르겠지만, 도움이 되는 경우일 때만이야. 잘 생각해 보고 자신에게 물어보게. 그 애가 이 결혼에서 행복할까? 그 애는 어린아이의 동반자로서 비난과 비하를 견뎌야 해. 그는 이미 그 애의 사랑을 부담스럽게 느끼는데, 결혼을 하고 나면 곧 그 애를 존중하지 않고 모욕하고 비하하기 시작할 거야. 그의 열정이 식어 가는 만큼 그 애의 열정은 커져 갈 것이고, 그 다음엔 질투, 고통, 지옥 같은 삶, 이혼이 따를 테고, 아마도 범죄에까지 다다를지도…… 아니야, 바냐! 만일 자네들이 이 일을 진행시키고, 자네가 그것을 도와준다면, 자네에게 미리 말해 두겠네만, 자네는 신의 심판을 받게 될 걸세, 하지만 그때는 이미 늦을 거야! 잘 있게!」

나는 그를 붙들었다.

「잠시만요, 니꼴라이 세르게이치, 이렇게 하죠. 잠시 기다려 봅시다. 한두 사람의 눈만이 이 일을 좇는 것이 아니라는 것을 알아주세요. 아마 이 일이, 예를 들면 결투 같은 폭력적이고 인위적인 수단 말고 가장 좋은 방법으로 저절로 해결될지도 모릅니다. 시간이 가장 좋은 해결책입니다! 마지막으로 어른의 계획은 도대체 실현 가능성이 없다는 것을 말씀드리고 싶습니다. 어른께선 정말로 잠시라도 공작이 이 결투 신청을 받아들일 것이라고 생각하셨습니까?」

「어떻게 받아들이지 않겠는가? 자네 무슨 소리야, 정신 차리게!」

「장담하는데, 그는 받아들이지 않을 겁니다. 그는 어떤 충분한 거부의 구실을 찾아낼 것이 틀림없습니다. 그는 이 일을 꼼꼼하고 진지하게 다룰 것이고, 그러는 가운데 어른께서는 완전히 조롱당할 것입니다…….」

「괜찮네, 여보게, 괜찮아! 날 꼼짝 못하게 하려고! 어찌 이 신청을 받아들이지 않겠는가? 아닐세, 바냐, 자네는 작가야, 진짜 작가! 그런데 자네 의견으로는 그가 나와 싸운다면 어울리지 않는다는 건가? 난 그보다 못하지 않아. 나는 노인이고, 모욕당한 아비일세. 자네는 러시아의 작가야, 또한 명예로운 인사이니 입회인이 될 수 있어. 그리고…… 그리고……. 나는 자네가 또 무엇을 바라는지 모르겠네…….」

「아시게 될 겁니다. 그는 어르신께서 스스로 먼저 둘 사이의 결투가 도대체 불가능하다고 여기도록 여러 구실들을 제시할 겁니다.」

「흠…… 좋네, 여보게, 자네가 말한 대로 하지! 내가 기다리지, 물론 일정한 시점까지만. 시간이 어떻게 해결할지 보도록 하지. 하지만 들어 보게, 여보게. 나따샤에게도 안나 안드레예브나에게도 우리의 대화 내용을 밝히지 않겠다고 맹세해 주게!」

「맹세하죠.」

「둘째, 바냐, 내 뜻에 따라 주게, 나에게 절대로 이것에 대한 말을 꺼내지 말게.」

「좋아요, 약속드립니다.」

「그리고, 마지막으로, 또 하나의 청이 있네. 여보게, 나는 자네가 아마 우리 집에 오면 따분해 할 거라는 것을 아네, 하지만 가능하면 더 자주 우리 집에 와주게. 가엾은 안나 안드레예브나는 자네를 매우 사랑하네, 그리고…… 그리고…… 자네가 오지 않으면 몹시 따분해 ……. 알겠는가, 바냐?」

그리고 그는 내 손을 굳게 쥐었다. 나는 진심으로 그에게 약속했다.

「그리고 이제, 바냐, 마지막으로 간지러운 일이 있네. 자네 돈 있나?」

「돈요!」 나는 놀라서 되물었다.

「그래. (노인도 얼굴이 붉어지며 눈길을 아래로 떨구었다.) 자네 아파트를…… 자네의 가구를…… 보았네. 그리고 자네가 다른 돈 쓸 일이 있다는 생각이 들었네(바로 지금 그럴 수도 있고). 그래서…… 여기 1백50루블이 있네, 우선…….」

「1백50루블, 게다가 재판에 지셨으면서!」

「바냐, 내가 보기에는, 자네는 나를 전혀 이해하지 못하는군! 자네는 특별히 돈 쓸 일이 있을 거야, 이 돈을 받게. 많은 경우 돈은 독립된 입장, 독립된 결정을 가능케 해주네. 아마 자네에게 지금은 필요 없을지 모르지만, 미래에도 필요치 않을지 어떻게 알 수 있나? 어쨌든 나는 돈을 여기 놓아두겠네. 내가 모을 수 있었던 것의 전부일세. 만약 쓰지 않으면, 돌려주면 되네. 지금은 그러나 받아 두게! 맙소사, 자네 이렇게 창백하다니! 자네 완전히 병이 들었군…….」

나는 더 이상 반박하지 않고 돈을 받았다. 그가 나에게 무슨 일로 돈을 넘겨주는지 이유가 분명했다.

「저는 간신히 서 있습니다.」 나는 그에게 대답했다.

「병을 가볍게 보지 말게, 바냐, 이 사람아, 우습게 넘기지 마! 오늘은 아무데도 가지 말게. 자네 상태가 어떤지 안나 안드레예브나에게는 내가 말하겠네. 의사가 필요하지 않겠나? 내일 자네에게 오겠네. 적어도 전력을 다해 시도해 보겠네, 스스로 다리를 떼어놓을 수만 있다면. 그러나 이제 자네는 누워야겠군……. 잘 있게. 잘 있거라, 얘야. 저 애 얼굴을 돌렸군! 여보게! 여기 5루블이 더 있네. 이것은 저 소녀를 위한 것일세. 그렇기는 하나 저 애에게 내가 주었다고 말하지는 말게. 다만 그 애를 위해 쓰게, 신발이나, 내의나…… 아이들이 필요한 것이 좀 많아야 말이지! 잘 있게, 이 사람아…….」

나는 대문까지 그를 배웅했다. 나는 문지기에게 먹을 것을 가져다 달라고 부탁해야 했다. 엘레나는 여태껏 아무것도 먹지 않았던 것이다…….

11

그러나 방으로 돌아오자마자 현기증이 나서 나는 방 한가운데 쓰러지고 말았다. 단지 엘레나의 외침만을 기억할 뿐이다. 그녀는 팔을 벌리며 부축하려고 나에게 뛰어왔다. 이것이 내 기억 속에 잡힌 마지막 순간이었다.

깨어났을 때, 나는 침대에 누워 있었다. 엘레나가 나중에, 그때 마침 먹을 것을 가져다 준 문지기와 함께 나를 옮겨 놓았다고 설명해 주었다. 나는 여러 차례 깨었고, 그때마다 동정 어린 걱정을 담고 나를 내려다보는 엘레나의 작은 얼굴을 보았다. 그러나 이것들은 모두 꿈속에서, 안개 속에서 본 것처럼 희미하게 기억 날 뿐이었다. 그리고 가엾은 소녀의 사랑스러운 얼굴은 인사불성 속에서도 내 앞에서 환영처럼, 그림처럼 어른거렸다. 그녀는 나에게 마실 것을 가져다 주었고, 침대를 편안하게 해주거나 또는 슬프고 겁에 질린 표정으로 내 앞에 앉아서 자신의 작은 손가락으로 내 머리털을 쓰다듬어 주었다. 나는 또 그녀가 한번쯤 내 얼굴에 조용히 입 맞춘 것을 기억한다. 그런가 하면, 내가 밤에 갑자기 깨어나서 둘러보니 침대 가까이에 붙여 놓은 탁자 위에 이미 거의 다 타버린 촛불을 통해, 엘레나가 내 베개 한쪽에 머리를 대고 불안하게 자는 모습이 보였다. 창백한 입술은 반쯤 열려 있었고 손바닥은 자신의 따뜻한 뺨을 받치고 있었다. 내가 완전히 정신을 차린 것은 다음날 이른 아침이 되어서였다. 초는 완전히 타버렸고, 동트는 새벽의 밝고 장밋빛 도는 노을이 이미 벽을 희롱하고 있었다. 엘레나는 탁자 앞 의자에 앉아서 피곤한 머리를 탁자 위에 왼팔로 받치고 깊이 잠들어 있었다. 그리고 나는 잠들어서도 어린아이답지 않은 슬픈 표정과 어딘지 이상하고 고뇌 어린 아름다움을 내보이는 그녀의 앳된 얼굴을 한없이 바라보았음을 기억한다. 날아오를 듯한 긴 속눈썹과 창백한 뺨을 가진 그 얼굴은 아무렇게나 하나로 묶여 한쪽으로 떨어져 있는 칠흑 같은 검은 머리에 의해 테두리가 지어져 있었다. 그녀의 다른 팔은 내 베개에 얹혀 있었다. 나는 조용히 그 여윈 손에 입을 맞추었지만 가엾은 어린아이는 깨지 않았다. 단지 그녀의 창백한 입술에 미소가 어리는 것처럼 보였다. 나는 그녀를 유심히 보다가,

조용히 편안하고 건강한 잠에 빠져 들었다. 이번에는 거의 정오까지 잤다. 깨어나니 이젠 거의 회복된 것처럼 느껴졌다. 단지 힘이 없고 사지가 무거운 것이 조금 전까지 병들어 있었음을 말해 줄 뿐이었다. 전에도 이와 비슷한 금방 스쳐 가는 신경 발작이 있었던 적이 있다. 나는 그것들을 잘 알았다. 병은 보통 하루 이상을 끌지는 않았는데, 그렇다고 강하고 급격한 영향을 주지 않는 것은 아니었다.

이미 정오가 가까웠다. 최초로 나의 눈에 띈 것은 한쪽 구석 줄에 매달려 있는 어제 사온 커튼이었다. 엘레나가 그것을 꾸며서 방 안에 자신을 위한 특별 구역을 만들었던 것이다. 그녀는 난로 앞에 앉아서 주전자에 물을 끓이고 있었다. 그녀는 내가 깬 것을 눈치 채고 즐겁게 미소 지으며 이내 내게 다가왔다.

「엘레나.」 내가 그녀의 손을 잡으며 말했다. 「네가 밤새 나를 보살펴 주었구나. 나는 네가 그렇게 정이 많은지 몰랐구나.」

「어떻게 제가 당신을 보살폈다는 것을 아시나요. 제가 밤새 잤을 수도 있잖아요?」 그녀는 이렇게 물으며 온후하고 수줍은 장난기를 담고 나를 바라보았다. 동시에 자신의 말에 부끄러운 듯 얼굴을 붉혔다.

「나는 몇 차례 잠을 깼고, 그래서 다 보았단다. 너는 동트기 전에야 잠이 들었잖니…….」

「차 드시겠어요?」 그녀는 이 대화를 지속하기가 난처하다는 듯 내 말을 끊었다. 이런 현상은 모든 순진하고 성실한 마음을 가진 사람들이 자신들을 칭찬하는 말을 들을 때 나타내는 것이었다.

「그래.」 내가 대답했다. 「그런데 어제 점심은 먹었니?」

「아니오, 그러나 저녁은 먹었어요. 문지기가 가져다 주었어요. 그보다 당신은 말씀하지 마시고 조용히 누워 계세요. 아직 완전히 회복된 것이 아니에요.」 그녀가 내게 차를 가져와서 내 침대에 앉으며 덧붙였다.

「누워 있으라니 무슨! 그래, 땅거미가 질 때까지는 누워 있지, 그렇지만 그 다음엔 나갈 거야. 꼭 가야 해, 레노치까.」

「꼭 그러셔야 하나요? 누구에게 가시려고 하시나요? 어제 오셨던 손님인가요?」

「아니, 그에게 가려는 게 아냐.」

「좋아요, 그에게 가지 않는다면. 그가 어제 당신을 매우 자극했잖아요. 그럼 그의 딸에게 가시려는 건가요?」

「딸이 있다는 건 어떻게 알았니?」

「어제 전부 다 들었어요.」 그녀가 눈을 내리깔고 대답했다. 그녀의 얼굴이 찌푸려졌다. 눈썹이 눈 위에서 떨렸다.

「그는 나쁜 사람이에요.」 그녀가 덧붙였다.

「네가 그를 아니? 그 반대야, 그는 매우 좋은 사람이야.」

「아니에요, 아니에요, 그는 나빠요, 저도 들었어요.」 그녀가 열심히 부정했다.

「그래, 무슨 말을 들었니?」

「그는 자기 딸을 용서하려 하지 않아요……」

「하지만 그는 그녀를 사랑해. 그녀가 그에게 잘못한 거야, 그렇지만 그는 그녀로 인해 많이 걱정하고 고민하고 있어.」

「그럼 왜 용서하지 않나요? 지금 용서해도 딸이 그에게 돌아오지 않을지도 몰라요.」

「무엇 때문에? 왜?」

「왜냐하면, 그는 딸의 사랑을 받을 만한 가치가 없는 사람이기 때문이죠. 그녀에게 그로부터 영원히 떠나라고 하고 차라리 거지가 되라 하세요. 그가 자기 딸이 구걸하며 고통스러워하는 걸 보라고요.」

열을 내며 대답하는 그녀의 눈이 빛났고, 뺨은 타올랐다. 〈저 애가 저렇게 말하는 데는 특별한 이유가 있을 거야.〉 나는 혼자서 생각했다.

「당신은 그분 댁으로 저를 보내려 했나요?」 잠깐 침묵한 뒤 그녀가 덧붙였다.

「그래, 엘레나.」

「아니에요. 저는 차라리 하녀 노릇을 하는 것이 낫겠어요.」

「아, 네가 말하는 모든 것이 좋지 않구나, 레노치카. 그게 무슨 소리냐, 그럼 네가 누구 집에서 더부살이할 수 있겠니?」

「모든 보통 사람의 집에서요.」 그녀는 성마르게 대답하고는 고개를 더욱 떨구었다. 지금 그녀는 눈에 띄게 성급했다.

「보통 사람들에게는 그런 일을 하는 여자가 필요 없어.」 내가 웃으며 말했다.

「그럼, 대갓집으로요.」

「네 성격을 가지고 어디 대갓집에서 살 수 있겠니?」

「물론이에요.」 그녀는 흥분할수록 더욱 무뚝뚝하게 대답했다.

「견디지 못할 거야.」

「걱정 마세요. 그들이 욕을 하겠죠, 그럼 저는 일부러 입을 다물 거예요. 그들이 저를 때리면 저는 계속 침묵할 거예요, 그래요, 침묵하죠. 때리라 그래요, 저는 절대로 울지 않을 거예요. 그들은 제가 울지 않으면 몹시 화가 나겠죠.」

「무슨 소리냐, 엘레나! 너한테 무슨 원한이 스며 있는 거니. 그리고 너는 몹시도 오만하구나! 너는 분명히 많은 불행을 겪은 게로구나……」

나는 일어나서 내 큰 책상 쪽으로 갔다. 엘레나는 소파에 계속 앉아서, 생각에 잠긴 채 방바닥을 보며 손가락으로는 소파 가장자리를 뜯었다. 그녀는 침묵을 지켰다. 〈저 애가 내 말에 화가 난 걸까?〉 하고 나는 생각했다.

나는 기사를 쓰기 위해 어제 가져온 책들을 기계적으로 펼치고 점점 독서에 빠져 들었다. 나는 자주 그랬다. 다가가서 무엇인가 참고하려고 책을 잠시 펼쳤다가는 모든 것을 잊고 그것을 다시 읽기 시작하곤 하는 것이다.

「당신은 늘 무엇을 쓰시죠?」 엘레나가 조용히 책상으로 다가오며 조심스럽게 미소를 띠고 물었다

「뭐든지, 레노치까. 이 일을 통해 난 돈을 벌지.」

「청원서?」

「아니, 청원서가 아냐.」 그리고 나는 여러 사람에 대한 다양한 이야기를 쓰며, 이것으로부터 소설이나 단편이라 불리는 책들이 탄생한다고 그녀에게 가능한 한 자세히 설명해 주었다. 그녀는 꽤 호기심을 가지고 들었다.

「당신은 늘 사실만을 쓰시나요?」

「아니, 꾸며 내지.」

「그럼, 왜 거짓을 쓰시나요?」

「여기 이 책을 읽어 보렴, 너는 전에도 그것을 한번 보았었지. 너 읽을 줄 알지?」

「알아요.」

「그럼, 알게 될 거야. 내가 이 책을 썼단다.」

「당신이오? 읽어 보겠어요…….」

그녀는 나에게 무엇인가 몹시 이야기하고 싶어했지만, 분명 힘들어했고 그리고 몹시 흥분해 있었다. 그녀의 물음 속엔 무엇인가가 숨겨져 있었다.

「이것으로 돈을 많이 버시나요?」 마침내 그녀가 물었다.

「경우에 따라 달라. 이따금 많이, 때로는 전혀 못 받아, 일이 제대로 진척이 안 될 때. 이 일은 힘든 일이야, 레노치까.」

「그럼 당신은 부자가 아니겠군요?」

「그렇단다.」

「그럼 저도 일해서 당신을 돕겠어요…….」

그녀는 흘낏 나를 쳐다보고 얼굴을 붉히더니 눈을 내리깔았다. 그리고 나에게 두 걸음 다가서, 갑자기 양손으로 나를 껴안고는 얼굴을 내 가슴에 마구 비비댔다. 나는 놀라서 그녀를 바라보았다.

「저는 당신을 좋아해요…….」 그녀가 말했다. 「저는 오만하지 않아요. 어제 저보고 오만하다고 말씀하셨죠. 아니에요, 아니에요…… 저는 그렇지 않아요……. 저는 당신을 좋아해요. 저를 사랑하는 사람은 당신밖에 없어요…….」

그러나 눈물이 솟구쳐 그녀는 더 이상 말을 하지 못했다. 잠시 후 눈물이 어제 발작 때와 같은 힘으로 그녀의 가슴에서 쏟아져 나왔다. 그녀는 내 발 앞에 무릎을 꿇고, 내 손과 발에 입을 맞추었다.

「당신은 저를 사랑하시죠!」 그녀가 되풀이했다. 「당신이 유일한 분이에요, 유일한!」

그녀는 팔로 내 무릎을 꼭 껴안았다. 오랫동안 억눌려 왔던 그녀의 모든 감정이 일시에 억제할 수 없는 힘으로 밖으로 터져 나온 것이었다. 나는 지금까지 순결하게 감추어 온 그녀의 기이하고 완강한 마음이 이해가 되었다. 그 완강함은 자신의 감정을 툭 털어놓고 싶은 욕구가 강할수록, 더욱 완강해지고 격렬해진다. 그것은 존재 전체가 단번에 자신을 잊고, 이러한 사랑을 표현하고, 감사하고, 실컷 애무하며, 울어버리고자 하는 필연적 폭발에 이르게 되는 것이다.

그녀는 히스테리에 이를 만큼 흐느껴 울었다. 나는 나에게 꼭 매달려 있는 그녀의 팔을 가까스로 풀었다. 나는 그녀를 일으켜 소파로 데려갔다. 그녀는 마치 나를 보기가 부끄럽기라도 한 듯 머리를 베개에 파묻었지만, 내 손을 그녀의 작은 손에 꼭 쥔 채 자기의 가슴으로부터 떼어놓지 않고 한층 더 오랫동안 울었다.

그녀는 조금씩 진정했지만, 여전히 나를 향해 얼굴을 들려 하지 않았다. 두어 번 잠깐 그녀의 눈이 내 얼굴 위를 스쳐 갔는데, 그 눈 속엔 끝없는 부드러움과 일종의 머뭇거림과 다시 자신을 감추려는 감정이 들어 있었다. 마침내 그녀는 얼굴을 붉히며 미소를 지었다.

「마음이 가벼워졌니?」 내가 물었다. 「나의 레노치까, 너는 무척 민감하구나, 몸이 아프진 않니?」

「저는 레노치까가 아니에요, 아니에요……」 여전히 나에게 자신의 얼굴을 감춘 채 그녀가 중얼거렸다.

「레노치까가 아니야? 그럼 어떻게 불러야 하지?」

「넬리라고요.」

「넬리? 왜 하필 넬리야? 좋아, 좋은 이름이야. 네가 원한다면 앞으로 그렇게 부르마.」

「엄마가 절 그렇게 부르셨어요……. 엄마를 제외하고는

아무도 저를 그렇게 부르지 않았어요, 한번도……. 저도 엄마를 제외하고 누가 저를 그렇게 부르는 것을 원치 않았어요……. 하지만 당신은 그렇게 불러 주세요. 그래 주시기를 바래요……. 저는 당신을 언제나 사랑하겠어요, 언제나 사랑하겠어요…….」

〈긍지가 높고 사랑스러운 너를 넬리라고 부르게 되기까지 몹시도 오래 걸렸구나〉 하고 나는 생각했다. 그리고 그 순간 나는 그녀의 마음이 영원히 나에게 쏠린 것을 알았다.

「넬리, 들어 보아라.」 그녀가 진정한 것처럼 보여서 내가 물었다. 「너 방금 말했지, 엄마만이 너를 사랑했고, 그 외에 아무도 사랑하지 않았다고. 그럼 너의 할아버지는 너를 진정으로 사랑하지 않았니?」

「사랑하지 않았어요…….」

「하지만 너는 여기서 그가 돌아가셨단 이야기를 듣고 계단에서 울었잖니, 기억하니?」

그녀는 잠시 생각했다.

「아니에요, 사랑하지 않았어요……. 그는 나빴어요.」 그리고 어떤 아픈 느낌이 그녀의 얼굴에 떠올랐다.

「그에게 많은 것을 물을 수 없었지, 넬리. 그는 이미 정신이 완전히 쇠약해져 있는 것 같았거든. 그는 죽을 때도 정신 나간 사람처럼 죽었어. 그가 어떻게 죽었는지 내가 말해 주었잖니.」

「네, 하지만 그의 정신이 완전히 나간 것은 돌아가시는 마지막 달에 가서야 그렇게 되었어요. 그는 가끔 여기 하루 종일 앉아 계셨죠, 그리고 제가 오지 않았다면 그는 아마 이틀이고 사흘이고 먹지도 마시지도 않고 계속 앉아 계셨을 거예요. 하지만 전에는 훨씬 좋았어요.」

「전에라는 것이 언제를 말하는 거니?」

「엄마가 아직 돌아가시지 않았을 때요.」

「그럼, 네가 마실 것과 먹을 것을 가져다 드렸니, 넬리?」

「네.」

「어디서 그것들을 가져왔니, 부브노바 네서?」

「아니오, 저는 한번도 부브노바 네서 가져오지 않았어요.」 그녀는 무서움에 떨리는 목소리로 대답했다.

「그럼 어디서? 너에게는 아무것도 없었을 것 아니니?」

넬리는 입을 다물어 버렸고 얼굴은 무섭도록 창백해졌다. 그리고 오랫동안 나를 바라보았다.

「저는 거리에서 구걸하고 다녔어요…… 5꼬뻬이까를 얻으면 저는 그에게 빵과 코담배를 사드렸어요…….」

「그런데 그는 너를 그렇게 놓아두었단 말이지! 오, 넬리! 넬리!」

「처음에는 그에게 말하지 않았지요. 그런데 제가 구걸하는 것을 알고 난 후에는 저를 구걸하러 내보냈어요. 저는 다리에 서서 행인들에게 구걸했죠. 그는 다리 옆에서 왔다 갔다 하며 기다렸어요. 그러다가 누가 저에게 뭔가 주는 것을 보면 곧 달려와서 돈을 빼앗아 갔죠, 제가 돈을 감추기라도 한다는 듯이. 마치 그를 위해서 구걸하는 것이 아닌 것처럼.」

이 말을 하며 그녀는 쓸쓸하고 슬픈 미소를 지었다.

「다 엄마가 돌아가신 후의 일이었어요.」 그녀가 덧붙였다. 「그 다음 그는 완전히 정신 나간 사람처럼 되었어요.」

「그렇다면 그가 너의 어머니를 매우 사랑했나 보지? 그런데 왜 함께 살지 않았지?」

「아니오, 사랑하지 않았어요……. 그는 나빴어요. 그리고 어제의 나쁜 노인처럼 엄마를…… 용서하지 않았어요.」 그녀는 더욱 창백해졌고, 조용히 거의 속삭이듯 말했다.

나는 전율했다. 한 편의 소설 줄거리가 내 상상 속에서 반짝였다. 장의사의 지하 곁방에서 죽은 이 가엾은 여인, 어머니를 저주하던 할아버지를 이따금 방문하던 고아가 된 그녀의 딸, 자기의 개가 죽은 다음 곧바로 따라 죽은 정신 나간 이상한 노인!

「아조르까는 전에 엄마의 개였어요.」 넬리가 갑자기 이렇게 말하고는 어떤 기억이 떠올랐는지 미소를 지었다. 「할아버지는 전에 엄마를 무척 사랑하셨어요. 엄마가 떠나자 할아버지한테는 엄마의 아조르까가 남았어요. 그래서 그는 아조르까를 그토록 사랑했어요……. 그는 엄마를 용서하지 않았어요. 그리고 개가 죽자 할아버지도 돌아가신 거예요.」 넬리는 냉정하게 덧붙였고, 얼굴에서는 미소가 사라졌다.

「넬리, 할아버지는 전에 어떤 사람이었니?」 잠시 기다린 후 내가 물었다.

「그는 전에 부자였어요……. 그가 어떤 분이었는지는 잘 모르겠어요.」 그녀가 대답했다. 「무슨 공장이 있었대요……. 엄마가 말씀해 주셨어요. 엄마는 처음에 제가 너무 어리다고 생각했어요, 그래서 저에게 모든 것을 말씀해 주시지 않았어요. 엄마는 저에게 입을 많이 맞추셨어요, 그리고 말씀하셨어요. 〈모든 것을 알게 될 거야. 때가 되면 알게 될 거야, 가엾고 불쌍한 것!〉 엄마는 언제나 저를 가엾고 불쌍한 것이라고 불렀어요. 그리고 밤에 제가 잠들었다고 생각하시고는(하지만 저는 자지 않고 자는 시늉을 했지요), 제 머리맡에서 우시며 입을 맞추고 말씀하셨어요. 〈가엾은 것, 불쌍한 것!〉하고요.」

「네 어머니는 어떻게 해서 돌아가셨니?」

「결핵으로요. 돌아가신 지 6주가 돼요.」

「할아버지가 부자였을 때를 기억하니?」

「그때 저는 태어나지도 않았어요. 엄마는 제가 태어나기 전에 이미 할아버지 곁을 떠나셨어요.」

「누구와 떠났는데?」

「몰라요.」 넬리는 낮은 목소리로 생각에 잠긴 듯 대답했다. 「엄마는 해외로 가셨고, 저는 거기서 태어났어요.」

「해외에서? 어딘데?」

「스위스에서요. 저는 여러 곳에 가보았어요, 이탈리아에도 갔었고, 파리에도 갔었고.」

나는 놀랐다.

「그래, 너는 그것을 기억하고 있니, 넬리?」

「많은 것을 기억해요.」

「어떻게 해서 너는 러시아 어를 그렇게 잘하니, 넬리?」

「엄마가 외국에서도 가르쳐 주셨어요. 엄마는 러시아 인이었어요, 할머니도 러시아 인이었고요. 할아버지는 영국인이셨어요, 하지만 러시아 인이나 다름없었죠. 1년 반 전에 엄마와 제가 이리로 돌아왔을 때 완전히 말을 배웠죠. 엄마는 그때 벌써 병을 앓고 계셨어요. 우리는 점점 가난해졌어요. 엄마는 언제나 우셨죠. 처음에 엄마는 오랫동안 할아버지를 찾으러 다녔어요. 여기 뻬쩨르부르그에서. 그리고 늘 할아버지께 죄를 지었다고 말씀하셨어요. 그리곤 우셨죠…… 아주 많이 우셨어요, 아주 많이! 그리고 할아버지가 가난하다는 것을 아시고는 더 많이 울었죠. 엄마는 자주 편지를 쓰셨는데, 할아버지는 한번도 답장을 하지 않으셨어요.」

「왜 너의 어머니는 이리로 돌아오셨니? 단지 할아버지를 만나려고?」

「모르겠어요. 하지만 외국에서 우리는 잘살았어요.」 그리고 넬리의 눈이 빛났다. 「엄마와 저 단둘이 살았어요. 엄마에게는 친구가 한 사람 있었어요, 당신처럼 좋은……. 그와 엄마는 여기 있을 때부터 알았어요. 그러나 그는 거기서 세상을 떠났고, 엄마는 다시 돌아오신 거죠.」

「그럼, 엄마는 그 사람과 함께 할아버지를 떠났니?」

「아니오. 그 사람은 아니에요. 엄마는 다른 사람과 함께 할아버지를 떠났는데, 그 사람은 엄마 곁을 떠났대요.」

「그 사람이 누구지, 넬리?」

넬리는 나를 바라보며 아무 대답도 하지 않았다. 그녀는 분명 엄마가 누구와 떠났는지를 알고 있었고, 그가 분명 그녀의 아버지였을 것이다. 그녀는 나한테까지 그 이름을 밝히는 것이 괴로웠던 것이다…….

나는 더 이상 자세히 캐물어 그녀를 괴롭히고 싶지는 않았다. 그녀는 이상한, 신경질적이고 쉽게 흥분하는 성격을 가지고 있었으나 지금은 폭발을 억누르고 있는 듯했다. 한편 그녀는 호감이 가는 성격을 가지고도 있었으나, 그것은 오만과 냉랭함 속에 거의 묻혀 있었다. 내가 그녀를 안 후로 항상 그녀는 진심으로, 가장 순수하고 따뜻한 사랑으로, 고통 없이는 회상하지 못할 자기의 어머니와 거의 동등하게 나를 사랑했음에도 불구하고, 그녀가 나에게 마음을 열어 놓은 적은 드물었고, 이날을 제외하고 나에게 자신의 과거에 대해 이야기하고픈 욕구를 느낀 적도 드물었다. 심지어 그 반대로 어딘가 모르게 나로부터 엄격하게 자신을 숨겼다. 그러나 이날 그녀는 몇 시간에 걸쳐, 고통과 격렬한 흐느낌이 이야기를 가끔 중단시키는 가운데, 자신의 기억 속에서 가장 자신을 흥분시키고 괴롭혔던 모든 것을 나에게 이야기해 주었다. 나는 이 무서운 이야기를 절대로 잊지 못할 것이다. 그러나 그녀의 주된 이야기는 훨씬 후에 다시 이어질 것이다.

그것은 무서운 이야기이다. 행복을 체험했던, 버림받은 여인의 이야기이다. 병들고, 고통으로 기진한, 모든 것으로부터 버림받은 여인. 그녀가 기대할 수 있었던 마지막 존재, 옛날 그녀로부터 모욕을 당하고 견딜 수 없는 고통과 자기 비하로 이성을 잃은 아버지로부터 거부당한 여인. 이것은 절망의 끝에 몰린 여인의 이야기이다. 더럽고 추운 뻬쩨르부르그의 거리를, 아직 어린애로만 여기는 딸과 방황하며 동냥을 구하는 여인, 습기 찬 지하실에서 몇 달을 죽음과 싸우고 아버지에게서 마지막 순간까지 용서받지 못한 여인. 아버지는 마지막 순간에야 냉정을 되찾아 용서하러 달려왔건만 이 세상 무엇보다 사랑했던 그녀의 싸늘한 주검밖엔 볼 수 없었다. 이것은 정신 나간 노인과 그의 손녀, 어린 나이에도 불구하고 그를 벌써 이해하며, 평탄하고 걱정 없는 삶을 이어 가는 사람들은 도달하지 못하는 성숙도를 보이는 손녀 사이의 비밀스럽고 거의 이해 불가능한 관계에 대한 기이한 이야기이다. 이것은 우울한 이야기이다. 아주 빈번히, 눈에 띄지 않게, 거의 비밀스럽게 뻬쩨르부르그의 무거운 하늘 아래서, 거대한 도시의 어둡고 감추어진 골목길에서, 어지럽게 소용돌이치는 삶, 둔중한 이기주의, 서로 충돌하는 이해 관계, 음울한 방종, 비밀스러운 범죄의 한가운데서, 이 모든 무의미하고 비정상적인 삶으로 가득 찬 끔찍한 지옥 한가운데서 벌어지는 음울하고 괴로운 이야기 중의 하나인 것이다…….

하지만 그 이야기는 계속된다.

〈하권에 계속〉

열린책들 세계문학 129 상처받은 사람들 상

옮긴이 윤우섭 1955년 충북 충주에서 태어나 한국외국어대학교 노어과를 졸업했으며, 독일 마르부르크 대학교 슬라브 어문학부에서 문학 석사 과정을 마치고 박사 학위를 받았다. 현재 경희대학교 외국어학부 교수로 재직 중이다. 논문으로 「초기 소비에트의 문학정책」, 「유리 뜨리포노프의 교환: 일상적 삶으로서의 교환」 등이 있으며, 역서 『세계 단편 문학 걸작선』(1998, 러시아 편) 등이 있다.

지은이 표도르 도스또예프스끼 **옮긴이** 윤우섭 **발행인** 홍예빈 · 홍유진
발행처 주식회사 열린책들 **주소** 경기도 파주시 문발로 253 파주출판도시
전화 031-955-4000 **팩스** 031-955-4004 **홈페이지** www.openbooks.co.kr
Copyright (C) 주식회사 열린책들, 2000, 2010, *Printed in Korea.*
ISBN 978-89-329-1129-8 04890 **ISBN** 978-89-329-1499-2 (세트)
발행일 2000년 6월 15일 초판 1쇄 2002년 2월 15일 신판 1쇄 2004년 6월 20일 신판 5쇄 2007년 2월 5일 3판 1쇄 2009년 8월 10일 3판 3쇄 2010년 6월 15일 세계문학판 1쇄 2023년 4월 5일 세계문학판 4쇄

이 도서의 국립중앙도서관 출판예정도서목록(CIP)은 서지정보유통지원시스템 홈페이지(http://seoji.nl.go.kr)와 국가자료공동목록시스템(http://www.nl.go.kr/kolisnet)에서 이용하실 수 있습니다.(CIP제어번호 : CIP2010001935)